Egyd Gstättner

Der Untergang des Morgenlands

Geschichten von verlorenen Posten

Picus Verlag Wien

INHALT

Der Humorist erfasst das Tiefsinnige, aber im gleichen Augenblick fällt ihm ein, dass es die Mühe nicht wert ist, es zu erklären. Diese Zurücknahme ist der Scherz.

SØREN KIERKEGAARD,
Abschließende unwissenschaftliche
Nachschrift, 1846

Istanbul darf nicht Berlin werden

Ich bin bestimmt kein Ausländerfeind. Die Würde und die Gleichheit aller Menschen sind mir oberstes Prinzip, friedliches Miteinander unter allen Umständen erstes Gebot. Menschen unterschiedlicher Herkunft, Hautfarbe oder Nationalität gegeneinander aufzubringen halte ich für gefährlich und für ein großes Übel. Hetzparolen gegen Ausländer sind mir ebenso unerträglich wie gesetzlose Abschiebungen oder rüpelhafte Ausfälle gegen Asylanten und Zuwanderer. In meiner Jugend hatte ich einen Sticker auf meiner Jacke, auf dem stand: *Wir alle sind Ausländer. Fast überall.* Wenn ich am Stammtisch das aggressive Gerede gehört habe, dass etliche unserer sogenannten Mitstaatsbürger schon auf den ersten Blick erkennbar von fremden Erdteilen stammen, dann habe ich dem immer standhaft entgegengehalten, dass es in früheren Jahrhunderten genau umgekehrt war: dass unsere Vorfahren es waren, die andere Erdteile unsicher gemacht hätten und dass die gegenwärtige Entwicklung einfach die natürliche, letztlich von uns selbst in Gang gebrachte Gegenbewegung sei. So einer war ich.

Seither ist freilich vieles anders geworden. Nicht nur bin ich älter und gesetzter geworden (Tradition, Geschichte, Kultur oder wenigstens kulturelle Identität sind eben Werte, die man vor allem in der zweiten Lebenshälfte entwickelt, auf dem Weg bergab sozusagen), auch die Welt hat seit der letzten Völkerwanderung ein anderes Gesicht angenommen. Und im Vergleich zur letzten dramatischen Völkerwanderung waren ja alle vorhergehenden historischen Völkerwanderungen niedliche Betriebsausflüge. Wenn also auch ich mich diesmal mit dem Gedanken trage, heuer erstmals in meinem Leben die Türkei-zuerst-Partei von Sven-Göran Atatürkson zu wählen, dann bin ich von dumpfem Chauvinismus, von billigen Ressentiments, fanatischem Rechtsextremismus oder gar blindwütigem Rassismus Lichtjahre entfernt. Heute agiert die Türkei-zuerst-Partei selbst nicht mehr extrem oder rechtspopulistisch, sondern durchaus gemäßigt, und ihr charismatischer Führer ist kein wilder Junger mit aufhetzerischen, menschenverachtenden Parolen mehr, sondern ein *elder statesman*, der – hoffentlich – genügend Erfahrung mitbringt, das ins Schlingern geratene Staatsschiff durch Wind und Wetter zu bringen.

Dass die Deutschen damals nach dem großen Crash in Deutschland, der die Weltgeschichte förmlich auf den Kopf gestellt hatte, zu uns zogen, war nachvollziehbar. Sie hofften, ihrem Elend im Norden entkommen und hier bei uns in der goldenen Türkei ihren Traum von einem besseren Leben verwirklichen zu können. Nur die Hartherzigsten unter uns eingeborenen Türken hätten sich damals von vornherein gegen diese Entwicklung gestemmt.

Zuerst waren die Deutschen, also die deutschen Türken, also die türkischen Deutschen, also die Türken mit Migrationshintergrund, noch eine kleine, überschaubare Minderheit. Sie wurden von der alteingesessenen türkischen Bevölkerung zwar ein wenig argwöhnisch angesehen, aber doch geduldet als billige Arbeitskräfte, die die schmutzigen und niedrigen Tätigkeiten verrichteten, für die sich die einheimische Bevölkerung bereits zu schade war. Sie verdingten sich als Controller, Freizeitcoaches, Consulter, Marketingmanager, Prozessmanager, Aquarienvermieter, Eventer, Lobbyisten, Lifestyledesigner, Haarstrukturanalytiker, Typberater, Finanzoptimierer, Area Manager, Key Account Manager, Chief Accountants, Business Analysts, Verfahrenstechniker oder Mystiker. Kurzum: Sie ergriffen Berufe, in denen man andere Menschen türken kann. Naja, die Aquarienvermieter nehme ich einmal aus. Das sind wirklich gute Menschen, die einfach die Welt verbessern wollen. Und eine Welt mit Aquarien ist nun einmal besser als eine Welt ohne – außer vielleicht wenn man die Sache aus Sicht der Fische sieht.

Das Problem war einfach das: Es sind zu viele Einwanderer zu schnell gekommen. Die Einwanderer sind nicht eingewandert, sondern sozusagen eingesprintet, in Autokolonnen eingefallen, mit Billigfluglinien eingeflogen, mit Sack und Pack und Kind und Kegel. Und sie sind übrigens auch nicht von überall gekommen: Wir hatten kaum Immigranten aus Litauen zu registrieren, so gut wie keine Norweger, keine Spanier, keine Isländer. Immer nur Deutsche, Deutsche, Deutsche, dann und wann ein Schweizer oder ein Österreicher, was aber stammesgeschichtlich keinen großen Unterschied macht. Nicht das einzelne Lebewesen mit seiner Persönlichkeit, die ungeheure Masse der Fremden ist es, die eine Bedrohung der kulturellen Identität der einheimischen Bevölkerung – fast muss ich schon sagen: der türkischen Ureinwohner – ausmacht. Die Millionen und Abermillionen in kürzester Zeit! So viele Motivforscher und Finanzoptimierer kann kein Land der Welt verkraften!

Anfangs wurden die Mahner in der Wüste, die für die Türkei eine türkische Leitkultur einforderten und die vielleicht unglückliche Metapher vom »Boarding completed« verwendeten, als Reaktionäre diffamiert, wenn nicht gar als Rassisten oder Faschisten. Als dann aber ausgerechnet ein deutscher Drogensüchtiger Fenerbahçe übernahm, wurden selbst die Liberalsten der Liberalen kleinlaut und mussten reumütig einbekennen: Jetzt war die Heimat in Gefahr! Wenn man heute durch Istanbul spaziert, wird man schnell feststellen, dass Mecidiyeköy oder Kadıköy rein deutsche Viertel sind. Ganze Häuserschluchten voller Albinos, Blonder mit Sommersprossen oder Schweinchenhaut, allesamt schnurrbartlose Nichtraucher und Eigengeruchler. Aus den Fenstern hängen ungeniert schwarz-rot-goldene Fahnen, und wenn sie den Stöpsel ihres MP3-Players aus dem Ohr ziehen, tröpfeln ihnen aus der Muschel noch Musikreste von Andrea Berg heraus. An jeder Ecke in Istanbul findet man heute eine Weißwurstbude oder einen Bratwurststand. Dagegen ist es in gewissen Stadtteilen Istanbuls schon beinahe unmöglich geworden, einen anständigen Döner zu bekommen. Wenn, dann wird für den Döner nicht Hammelfleisch, sondern Schweinefleisch von der Stange gesäbelt. Was für eine Perversion und Barbarei! In der Istiklal-Straße nicht mehr eine einzige Karawanserei! Niemand isst Honig, alle trinken Bier. Die Stimme des Muezzin ist kaum noch zu hören, weil vor der Moschee ein Bierzelt steht, daraus dröhnt in einem fort *Oans, zwoa, gsuffa!* oder *Viva Colonia!* oder *Ein Prosit der Gemütlichkeit!* Es tut mir in den Ohren weh!

Galatasaray gegen Fenerbahçe interessiert hier niemanden mehr. Lieber hängen die Bewohner dieser Stadtteile jetzt in Königsberger Klöpserien ab, lutschen Werthers Echte und gucken im *Sky-TV* Hansa Rostock gegen Arminia Bielefeld oder ziehen sich alte »Derrick«-Folgen rein! Der Untergang des Morgenlands! Rund um das Stadion von Beşiktaş gibt es ganze Straßenzüge, in denen sich ein Bayern-Shop an den anderen reiht. Da gibt es blau-weiß karierte Badetücher zu kaufen, Krachlederhosen und Filzhüte, und in allen Auslagen hängen riesengroße Beckenbauerposter. Was ist bloß aus meiner guten alten Türkei geworden? Was soll das für ein Bazar sein, auf dem nicht mehr gefeilscht, sondern nur noch gedumpt wird? Ist das noch meine Heimat? Auch in der Straßenbahn hört man kaum noch ein türkisches Wort, nur noch deutsche Satzfetzen: *Ich sach mal* und *Ich denk mal* und *Guten Tach* und *Da hab ik keene Lust zu* und *Mensch, alles anjesauuut* und *Tschüss, war nett.* Dasselbe Phänomen findet man in Schulklassen. Es gibt schon Klassen in Istanbul, in denen ein einziger Schüler Türkisch als Muttersprache angegeben hat. Ein sinnvoller Unterricht ist so nicht mehr möglich. Wer es sich leisten kann, steckt seine Kinder in sündteure Privatinstitute. Mittlerweile sind wir tatsächlich Fremde im eigenen Land.

Die Deutschen in Istanbul, das sind ja keine Clans, das sind nicht einmal mehr Familien: Der Mann hat nichts zu sagen, die Frauen haben die Hosen an, aber zu sagen haben sie auch nichts, und die Kinder sind an ihre Gameboys angeschlossen. Mann und Frau sind gewöhnlich geschieden, leben aber in gutem Einvernehmen miteinander. Denk-an-Dich-Typen wie aus dem Werbefernsehen. Es gibt eben doch deutliche Unterschiede in der Mentalität und Lebensauffassung, daran kommt man einfach nicht vorbei. Um sechs Uhr abends sperren sich die Deutschen in ihre Wohnungen ein und geben keinen Laut mehr von sich, als gingen draußen auf der Straße die zehn ägyptischen Plagen um. Kein Wunder, dass die Deutschen außerhalb Deutschlands überall die *Schweigenden* heißen! Unsereins tut sich schwer, ein solch wunderliches Verhalten anders als mit Hinterlistigkeit zu erklären: Denn warum sonst sperrt man sich weg und stellt sich tot? Tatsächlich leben unsere Deutschen, als wären sie schon gestorben. Gespenstische Wesen! Was sie von wirklichen Leichen noch unterscheidet, ist ihr frappantes Dauerduschen, ihr Duschzwang. Das hat nichts mehr mit Reinigung oder Hygiene zu tun. Die Deutschen duschen sich, weil sie sich selbst nicht ertragen und versuchen, sich mittels Duschen loszuwerden. Sie duschen und duschen, sie duschen sich weg, sie duschen sich die Seele aus dem Leib. Aber bitte, das könnte man noch tolerieren. Früher einmal hat es geheißen: Andere Länder, andere Sitten. Heute muss man sagen: Andere Menschen, andere Sitten.

Aber dann kommen sie, die Deutschen, die Lautlosen, klingeln bei uns, stören uns ungeniert beim Leben, Lieben, Lachen, Lärmen, Tanzen, Musizieren und Feiern und beschweren sich allen Ernstes, dass wir nicht ebenso leichenleise sind wie sie! In unserem Land! Nicht genug damit: Die Deutschen hetzen uns Türken hier in der Türkei die türkische Polizei wegen Lärmbelästigung an den Hals! Da hört sich doch alles auf! Die Polizei muss zwar offiziell einschreiten. Aber niemand kann es den Beamten verargen, wenn sie gleich beim Amtshandeln mitleben, mitlieben, mitlachen, mitlärmen, mittanzen, mitmusizieren und mitfeiern, anstatt sich von den Verschrobenheiten der Deutschen terrorisieren zu lassen. Wir werden uns keine Patchworktürken aufzwingen lassen!

Diese sogenannten Türken mit Migrationshintergrund machen mittlerweile aber einen so erheblichen Teil der Gesamtbevölkerung aus, dass sie keine Notwendigkeit mehr sehen, sich anzupassen und zu integrieren, sondern selbstbewusst Parallelgesellschaften entwickeln und ihre eigene Kultur leben. Die Frauen wollen permanent die Hand geschüttelt und die Wangen geküsst bekommen (am liebsten übrigens von katholischen Religionslehrern – das gibt ihnen scheinbar einen ganz ungeheuren Kick); dagegen verzichten sie darauf, Türkisch zu lernen, sondern gehen lieber joggen, in den Beauty-Salon, zur Esoterik-Beratung oder in den Swingerclub, um ihr Bedürfnis nach Vielmännerei zu befriedigen, sodass ich allmählich ein gewisses Verständnis für die Parole von Sven-Göran Atatürkson aufbringe, der überall plakatieren lässt: *Istanbul darf nicht Berlin werden!*

Anfangs haben wir naiv gedacht, die Deutschen würden eine Zeit lang bleiben und dann wieder gehen, und die, die bei uns heimisch werden wollen, würden sich anpassen und ihre Religion zu Hause lassen. Aber die Deutschen haben ihre Religion kaltschnäuzig mitgebracht, diese Wischiwaschireligion mit ihrem Wischiwaschigott, den sie nach ihrem Ebenbild erschaffen haben und den sie sich zu einem transzendenten Weichei zurechtbiegen, wie sie ihn gerade brauchen, die sogenannten Gläubigen ebenso wie die Priester und die Spitzenkleriker mit dem deutschen Oberboss in Rom. Der von den moralischen Gummimenschen erschaffene moralische Gummigott lässt seinen Erfindern jede Schweinerei durchgehen, verlangt keinerlei Unterwerfung, schickt keine Schicksalsschläge und gestattet den Frauen lange Haare und lange Beine und Miniröcke und Stöckelschuhe. Gerade, dass dieser Gott sie nicht persönlich penetriert und die Frauen wimmern: »Oh Gott, ich komme!« Die

Deutschen glauben an einen Gott, an den sie gar nicht glauben. Wenn die Tiefkühlblütigen gestorben sind, trödeln sie noch tagelang bis zur Beerdigung herum und lassen sich mit dem Kopf nicht Richtung Mekka, sondern Richtung Wall Street begraben. Unsereins, dem Religion noch etwas Heiliges ist, muss solche Unsitten hier im eigenen Land natürlich als Provokation empfinden. Religionsfreiheit ja; aber wer die Blaue Moschee für ein Etablissement und die Hagia Sophia für eine Gogotänzerin hält, der geht zu weit. Das darf man sich nicht bieten lassen!

Apropos Religion: Ich bin noch mit einem Hakan Sükür aufgewachsen, einem Hakan Sas, einem Rüstü, einem Semi Semtürk. Früher hießen unsere Fußballer Mehmet, Ildiray, Ekrem, Yüksel, Ümit oder Mohamed. Heute heißen sie Fritz, Uwe, Lothar oder Oliver. Damit man mich recht versteht: Ich spreche jetzt von der nationalen Profifußballliga, nicht von der türkischen Immigrantenmeisterschaft, die in den Vorstädten der großen Metropolen organisiert wird, wo Eintracht Istanbul gegen Borussia Istanbul und Alemania Ankara gegen Bayern Izmir spielt. Letztens hat aber in unserem glorreichen türkischen Nationalteam ein neuer Wunderstürmer namens Johann Müller sein Debüt gefeiert und gleich drei Tore geschossen. Respekt. Er ist – berichten jedenfalls die Zeitungen und das Fernsehen unseres Landes – ein waschechter Türke, in Istanbul geboren und hier aufgewachsen, spricht dementsprechend perfekt Türkisch und war angeblich überhaupt erst zweimal in seinem noch so jungen Leben in Deutschland, jeweils zu Weihnachten, um seine Großeltern im Schwarzwald zu besuchen. Dass die Familie Müller nun auch in Istanbul einen Adventkranz aufhängt, einen Christbaum schmückt und Weihnachtslieder singt, dass Johann Schwarzwälder Kirschtorte liebt und in seiner Freizeit nicht nur Emine Sevgi Özdamar, sondern auch Thomas Mann, Burkhard Spinnen und Robert Gernhardt liest, das kann man ihm natürlich nicht verdenken. Aber nichtsdestotrotz ist es ein seltsames Gefühl, wenn sich im Ali-Sami-Yen-Stadion, in diesem Hexenkessel, in den bloß zwanzigtausend Menschen passen, die dort aber eine Stimmung entfachen, als wären sie zweihunderttausend, wenn sich dort also bei türkischen Triumphen in das gute alte *Türkie*-Gebrüll immer öfter die zerdehnten *Haaansi-Haaansi*-Rufe mischen. Die Türktürken versteifen sich auf den für alle türkischen Worte unerlässlichen Umlaut ü und skandieren: *Mü-Mü-Müller*! Aber trotzdem: Ist ein solcher Sieg noch ein Sieg, und wenn ja: Wer hat dann eigentlich gewonnen? Welche Geschichte wird hier geschrieben? Was noch vor zwei, drei Jahrzehnten völlig undenkbar gewesen wäre, ist in diesem Wahlkampf tatsächlich passiert: Johann Müller hat tatsächlich in einer ganzseitigen Annonce in der größten Tageszeitung des Landes mit seinem lachenden Konterfei in Großaufnahme Wahlwerbung für den türkischen Sozialistenführer gemacht und ihn als den »richtigen Mann für uns Türken der zweiten Generation« beschrieben! Solche Inserate passieren nicht zufällig. Dahinter steckt beinhartes politisches Kalkül, das auf demoskopischen Ergebnissen beruht. Wir Originaltürken sollen gar nicht mehr unterwandert, wir sollen übernommen werden! Mittlerweile kommen schon viele Tiefkühlblütige regelmäßig ins Ali-Sami-Yen, und man erkennt sie leicht, denn sie bilden den eisigen Teil des Stadions. Das Allerschlimmste ist: Wenn die Türkei gegen Deutschland spielt, dann gefriert ihnen das Blut in den Adern, dann halten diese Türken zu Deutschland! Aus dem nämlichen Grund bekommt Deutschland beim Song Contest von der Türkei schon seit Jahren ausnahmslos 12 Punkte! Sie tun das, was eigentlich verboten ist: Sie wählen sich selber!

Nicht, dass man mich falsch versteht: Man darf nicht alle in einen Topf werfen! Mit etlichen Tiefkühlblütigen bin ich befreundet, und ich schätze ihre Qualitäten sehr. Es gibt überaus nette, intelligente Sommersprossengesichter, denen unsere Türkei zu großem Dank verpflichtet ist, zum Beispiel dem Österreichdeutschen Heinrich Krippel, der das erste Denkmal Atatürks auf der Saray-Spitze in Istanbul errichtete. Oder dem

Architekten Clemens Holzmeister und den Bildhauern Anton Hanak und Josef Thorak, nach deren Plänen das Denkmal des Vertrauens im Güvenpark von Ankara erbaut worden ist. Als Inschrift trägt es ein Zitat von Atatürk: *Türk, öğün, çaliş, güven!* – was man für die tiefkühlblütigen Türken mit Migrationshintergrund am besten wie folgt übersetzt: »Türke, rühme dich, arbeite und vertraue!«

Ich hingegen bin misstrauisch geworden und finde nichts mehr zu rühmen. Wir geben mit dem stereotypen, blauäugigen *Hereinspaziert! Hereinspaziert!* unsere eigene Geschichte dem Vergessen preis. Es leben immer mehr Türken in der Türkei, die von Atatürk gar keine Ahnung haben – und keine haben wollen! Sie wissen nicht, dass es in der Türkei eigene Gesetze gibt, die das Andenken Atatürks schützen sollen und dass noch heute jede herabsetzende Äußerung über ihn unter Strafe steht. Sie wissen nicht, dass im Dolmabahçe-Palast Atatürks Arbeits- und Sterbezimmer postum zum Museum umfunktioniert worden sind. Sie wissen nicht, dass Atatürk an Leberzirrhose gestorben ist (was allerdings als herabsetzende Äußerung missverstanden werden könnte und daher ohnehin besser nicht gesagt werden sollte). Ja, unsere Neutürken wissen nicht einmal, dass das Geburtshaus Mustafa Kemal Atatürks in Thessaloniki steht und Atatürk eigentlich gar kein Türke war. Aber es gibt ja viele Beispiele von Völkern und Ländern, die sich von einem Ausländer beherrschen ließen und lassen, und es ist nur ein Indiz für die Aufgeschlossenheit und Toleranz von uns Türken, dass wir unsere Staatengründung einem Griechen überlassen haben. Und selbstverständlich wissen unsere Neutürken auch nicht, wie viele andere Herrscher unseren Mustafa Kemal Atatürk um seine schönen blauen Augen beneidet haben.

Unsere Neutürken haben andere Sorgen: Wenn sie nicht gerade Johann Müller zujubeln, dann warten sie vor dem Bildschirm gespannt auf den aktuellen großen Sohn Trabzons, auf Karl Hopsbauer, dieses Jahrhunderttalent, das die Türkei bei der kommenden Vierschanzentournee in Bischofshofen und Garmisch zur führenden Skisprungnation machen soll. Ich selbst – das gebe ich zu – habe keine Lust mehr, diese Entwicklung mitzumachen, auch auf die Gefahr hin, als Reaktionär abgestempelt zu werden. Am Bosporus ist es nicht mehr schön! Wenn bei den kommenden Wahlen nicht alles anders wird und man in seinem eigenen Land nicht mehr nach den jahrhundertealten traditionellen Sitten und Gebräuchen leben kann, dann überlasse ich Istanbul den Tiefkühlblütigen und ziehe schweren Herzens zurück zu meinen Eltern nach Nürnberg.

Kind Gottes

Ich bin der Sohn Gottes. Das ist freilich weder eine besondere Leistung noch eine hohe Auszeichnung, und ich bilde mir nichts darauf ein. Aber besser, man erfährt es von mir selbst, denke ich mir, wenn ich von hier heroben auf die gute alte Erde hinunterschaue, als dass hinter meinem Rücken getuschelt wird. Schön ist die Erde, von hier aus gesehen!

Dass ich der Sohn Gottes bin, habe ich nicht gleich am Anfang meines Lebens gewusst. Wie schon bei meinem ersten Erdeinsatz als Menschensohn, ist mir erst bei Eintritt ins Mannesalter ganz allmählich klar geworden, wer ich wirklich bin, und ich bin nur sehr langsam in meine schwierige Rolle hineingewachsen. Vom Aufkeimen des göttlichen Sendungsbewusstseins bis zum Beginn meines öffentlichen Wirkens sind noch einmal ein Dutzend Jahre ins Land gezogen. Erst in meinem dreißigsten Jahr habe ich zum ersten Mal ein Podium bestiegen, um das sich Leute versammelt hatten, um mich zu hören. Und auch diese Auftritte verlangten anfangs sehr viel Frustrationstoleranz. Man predigt für die Wände. Es ist leider nicht so, dass alle auf einmal wie auf Knopfdruck an einen zu glauben beginnen, und sei es der Menschensohn. Denn so nenne ich mich mit Vorliebe. Den Begriff *Messias* mag ich dagegen gar nicht.

Ort meiner Geburt war wieder keine Weltmetropole, sondern wieder eine Kleinstadt in der Provinz. Zuerst war ich ein recht gewöhnliches Kind, sieht man von meinem speziellen Geburtsdatum ab, dem 24. Dezember. Das führte zwangsläufig dazu, dass ich oft zu hören bekam, ich sei ein Christkindl. Aber das

Datum war reiner Zufall, und für uns sieben Milliarden Menschen stehen eben nur 365 mögliche Geburtstage zur Verfügung. Im Schnitt sind zweihunderttausend Menschen solche Christkindln. Außerdem weiß heute niemand mehr so genau, an welchem Tag mein erster Erdeinsatz begonnen hat. Der 24. Dezember dürfte es mit großer Wahrscheinlichkeit nicht gewesen sein. Das war eine willkürliche Festsetzung, sei es des Klerus, sei es der Astronomen und der Kalendermacher. Sogar das Jahr ist umstritten. Krippe, Hirten, Heiligenschein hat es diesmal nicht gegeben, die waren auch nicht notwendig. *Ein Christkindl sein* bedeutet freilich auch, dass einem unterstellt wird, dass man naiv ist, dass man keine Ahnung hat und nicht für voll genommen wird. Das passiert mir leider nach wie vor.

Kein reiner Zufall ist es aber vielleicht, dass ich zur Wintersonnenwende zur Welt gekommen bin, in der Zeit der größten Finsternis im Jahr: So ist mein Kommen, meine ganze Erscheinung, auch als Auftrag zu verstehen: Es werde Licht! Dass Weihnachten und Geburtstag auf einen Tag fielen, bedeutete bloß, dass mein Geburtstag zu Mittag, die Bescherung wie bei anderen Familien auch am Abend gefeiert wurde. Von meinem Vater im Himmel wusste und hörte ich damals noch gar nichts. Dazu muss ich bemerken, dass ich nach der Transformation, die ich über mich ergehen lassen musste, auf diesem Planeten rein biologisch gesehen ein Mensch bin, ein sogenanntes irdisches Wesen aus Fleisch und Blut, das Montagsmodell der Schöpfung, das die Vorderpfoten abgehoben und den Kopf zum Körperhöhepunkt gemacht hat. Eine Kontaktaufnahme zwischen Menschensohn und Gottvater ist nur sehr beschränkt und indirekt möglich, von unserem belasteten Verhältnis einmal ganz zu schweigen. So einen Generationskonflikt hat die Welt noch nicht gesehen. Erst etliche Jahre später ließ sich der Vater im Himmel dann und wann dazu herab, sich in Form von Träumen oder inneren Stimmen oder Gelenksschmerzen bei mir zu melden. Auch von meiner Bestimmung, meiner Mission, meiner

Aufgabe, die in diesem Leben auf mich wartete, hatte ich am Anfang keine Ahnung. Die Frage stellte sich nicht. Am Anfang war alles finster in mir. Wie ich meine leiblichen Eltern abgöttisch liebte, liebten mich Vater und Mutter abgöttisch, auch wenn sie nicht die ganze Kindheit lang links und rechts von mir knieten.

Wie ich zuerst nicht ahnen konnte, der Sohn Gottes zu sein, dämmerte mir auch erst viel später, nämlich lange nachdem er gestorben war, dass der liebe Gott mein irdischer Papa war. Wenn ich heute meine Frau, die Christin, um ihr eine kleine Freude zu machen, in die Kirche begleite und ein gesungenes *Vaterunser* höre, schwebt mir immer Papas Bild vor Augen, und manchmal entschlüpft mir eine Träne. Er war mein lieber Gott: Ich musste gar nicht an ihn glauben. Er war ja da. Er war selbstverständlich. Ich habe ihn gesehen. Ich konnte ihn riechen und berühren. Der liebe Gott hat mir den Arm um die Schultern gelegt. Er hat mit mir gesprochen. Er nannte mich seinen *Engelbuben*. Darauf war ich sehr stolz. Der liebe Gott war allmächtig. Das habe ich bemerkt, wenn der liebe Gott mit dem Mechaniker in der Autowerkstätte fachsimpelte, mit dem Oberarzt im Landeskrankenhaus, mit dem Zahlkellner im Restaurant, mit dem Dompfarrer am Domplatz, oder wenn der liebe Gott einen Verkehrspolizisten wegen eines Formfehlers im Strafmandat maßregelte: Auf ganz unglaubliche Weise war immer er der Chef. Dem lieben Gott konnte man kein X für ein U vormachen. Der liebe Gott konnte streng sein, aber er war auch gütig.

Im ersten Stock meines Elternhauses, das auch sein Elternhaus und das Elternhaus seiner Eltern gewesen war, saß der liebe Gott in seiner Kanzlei am Schreibtisch und erledigte Geschäftskorrespondenz, oder er saß daneben an der großen grünen Buchungsmaschine. (*Kanzlei* war das Wort, das er verwendete. Das gefiel ihm besser als *Büro*.)

Am Schreibtisch stand eine kleine Spieluhr mit Glöckchen,

an der Wand hing ein Thermometer und der gerahmte Sinnspruch *Gott schuf die Zeit. Von Eile hat er nichts gesagt.* Durch den Raum schwebten Wölkchen aus Tabakrauch. Der liebe Gott leitete die Welt. Ich saß an einem kleinen Tischchen hinter dem lieben Gott und imitierte ihn. Zwar konnte ich noch nicht schreiben. Aber ich konnte endlose Zacken auf die perforierten Buchungsblätter zeichnen und mir alle möglichen Geschichten dazudenken, die diese Zackenlinien erzählten. Lesen konnte meine Geschichten, meine Tagebücher und Briefe aber freilich nur ich. Die fertigen Briefe gab ich dem lieben Gott, damit er sie adressiert, frankiert und in die Welt hinausschickt. Sicher hat er das auch getan. Wir waren im Paradies, der liebe Gott und ich. Hier war es gemütlich. Hier war ich geborgen. Hier war alles gut. Leider reichen zwei nicht für eine Dreifaltigkeit.

Aber der liebe Gott wollte, dass ich Mensch werde.

»Wozu denn das?«, wollte ich wissen. »Ich bin doch dein Sohn. Ich bin der Kronprinz. Ich will im Himmel bleiben. Ich will nicht auf die Erde hinunter! Ich will nicht zwischen den Menschen leben. Soviel ich weiß, sind sie gemein und brutal. Das kannst du mir doch nicht antun!«

Aber es musste sein. »Du musst zu den Menschen!«, sagte der liebe Gott. »Ich werde nicht immer sein.« Was sollte das schon wieder heißen?

»Was soll ich denn auf der Erde?«

»Weltverbessern.«

»Ich mag nicht weltverbessern! Und ich kann's auch nicht. Ich bin viel zu schüchtern. Ich bin weltfremd!«

»Du bist mein geliebter Sohn. Ich werde dich Jasomirgott nennen.« Ich war gerade erst geboren, also noch zu klein, um zu erwidern. Denn dann ich hätte gesagt: »Vater, in deine Hände lege ich meinen Namen. Dein Wille geschehe. Nenne mich, wie du willst, nur bitte nicht Jasomirgott! *Jasomirgott* war der erste Kelch, den er hätte an mir vorüberziehen lassen sollen. Als Jasomirgott geniert man sich automatisch für sein ausgestelltes

Anderssein und hat gleich noch weniger Lust, unter die Menschen zu gehen. Später vielleicht als Künstlername, aber nicht jetzt als Kind, wenn man von Gleichaltrigen gefragt wird, wie man heißt, sobald man sie bittet, Fußball mitspielen zu dürfen. Weiß man irgendetwas über die Großmutter mütterlicherseits von Jesus? Meine schlug bei meiner Taufe die Hände über dem Kopf zusammen und rief: »Kind Gottes! Du wirst es einmal schwer im Leben haben!« Und zu Papa: »Hol ihn herunter vom Podest!« Aber sie verehrte mich dann doch auch selber sehr, änderte eigens für mich ihr Testament, enterbte ihren Sohn, den Bruder meiner Mutter, und setzte mich als Universalerben ein. Leider starb meine Großmutter als arme Frau, und so erbte ich erst recht nichts außer dem *Kind Gottes*. Das habe ich ernst genommen.

Im Grunde brauchte Papa mich bloß zu sehen, um in die Hände zu klatschen und auszurufen: Was für ein Wunder! Und das glaubte ich gern. Diese grenzenlose, herzliche Liebe meines Vaters war für mich, da ich ja nichts anderes kannte, die größte Selbstverständlichkeit und jahrelang das Maß aller Dinge. Abgöttische Liebe war einfach normal. Je weiter ich mich aber als Heranwachsender aus dem Haus wagte, desto dramatischer nahmen die Herzlichkeiten ab, desto weniger liebten mich die Menschen, desto weniger Menschen liebten mich; genau genommen gar keiner. Draußen vor der Tür: Abnormalität! Zumutungen! Paradise lost! Ich konnte mir dieses krasse Missverhältnis nicht erklären und war von der neuen Erfahrung mitmenschlicher Gleichgültigkeit oder gar Gehässigkeit, Abweisung und Ablehnung regelrecht schockiert: Ich war doch außer Haus kein anderer Menschensohn als daheim bei Vater und Mutter! Faktum war jedenfalls: Das Pro-Kopf-Vorkommen von Liebe ist zu gering! Mein Programm, meine Botschaft ließ sich daher in einem einzigen Wort zusammenfassen: Liebe! Oder allerhöchstens in zwei: Liebet einander! Ich habe aber leider schnell bemerken müssen, dass das Wort *Liebe* sehr kompliziert ist und seine Gestalt, seinen Sinn und sogar seine Bedeutung verändert, je nachdem, wer es gerade benützt. Leider hängt Zwischenmenschlichkeit immer sehr stark davon ab, welchen Körper man gerade im Angebot hat. Leider gibt es dementsprechend viel weniger Zwischenmenschlichkeit als Zwischenunmenschlichkeit. Leider ist bei den meisten Körpern die Nachfrage nicht gar so besonders. Leider sieht man es den meisten Körpern auf den ersten Blick an, dass sie Ladenhüter sind. Hat man einen Ladenhüterkörper, bekommt man nach und nach auch eine Ladenhüterseele. Manche Körper sind dergestalt, dass ihnen nur noch Geist übrig bleibt.

In der Liebe gibt es kein Nebeneinander. Es gibt nur Herrschaft oder Unterjochung, ausbeuten oder ausgebeutet werden. Man kann nur Spieler oder Spielzeug sein. Aber man hat nicht die Wahl. Man bekommt seine Rolle zugewiesen, und man muss sie spielen. Die meisten Menschen werden nicht geliebt. Sie lieben auch nicht. Sie begehren bloß und werden ausgenutzt. Die meisten Menschen sind nicht liebenswert. Die meisten Menschen sind verbittert, gemein, unsympathisch, hässlich, hinterhältig, abstoßend und ekelhaft. Die Frage ist bloß, ob sie so geworden sind, weil sie nicht geliebt werden, oder ob sie nicht geliebt werden, weil sie so sind.

Der liebe Gott nahm mich Sonntag für Sonntag mit in die Kirche. Das war ein Theater mit prächtigen Kulissen, kostbaren Requisiten und pompöser Bühne. Ein Mann war als Engel verkleidet und führte ein Einpersonenstück auf, die *Heilige Messe*. Nur die Flügel am Rücken fehlten ihm. Das Stück war handlungsarm und gipfelte in einer Art Ausspeisung des Publikums. Der Kostümierte hatte das bescheidene Mahl vorher mit ein paar Beschwörungssprüchen verzaubert. Es bestand aus geschmacklosen, winterweißen Scheiben, die Hostien hießen. Auch Wein gab es, aber den schenkte der Hauptdarsteller nur sich selbst ein. Der Text des Dramas war standardisiert, vor allem die Dialoge mit dem Chor, also dem Publikum. Zum Teil wurden sie auch gesungen. Nur manche monologische Passagen aktualisierte man von Aufführung zu Aufführung, etwa die sogenannte Predigt oder die Verlesung einer Bibelstelle, die sich nach der jeweiligen Kirchenjahreszeit richtete. Freies Zurückreden oder Nachfragen war verboten. Der Spielplan war auch jedes Jahr derselbe. Zwischendurch kam ein Statist mit Körbchen in den Publikumsbereich zum Abkassieren. Der Eintrittspreis war aber bescheiden, freiwillig und beliebig. Meistens schleppte sich die Sache ein wenig dahin, und es ließ sich nicht so recht entscheiden, wer irgendeinen Nutzen aus diesen Ritualen schlagen konnte. Anfangs gefiel mir das bunte Treiben trotzdem recht gut. Immerhin war ich an der Seite meines Vaters. Je öfter ich das Schauspiel allerdings in seiner ganzen Stereotypie und Monotonie miterlebte, desto langweiliger wurde mir. Immer war die Rede von einem, der wiederkehren sollte, aber nicht und nicht kam. Es fehlte ein Spannungsmoment, ein Überraschungseffekt.

Nach der Vorstellung hätte mein irdischer Vater öfters fast auf mich vergessen, weil er auf dem großen Platz vor dem Dom immer noch lange mit dem Darsteller und sogar mit dem Theaterdirektor geplaudert hat. Der Schauspieler hatte sich gleich nach dem Ende des Stückes umgezogen, wenn auch nicht gänzlich dekostümiert. Beide trugen nach wie vor Frauenkleider, nur jetzt schwarze. Der liebe Gott kannte die Kostümierten gut, denn er war hier Pfarrkirchenrat und vor allem in Fragen der Liturgie ein Experte. Richtig ärgerlich konnte mein irdischer Vater werden, wenn irgendjemand irgendetwas an der traditionellen Spielanordnung verändern wollte, seien es die Kostüme, sei es das Bühnenbild, sei es gar die Sprache betreffend: Latein musste Latein bleiben. Die lateinischen Texte kannte er auswendig, auch wenn er sie nicht korrekt hätte übersetzen können. Aber es geht ja, meinte mein irdischer Vater, nicht um Grammatik, sondern um Mystik. Kurzum: Mein lieber Gott schätzte das moderne Regietheater und damit das Zweite Vatikanische Konzil geringer als gering. Über Fragen der Ethik und Moral wurde am Domplatz eher selten diskutiert. Aber die Aufstellung des Volksaltars, das war so eine Art zweite kommunistische Revolution, eine internationale Verschwörung. Warum stellen wir statt Kelch und Kruzifix nicht gleich Hammer und Sichel hinauf? Den Volksaltar konnte Gott der Herr nicht mit Wohlgefallen sehen, soviel stand fest. Der Pöbel wird es wohl aushalten, dass der Priester ihm während der Eucharistie den Rücken zuwendet! Am frühen Vormittag wurde manchmal auch eine Kindermesse gegeben. Da saß neben dem Engel ein unkostümierter Laiendarsteller, spielte Gitarre, und die Kinder sangen *Rock my Soul* oder *Kumbaya, my Lord*. Das fand der liebe Gott aber so schrecklich, dass er auf der Nase zu schwitzen begann.

Weil ich als kleiner Bub oft lange dabeistehen musste, aber bei den Erwachsenenunterhaltungen freilich weder mitreden konnte noch durfte noch wollte, habe ich, um mir die Zeit zu vertreiben, oft an die Geschichte des kleinen Jesus gedacht, wie er seinen Eltern abhanden kommt und sie ihn nach tagelanger verzweifelter Suche im Tempel seines Vaters wiederfinden, wie der Knirps den Hohepriestern und Pharisäern mit der allergrößten Selbstverständlichkeit Vorträge hält. Mir, dachte ich, würden die hohen Herren wohl nicht zuhören. Würde ich mir erlauben, hier die Stimme zu erheben, legten sie mir das höchstens als grobe Ungezogenheit aus. So zerrte ich bloß immer wieder einmal am Sakkorand meines irdischen Vaters, um ihn zum Nachhausegehen zu bewegen, und der sagte: »Sei nicht so lästig, Jasomirgott!«

Zu den Sonntagvormittagsveranstaltungen meiner Kindheit kamen an religiöser Unterweisung noch die großen kirchlichen Feste, vor allem Geburt und Tod des Heilands, Feiertagsprozessionen, Himmelfahrtsfeiern, die Vorbereitung auf die Erstkommunion und der Religionsunterricht in der Schule, sodass ich bald recht bibelkundig war und das Leben Christi kannte. Jesus Christus war ein Sympathieträger. Besonders beeindruckt hat mich das Leben Jesu von der Geburt bis zum Tod. So ein Querdenker! So ein Querkopf! So unkonventionell, unangepasst, abenteuerlich und mutig: Ein Mann ohne Sozialversicherungsnummer und Zusatzpension. Ein Charismatiker im Jutesack. Und: starke Sager! Nur leider ein schreckliches Ende. Seine postume Geschichte, also die von Tod bis Himmelfahrt, konnte punkto Opulenz und Dramatik nicht ganz mithalten: So eine Art Faust II. Grabschändung und Leichenfledderei, um die sich das Gerücht der Auferstehung am dritten Tag nach dem Tod rankt; das schleierhafte Erscheinen vor manchen Leuten ohne Zeugen, wo er post mortem keine großen, sensationellen Inhalte mehr transportiert und rein inhaltlich nur noch bedingungslosen Glauben an ihn einfordert: All das ist etwas blass, wirr und esoterisch ausgefallen: eine allerletzte Zugabe, während im Saal schon die Lichter angehen und die Leute sich zum Gehen wenden. Ein guter Lektor hätte hier gestrichen.

Im sechzehnten Jahr meines Erdendaseins verliebte ich mich das erste Mal. Die damalige Formulierung lautete freilich nicht: sich verlieben. Sondern sie hieß: Einen Stand haben. Auf eine stehen. Mit einer gehen. Magda verliebte sich aber leider nicht in mich. Eher war ihr meine Zuwendung ein wenig peinlich. Vielleicht war ich in Magdas Augen keine Schönheit. Vielleicht wollte sie auch bloß nicht mit einem Jasomirgott zusammen sein. Jedenfalls wollte sie nicht mit mir gehen: Um meine narzisstische Katastrophe komplett zu machen, verliebte sich Magda bei der ersten Gelegenheit ausgerechnet in Thomas, der damals mein bester Freund war und den sie durch mich kennengelernt hatte. Thomas ließ sich ihre Annäherungsversuche schon gefallen. Wir fuhren mit unseren Mopeds zu dritt an einen See, bauten auf dem Campingplatz ein kleines Zelt auf, krochen hinein und nahmen das Mädchen in die Mitte. Das Zelt war bloß für eine Person bemessen und daher so eng, dass wir gar nicht anders konnten, als unsere Körper im Liegen aneinanderzudrücken. Wir tranken und rauchten, und weil Thomas ja wusste, wie sehr ich in Magda verliebt war, forderte er sie einfach auf, mich zu küssen. »Gib dem Jasomirgott einen Kuss!« Um es ihm recht zu machen, küsste mich Magda tatsächlich.

»Mit der Zunge!«, verlangte er.

Da schob mir Magda die Zunge in den Mund.

Meine große Liebe war eine Nutte. Mein bester Freund ein Zuhälter und ich ein Freier. Es war demütigend. Das mir! Dem Menschensohn! Ich lernte viel über die große Welt in diesem kleinen Zelt. Ich hatte trotzdem einen Stand. Ich hatte trotzdem einen Ständer. Nachdem Magda den beauftragten Kuss beendet hatte, sagte sie meinem besten Freund: »Jetzt will ich zur Belohnung aber auch dich küssen!« So hatte ich das mit der Liebe zwischen den Menschen nicht gemeint. Aber da küssten sie sich auch schon neben mir. Mit der Zunge. Das war sehr demütigend.

Später verlor der liebe Gott seine Allmacht. Das war wieder ein Schock für mich, seinen eingeborenen Sohn. Zuerst hatte er mich Mensch werden lassen. Jetzt schien ihm dieses Malheur spät, aber doch selbst auch zu passieren. Dem lieben Gott ging es schlecht. Es würgte den lieben Gott, und er bekam Hautausschläge. Die Menschen glaubten nicht mehr an den lieben Gott. Die Menschen kauften nicht mehr beim lieben Gott. Die Menschen kauften lieber bei der Konkurrenz des lieben Gottes, die billiger war. Rundherum schossen größere und günstigere Götter aus dem Boden. Der liebe Gott hatte schlaflose Nächte. Der liebe Gott wurde krank. Der liebe Gott wurde menschenscheu. Den lieben Gott packten Existenzängste. Der Oberarzt im Krankenhaus redete eigenmächtig zurück und stellte eigene Diagnosen. Der Vorstandsdirektor der Bank redete eigenmächtig zurück.

Sogar die Mittelschulprofessoren, dieses gottlose Pack, redeten am Elternsprechtag zurück. Der Mechaniker in der Werkstatt und der Zahlkellner im Restaurant, die redeten nicht zurück. Aber der liebe Gott ging nur noch selten ins Restaurant essen. Man musste sparen, und es war ihm peinlich, wenn er hörte, wie hinter seinem Rücken über ihn getuschelt wurde. In einer Kleinstadt kennt ja jeder jeden, das wusste der liebe Gott, und jeder schadenfreut sich diebisch über den Niedergang seines Nächsten.

Der Dompfarrer wurde vom Bischof ausgemustert und durch einen vom Land ersetzt, der Kaplan ebenso. Der Himmel bekam Risse. Das Reich des lieben Gottes war nicht mehr von dieser Welt. Von einer anderen aber auch nicht. Der liebe Gott wurde fahrig und nervös. Ich konnte dagegen gar nichts ausrichten. Im Gegenteil verschlimmerte ich die Situation des lieben Gottes noch, denn meine Menschwerdung klappte vorn und hinten nicht. Ich war klein, schwach, einflusslos und dekadent.

Dann fragte Magda Thomas im Zelt neben mir verschämt:

»Weißt du, was ich jetzt gerne machen möchte?«

»Nein«, sagte er.

»Ich möchte ihn anfassen.«

Thomas hatte keine Einwände. Er hatte keinen Stand, aber einen Ständer hatte auch er.

»Ich möchte ihn in den Mund nehmen.«

Thomas hatte auch dagegen keine Einwände.

»Ich hab das aber noch nie gemacht.«

»Es gibt für alles im Leben ein erstes Mal. Probierst es halt einfach. Es ist ganz leicht.«

Und so geschah es. So hatte ich das mit der Liebe nicht gemeint. Ich lag Körper an Körper gepresst neben den beiden und schaute blöd und fassungslos gegen die Zeltwand. Es war finster, und ich sah nichts. Aber das Schmatzen hörte ich. Draußen tobte ein Gewitter.

Ich dachte mir: Vergib ihnen, sie wissen nicht, was sie tun.

Aber ich irrte mich. Sie wussten genau, was sie taten. Sie gingen den Weg des geringsten Widerstands und der meisten Reibung. Ich vergab ihnen trotzdem. Hätte ich mit den beiden gebrochen, wäre ich allein gewesen. Davor hatte ich die größte Angst. In die Wüste wollte ich nicht. Ich wollte weder das Mädchen noch den Freund verlieren und nahm mir vor, die beiden trotz allem weiter zu lieben. Was ist ein Freund? Was ist ein Feind? Ob ich meine Freunde oder meine Feinde liebe: Wo ist der Unterschied? Ach, die Welt ist schlecht, das Leben grausam! Ich war sehr gekränkt, tief gedemütigt und gleichzeitig seltsam erregt durch die Situation. Ich dachte, wenn ich schon nicht mitmachen darf, würde ich gerne zuschauen. Es war aber finster geworden. Je schneller man das Leiden lieben lernt, desto besser: dafür hat man immer Verwendung im Leben.

Mein Vater riet mir dringend, meinen besten Freund zu wechseln. Der da ist nämlich kein Freund. Und so ein Mädchen ist auch kein Umgang! Wo bleibt denn dein Stolz?

»Stolz? Was soll denn das schon wieder sein? Wenn man einmal Mensch geworden ist, ist alles andere auch schon egal. Noch tiefer geht es ja nicht. Im Vergleich zur Menschwerdung erscheint jede weitere Demütigung als Lappalie. Ich entwickelte den Stolz der Inferiorität. Immerhin führte die Geschichte enttäuschter Liebe dazu, dass ich mich in meinem Weltschmerz hinsetzte und sie niederschrieb – das erste Mal in meinem Leben. Binnen zwei Wochen hatte ich zwanzig Seiten wütend in die Schreibmaschine geklopft und die Erzählung fertiggestellt: Sie war schrecklich. Sie bewirkte weder eine Katharsis noch sonst etwas. Damals hielt ich die Geschichte trotzdem für großartig. Zwei Menschen habe ich sie zu lesen gegeben: Den beiden anderen Hauptfiguren Magda und Thomas. Beide waren voll des Lobes. Beide gratulierten mir zu meiner großen geistigen Leistung und versicherten mir, dass ich schon viel reifer sei als sie. Anstatt eine traurige Liebesgeschichte zu schreiben, hätte ich mir besser die Zähne reparieren lassen sollen.

Das Leben war grausam, die Welt war schlecht und ich begann zu rauchen. Dadurch wurde sie besser. Höchste Zeit, dass Gottes Sohn wieder zur Welt kommt, dachte ich. Davon handelte meine zweite Geschichte.

Ich ließ Jesus Christus diesmal aber nicht im Stall, sondern auf der Rückbank eines Taxis, und nicht in Bethlehem, sondern in Hammerfest im höchsten Norden Norwegens zur Welt kommen. Die Stadt wählte ich, weil mir ihr Name so gut gefiel, und daher nannte ich auch die ganze Erzählung so. Da ich meine Geschichte, während ich sie schrieb, für eine Erfindung meiner Fantasie hielt und nicht auf den Gedanken kam, dass ich selbst der wiedergeborene Sohn Gottes sein könnte, habe ich sie auch nicht in der Ich-Form, sondern in der dritten Person verfasst. Welchen Namen ich meinem norwegischen Jesus gegeben habe, weiß ich längst nicht mehr: Sigurd, Torstein, Jostein oder Jan-Age vielleicht. Aber ich will nicht mehr nachschlagen, denn ich fürchte, meiner jugendlichen Unerfahrenheit entsprechend war auch meine zweite Erzählung eine sehr misslungene literarische Fingerübung.

Damals, in den späten siebziger Jahren des letzten Jahrhunderts, herrschte der Kalte Krieg. Ich erfand eine bedrohliche Krise und ließ Jesus zwischen die Fronten der Supermächte geraten. Vor den Augen der Fernsehkameras, die das dramatische Geschehen live rund um den Globus übertrugen, versuchte Jesus zu vermitteln und den Weltfrieden zu retten. Aber weder der Zentralsekretär der KPDSU noch der Präsident der Vereinigten Staaten ließen sich vom Sohn Gottes etwas sagen. So brach zum Entsetzen der Menschheit der Dritte Weltkrieg aus. Jesus Christus aber endete als Scharlatan diffamiert auf dem elektrischen Stuhl.

Jesus Christus als verunglückter James Bond und UNO-Generalsekretär: Naja! Wie gesagt: eine pubertäre Entgleisung. Ich war ja schon vor zweitausend Jahren nicht nach Rom gereist, um Kaiser Augustus zu einem Arbeitsbesuch zu treffen. Ich war niemals neben ihm in der Ehrenloge im Circus Maximus gesessen. Ich hatte keine Rede vor dem Senat gehalten. Ich hatte mich niemals freiwillig zu Sondierungsgesprächen mit Statthaltern, Gouverneuren oder Landeshauptmännern getroffen. Dazu hatte man mich schon verhaften und vorführen müssen, und ich war bei diesen Vorladungen sehr einsilbig und störrisch geblieben. Niemals hatte ich mich mit weltlichen Machthabern arrangiert. Meine Stellvertreter waren da später ganz anders! Mich ekelt vor Macht, und vor den Mächtigen ekelt mich auch. Keine Gipfelkonferenz außer der Bergpredigt. Und da waren die Hänge nicht voller Politiker. Warum soll das heute anders sein? Ich habe heute so wenig Lust auf Staatsoberhäupter wie damals. Ich drehe mich ja schon weg, wenn mir der Bürgermeister am Hauptplatz über den Weg läuft. Der Papst ist recht talentiert für Staatsbesuche. Meine Welt ist das nicht. Ich bin ein Kleinstadtmensch, ich bin keiner für die Metropolen. Bethlehem, nicht Nazareth, sage ich immer. Nazareth, nicht Jerusalem. Mich interessieren nicht die Großen dieser Welt. Mich interessieren die Kleinen. An die Menschen will ich herankommen, nicht an ihre Herrscher.

Bloß ein knappes Dutzend Jahre später ist die hochexplosive Nachkriegsordnung ganz ohne göttliche Fügung, sondern einfach aus wirtschaftlichen Gründen zusammengebrochen und wird jetzt durch eine andere hochexplosive Neuordnung ersetzt. Nichts ist so explosiv wie Ordnungen. Die Präsidenten der USA benützen Jesus Christus ganz ungeniert für ihre Wiederwahl, Stimmenfang und Machterhalt. Selbst in den USA ist der elektrische Stuhl aus der Mode gekommen. Man verwendet bei Exekutionen heute lieber die Giftspritze.

Magda wollte ich und hab sie nie bekommen. Dann kam Eva. Eva wollte mich und hat mich gleich bekommen. Offenbar habe ich ihr gefallen, und auch der Jasomirgott hat sie nicht gestört. Eva war hübsch und aus gutem Haus und ein wenig geschwätzig, und von ihr habe ich alles bekommen, was ich von Magda nicht bekommen habe. Aber es wurde langweilig. Das Bild im Zelt, wie ich von Magda und Thomas gedemütigt worden war, hatte sich in meinem Innersten festgefressen, und ich maß alles, was danach kam, an diesem Bild. Linke Backe, rechte Backe, pitschpatsch, fertig. In jeder Frau suchte ich hinter der moralischen Fassade das skrupellose Luder. Wenn ich die Nutte in der Nonne nicht fand, verlor ich bald das Interesse an ihr und suchte woanders weiter.

Wie oft ich schon da war! Wie viele Einsätze! Wer oder was ich schon alles war! Was ich im Lauf meines ewigen Lebens schon alles unternommen habe! Im Namen der Menschheit habe ich gegen Erdbeben protestiert. Ich habe Thesen an Kirchentüren genagelt. Wie oft waren es frustrierte Aufwendungen! Wie oft sind meine Schüsse nach hinten losgegangen. Ich habe gegen Sklaverei und Apartheid gewettert. Ich habe gegen Hungersnöte und Epidemien gekämpft. Ich habe für Gewaltfreiheit gehungert und bin erschossen worden. Ich bin in der Umweltbewegung gewesen, in der Liebesbewegung, in der Friedensbewegung. Keine dieser Bewegungen ist von einem Kirchenmann losgetreten worden. Die Kirche bewegt sich nicht mehr.

Nie bin ich erkannt worden. Jetzt bin ich als Faulpelz und Nichtsnutz und Phobiker zur Welt gekommen. Immerhin habe ich mir die Haare wachsen lassen, so wie beim ersten Mal.

Zum ersten Mal in meinem Leben wurde mir meine göttliche Herkunft an dem Tag an der Schwelle zum Mannesalter so richtig bewusst, vor dem es mich die ganze Kindheit und die ganze Jugend lang gegraut und von dem ich inständig gehofft hatte, er möge nie anbrechen: Der Tag, an dem mir der Einberufungsbefehl zur staatlichen Schule des Tötens zugestellt wurde. Aber der Kelch zog nicht an mir vorüber, der Tag kam, und mich packte bei aller panischen Angst und allem Ekel auch eine plötzliche ungeheure Wut, wie ich sie schon damals gespürt hatte, als ich die Händler aus dem Tempel meines Vaters geworfen habe. Damals gab es zumindest noch keine allgemeine Wehrpflicht und kein Gesetz, das seine Bürger zu staatlichen Auftragskillern abrichtete. Ich habe meine ganze Kindheit lang nicht glauben und nicht fassen können, dass diese Barbarei mitten in der Zivilisation, im Zentrum der zivilisierten Welt nicht bloß ein böses Märchen, sondern Wirklichkeit war. Niemand auf der Welt wird mir einen solchen Befehl erteilen! Niemand auf der Welt wird mir überhaupt befehlen! Niemand auf der Welt wird mich unter sein Joch spannen! Niemand auf der Welt wird mich jemals als Material verwenden, als seinen Besitz, als Kanonenfutter, als Menschenmunition! Niemand auf der Welt wird mich anschreien und wie ein Stück Dreck behandeln! Niemand auf der Welt wird mich zwingen zu töten oder getötet zu werden. Ich bin nicht Eigentum eines Staates, nicht Eigentum eines Landes, nicht Eigentum einer Stadt. Ich bin niemandes Eigentum. Niemand wird jemals mein Vorgesetzter sein. Ich bin, der ich bin. Niemals und niemandem werde ich mich unterwerfen!

Zuerst dachte ich, den Militärdienst zu verweigern könne kein Problem sein. Es gibt das fünfte Gebot: Du sollst nicht töten. Das ist ein schönes, altes Gebot, das die Menschen seit über zweitausend Jahren begleitet, und es ist nicht schwer zu verstehen. Du sollst nicht töten: so einfach und so klar. Da gibt es nichts zu diskutieren. Ich töte nicht. Ich bin kein Killer, und ein Auftragskiller schon gar nicht. Du sollst nicht töten: Alle Heiligen des Himmels und alle Priester der Erde müssen im Fall des Falles hinter mir stehen! Hinter mir steht eine Armee der Gutherzigkeit und Gewaltfreiheit! Hinter mir steht der liebe Gott und mein Vater im Himmel. Was sollen da die paar Generäle und Offiziere und Verteidigungsministerialbeamte ausrichten?

Du sollst nicht töten! Und damit wäre die Sache erledigt. Aber da hatte ich mich getäuscht! Du sollst nicht töten: Das war etwas für Kinder. Etwas für die Kindermesse. Die Kirche schützte das ungeborene Leben und sogar das ungezeugte. Später ließ der Schutz dann deutlich nach. Du sollst nicht töten: Da konnte auch der Herr Kaplan, der mich getauft hatte, so wie der liebe Gott es wollte, und mit dem ich fast zwei Jahrzehnte später über meine Gewissensgründe sprach, ein Schmunzeln kaum unterdrücken. Du sollst nicht töten, ja schon, prinzipiell. Aber es gibt auch noch ein *Wenn* und ein *Aber* und ein *Allerdings* und ein *Unter Umständen*. Es gibt ja zum Beispiel Menschen im Joch fremder Religionen, Fanatiker, die an einen falschen Gott glauben, aber ihren falschen Gott für den richtigen und unseren richtigen für den falschen Gott halten. Und dieser falsche Gott befiehlt diesen falschen Menschen, uns, die wir dem richtigen Gott und den richtigen Stellvertretern dienen, gnadenlos zu vernichten. Da muss man sich verteidigen! Wehrhaftes Christentum ist Gott wohlgefällig. Angriff ist die beste Verteidigung. Oder Missionierung. Kein blindwütiger Pazifismus! Du sollst nicht töten, gut. Aber du sollst auch das Schwert bringen – und verwenden! Du sollst dem Kaiser geben, was des Kaisers ist: Gehorsam! Gewalt! Du sollst dem Kaiser geben, was des Kaisers ist: Dein Leben! Deinen Tod! Dafür kriegst du anschließend die Auferstehung. Es ist alles aufs Beste geregelt. Du sollst nicht töten: Schön, aber das heißt ja nicht: Du sollst dich nicht töten lassen für den guten Zweck! Millionen haben sich töten lassen für den guten Zweck, mein Sohn. Da kannst auch du es tun!

Kind Gottes! Was denkst du denn? Als hätte es noch nie einen Religionskrieg gegeben! Jeder zweite Krieg war ein Glaubenskrieg, jedes zweite Kriegsopfer ein Glaubenskriegsopfer, jeder zweite Kriegstote ein Glaubenskriegstoter. Für den Glauben stirbt man halt lieber als für die Weltwirtschaft. Wer für den Glauben stirbt, glaubt, dass er etwas davon hat. Wir wollen ihm diesen Glauben nicht nehmen. Jeder zweite Seelsorger ist ein Militärseelsorger oder ein Mächtigenseelsorger. Ob ein Mächtiger lebt oder stirbt: Immer steht einer vom Klerus dabei und fächert ihm seinen Segen zu – und hält die Hand auf und den Klingelbeutel hin. Eine Hand wäscht die andere. Mein Gott, das ganze Leben funktioniert so! Die geistige Macht wird sich ja nicht mit der weltlichen Macht anlegen. Man muss sich auch um die Mächtigenseelen kümmern. So eine Mächtigenseele hat es manchmal ganz schön schwer, wenn sie eine machtlose Seele für ein größeres Ganzes leider in den Tod schicken muss. Die Kirche spielt auch bei den grauslichsten Spielen immer gerne mit. Das Rückgrat der Kirche ist aus Gummi. In allen Fragen von Mord, Macht und Politik sprechen die höchsten Repräsentanten der Kirche indirekt Klartext. Die zehn Gebote sind das Eine. Das Andere ist das Kleingedruckte. Kurzum: Was das fünfte Gebot betrifft, da sollte ich mich besser nicht auf die Rückendeckung dieses Vereins verlassen. Indirekt empfahl mir der Kaplan: Hilf dir selbst, dann hilft dir Gott, Jasomirgott! Aber das war ohnehin dasselbe.

Mit einer großen Friedenswut im Bauch und einer Freiheitsarie im Kopf ging ich als Siebzehnjähriger zur staatlichen Gewissenskommission. Die tagte im sogenannten *Haus der Jugend*, das tatsächlich bloß das Meldeamt war, ein grauer Bau in einem grauen Viertel.

An der Längsfront eines großen Tisches saßen Neandertaler in grauen Anzügen mit scharfen Seitenscheiteln und blutunterlaufenen Augen. Das waren die Gewissenstester. Sie alle waren noch beim Heer gewesen. Sie alle waren noch im Krieg gewesen. Damals hatten sie noch keine grauen Anzüge an. Sie durften mir Fragen stellen. Ich durfte ihnen keine Fragen stellen. Ich durfte sie nicht fragen, was sie in meinem Alter gemacht hatten. Wo waren sie gewesen? Im Widerstand? Im Untergrund? Im Exil? Im Lazarett? In der inneren Emigration? Oder waren sie Nazis gewesen? Kuschnazis? Mitlaufnazis? Hochprozentnazis? Waren die Neandertaler Killer? Statistisch gesehen waren vier von fünf Neandertalern Nazis. Fünfunddreißig Jahre nach Ende des

Krieges, fünfunddreißig Jahre nach Ende der Nazischreckensherrschaft hatten die Vierfünftelnazis noch immer das Sagen. Fünfunddreißig Jahre nach Ende der Nazischreckensherrschaft durften die vom Staat bestellten Vierfünftelnazis nach ihrem Geschmack mein Gewissen testen und darüber entscheiden, ob ich zum Heer musste oder nicht. Eine andere Inquisition!

Zu meinem Auftritt vor der Neandertalerkommission zog ich mir eine strahlend weiße Toga an und setzte mir eine Krone auf den Kopf, die ich mir im Kostümverleih des Stadttheaters ausgeborgt hatte. Eine Dornenkrone hatte man dort leider nicht auf Lager. Ich musste den Neandertalern in ihren grauen Anzügen gegenüber Platz nehmen. Sie sahen mich gelangweilt an. Ich schaute verächtlich zurück. Die Gewissensprüfung begann mit einem langen Schweigen.

Dann fragte mich der Vorgesetzte der Neandertaler, warum ich nicht zum Bundesheer gehen wolle.

»Du sollst nicht töten, Neandertaler! Ich bin Nichttöter.«

»Aber wenn die Feinde die Heimat überfallen, muss man sie doch verteidigen!«, wandte ein anderer Neandertaler ein und spielte mit seinem Kugelschreiber.

»Du sollst nicht töten, Neandertaler.«

»Alle haben das überall immer so gemacht!«, wandte wieder ein anderer Neandertaler ein.

»Es ist böse, Neandertaler.«

»Das sind keine Gewissensgründe«, erklärte der Wirtschaftskammerneandertaler und machte eine wegwerfende Handbewegung, »wir haben es hier einfach mit einem renitenten Klienten zu tun.« Da grinsten die übrigen Neandertaler. Der Großinquisitor fragte mich, warum ich glaubte, dass ein siebzehnjähriger Niemand derart herablassend und präpotent und als gehörte ihm die Welt mit einer von der Republik entsandten Kommission zu sprechen das Recht habe. Ich antwortete, dass es eine Anmaßung und eine Zumutung und eine Unverschämtheit der Republik sei, mich in eine Gewissenspeepshow zu stecken. Es sei eine

Zumutung, sich für Gewaltfreiheit und Pazifismus rechtfertigen zu müssen. Es sei eine Zumutung, den Boykott der Barbarei rechtfertigen zu müssen.

Der Großinquisitor meinte aber, dass die Zumutung und Anmaßung und Unverschämtheit im Gegenteil ganz bei mir lägen. Ob ich vergessen hätte, worum es hier für mich gehe und was ich mir einbilde, wer ich sei. Darauf antwortete ich: Ich bin, der ich bin! Da hatte der Vorsitzende der Neandertaler genug und brach die Gewissensprüfung ab. Ein paar Wochen später wurde mir von der Republik ein Bescheid zugestellt, in dem mir mitgeteilt wurde, dass es mir nicht gelungen sei, meine Gewissensgründe ausreichend glaubhaft zu machen und mein Antrag um Befreiung von der Wehrpflicht abgelehnt werden müsse. Der Einberufungsbefehl zur staatlichen Schule des Tötens blieb aufrecht.

Diesen Einberufungsbefehl zur Schule des Tötens stundete ich jahrein, jahraus, bis aus dem Kind Gottes ein volljähriger Sohn Gottes, aus dem Jüngling ein Mann von fast dreißig Jahren geworden war, bis ich mein Studium beendet hatte und ein weiterer Aufschub nicht mehr gestattet wurde. Also beantragte ich mit allen akademischen Weihen versehen abermals eine Befreiung von der Soldatenbarbarei und wurde neuerlich vor die Gewissenskommission geladen. Diesmal kam ich in Zivil, denn die Phase des Aktionismus in meinem Leben hatte ich mittlerweile hinter mir gelassen. Ich hatte keinerlei Provokation im Sinn. Es waren seit dem ersten Mal über ein Dutzend Jahre vergangen, und es saßen auch lauter neue Mitglieder in der Kommission: Einer der staatlich bestellten Gewissensrichter, ein Repräsentant der Wirtschaftskammer und so nebenbei Präsident der Offiziersgesellschaft, fragte mich, wie ich denn im Fall einer feindlichen Invasion meine Heimat verteidigen würde, und ich sagte, ich würde meine Feinde lieben. »Falsch!«, schrie er, »Falsch! Falsch! Und noch einmal falsch!« »Sagen Sie: Würden Sie im Fall einer feindlichen Invasion einen Baumstamm fällen und über die Eisenbahngleise legen?«, fragte der Vorsitzende der Gewissenskommission, tatsächlich ein Richter, der im zivilen Leben die Strafausschusssitzungen des Fußballverbands leitete. Ich sah den kindischen Mann verwundert und nicht ohne Mitleid an und musste ein wenig schmunzeln. Aber ich wollte ihm eine kleine Freude machen und sagte: »Wenn Sie meinen. Ja, das könnte ich meinetwegen versuchen!«

Trotzdem wurde mir ein paar Wochen später ein Bescheid der Republik zugestellt, in dem mir neuerlich mitgeteilt wurde, dass es mir nicht gelungen sei, meine Gewissensgründe ausreichend glaubhaft zu machen und mein Antrag auf Befreiung von der Wehrpflicht abgelehnt werden müsse. Der Einberufungsbefehl zur staatlichen Schule des Tötens blieb aufrecht.

Ich nahm mir einen Anwalt, berief neuerlich und kam vor die Zivildienstoberkommission, die in der Nachbarstadt tagte und in letzter Instanz entscheiden musste. Der Sohn Gottes vor der Zivildienstoberkommission: so etwas Lächerliches! Der Sohn Gottes nimmt sich einen Anwalt: etwas noch Lächerlicheres! Wieder saßen andere Personen am Tisch, wieder andere Gewissensrichter, und wieder fragte mich einer von ihnen, wie ich denn im Fall einer feindlichen Invasion meine Heimat zu verteidigen gedächte. Diesmal sagte ich aber von mir aus, sozusagen wie aus der Pistole geschossen und wie ein dressierter Affe, dass ich einen Baumstamm fällen und über ein Eisenbahngleis legen würde. Da strahlten die Mitglieder der Zivildienstoberkommission über das ganze Gesicht, klatschten begeistert in die Hände – endlich hatte einer den Code geknackt! – und wenige Wochen später wurde mir ein Bescheid der Republik zugestellt, in dem mir mitgeteilt wurde, dass es mir gelungen sei, meine Gewissensgründe glaubhaft zu machen und meinem Antrag auf Befreiung von der Wehrpflicht stattgegeben werde.

Mir aber war nicht zum Feiern zumute. Im Gegenteil überfiel mich eine derartig tiefe Traurigkeit, dass mir die Tränen kamen. Denn sooft ich es mit der Wahrheit probiert hatte, rannte ich mit dem Kopf gegen eine Wand, und beinahe hätte die Wahrheit den Sohn Gottes wie schon einmal ins Gefängnis gebracht. Falschheit und Lüge hingegen brachten mir sofort den gewünschten Erfolg, sodass ich unbehelligt hingehen konnte in Frieden. Der Sohn Gottes hat dazugelernt: so etwas Deprimierendes! Der Sohn ist aus Schaden klug geworden: Deprimierender geht es nicht mehr! Heute ist die unsägliche Gewissenskommission abgeschafft, aber mein Verdienst ist die Abschaffung nicht gewesen. Heute muss das Bundesheer seine Kasernen schließen und verkaufen, wenn auch nicht aus pazifistischen, sondern aus wirtschaftlichen Gründen, und man macht Wohnanlagen daraus. Die Laterne vor dem großen Tor reimt sich jetzt auf gar nichts mehr, und von den Fensterbänken hängen Friedensfahnen in den Regenbogenfarben. Faktum ist und bleibt: Du sollst nicht töten.

Zu meiner Rechten sitzt Maria Magdalena: Sie weiß, wie gern ich mir meine Erde anschaue. Sie hat mir den Fensterplatz überlassen. Sie ist das Beste, was mir in meinem Menschenleben passiert ist. Früher erzählte mir Maria Magdalena oft von den Männern, die vor mir waren, von diesen stürmischen, leidenschaftlichen, gierigen Männern: Was sie mit diesen Männern angestellt hatte und was diese Männer mit ihr.

Maria Magdalena hat ihre ganze Vergangenheit in Männern ersäuft, ersaufen müssen, zu ersaufen versuchen müssen: Das ununterbrochene Zweitklassigkeitsgefühl von klein auf, das andauernde Gefühl, ein Fall zu sein, ein Akt, eine Last, eine Mappe am Schreibtisch eines Fürsorgebeamten, in die regelmäßig aktuelle Beschreibungen eingeheftet werden, ein Irrtum, der verwaltet werden muss. Maria Magdalena war irrtümlich erschaffen worden, bei einem Zeltfest hinter dem Zelt. Sie wuchs mit dem Gefühl auf, von Anfang an unerwünscht auf der Welt gewesen zu sein, überall unerwünscht, überall egal, irgendwo geduldet, nirgendwo erwünscht, nirgendwo begehrt, nirgendwo geborgen und selbstverständlich, nirgendwo ein Einundalles, das Gegenteil von mir: Sie hatte keinen lieben Gott als Vater zur Hand. Immer anders als die anderen, irgendwo aufgenommen im Rahmen einer Notlösung, dankbarkeitspflichtig, ein Ausstellungsstück des Sozialstaats, wenn er gegen die Gnade Gottes argumentiert: Die Kindesweglegung, mit der Maria Magdalenas Leben eingesetzt hat, die für immer völlig unverstehbare und verstörende Kindesweglegung der Mutter, die selbst vom Vater weggelegt worden war, gleich beim Zeltfest hinter dem Zelt, diese Kindesweglegung wuchs und fraß sich wie ein Krebs in der Seele fest und konnte zu jeder Zeit, in jedem Augenblick des Lebens zurückkehren als die unausrottbare Angst, man könnte wieder weggelegt werden. Maria Magdalena erzählte von den Adoptiveltern, die dazu da waren, alles wieder gut zu machen. Das Leben auf dem Land, die Leute auf dem Land, das Getuschel auf dem Land: Nicht richtig! Nicht richtig! Bastard. Hurenkind. Hurenkinder werden Huren, die wieder Hurenkinder zeugen, die wieder Huren werden, die wieder Hurenkinder zeugen, Finger weg. Und ewig und bei jeder Gelegenheit die staatliche Fürsorge als Gespenst im Hintergrund: Der gesetzliche Vormund ist das Amt. Kartoffeln mit Butter, manchmal Sterz: Komm, Herr Jesus, sei unser Gast und segne, was du uns bescheret hast! Zur Kommunion darf nur, wer vorher gebeichtet hat. Erst die Arbeit, dann das Vergnügen. Einmal im Jahr muss man, einmal in der Woche soll man, einmal am Tag darf man zur Kommunion als gläubiger Christ. Einmal im Jahr muss man, einmal in der Woche soll man, einmal am Tag darf man zur Beichte. Der Beichtvater war alt und fett und bärtig. Er roch nach Schimmelkäse und war als Gespenst der Kindheit noch gespenstischer als das Fürsorgeamt. Manchmal schnarchte er im Beichtstuhl, vor allem bei den Sündern, von denen keine aufregenden Sünden zu erwarten waren. Das enge Kreuzgitter, das Halbdunkel, das düstere Gesicht, der strenge Geruch: So musste es im Gefängnis sein. Was sollte die kleine Maria Magdalena groß beichten, wenn sie nichts zu beichten hatte, weil sie in einer Situation war, in der man sich ins eigene Fleisch schneidet, sobald man auch nur ausnahmsweise einmal ausgelassen oder gar schwer erziehbar war. Maria Magdalena war leicht erziehbar. Maria Magdalena beichtete die Kindesweglegung, als wäre sie ihre Verfehlung gewesen, und der Beichtvater gab ihr zur Buße fünf *Vaterunser* und ein *Glaubensbekenntnis* auf. Gebete als Strafausmaß. Ego te absolvo. Zehn Jahre später würde das Kind das übersetzen können. Der Herr wird auch dir verzeihen, wenn du aufrichtig bereust, mein Kind. Das Kind bereut aufrichtig.

Die offizielle Vorstellung des leiblichen Vaters und der leiblichen Mutter, selbstverständlich getrennt voneinander: Händeschütteln. Höflich sein. Den Knicks nicht vergessen. Es geht um die Alimente. Sie sind unterhaltspflichtig, das darf man nie vergessen. Dankbar sein. Früher als andere Menschenkinder die Erkenntnis, dass es das gibt: Einen *leiblichen* Vater. Eine *leibliche* Mutter. Das Adjektiv *leiblich* immer als eine Art Verneinung verstanden. Der plötzliche Tod der Adoptiveltern, der schreckliche Unfall auf der Autobahn: Aus ungeklärter Ursache ungebremst gegen die Leitschienen gekracht, ausgerechnet auf dem Autobahnteilstück, das der hochwürdigste Herr Bischof bei der Eröffnung extra gesegnet hat. Dem Notarzt bot sich ein Bild des Grauens, las Maria Magdalena in der Zeitung. Die Opfer mussten von der Feuerwehr aus dem Wrack herausgeschnitten werden. Sie verstarben noch an der Unfallstelle. Schlagartig wieder verlassen, wieder weggelegt, wieder allein. Die Zeitung auf dem Küchentisch mit der rot-weißen Fleckenmusterplastikdecke, wo die Adoptivmutter den Sterz zubereitet hatte. Die Adoptivmutter und der Adoptivvater und das Wrack auf dem Titelblatt. Maria Magdalena und die Initialen ihres Nachnamens im Blattinneren: der Nachname der leiblichen Mutter; Familienname wäre ja ein irreführendes Wort. Eine Verkehrstragödie, steht in der Zeitung. Am anderen Tag steht in der Zeitung eine andere Verkehrstragödie. Innerhalb einer Woche beklagt das Kuratorium für Verkehrssicherheit bereits den … und teilt in diesem Zusammenhang mit, dass …; wohin jetzt mit Maria Magdalenas Schmerz?

Das SOS-Kinderdorf, das Glück im Unglück. Eine neue Mutti, eine starke, zupackende Persönlichkeit: robust, tüchtig und bestimmend. Mama, Mutti, Mutter: Drei verschiedene Menschen. Plötzlich zwanzig Geschwister. Schlagartig zwölf wildfremde Schwestern. Acht wildfremde Brüder. Plötzlich große Kochtöpfe, sehr große Kochtöpfe. Zusammenleben. Teilen. Rücksicht nehmen. Miteinander auskommen. Innerfamiliäre Zweierreihen. Straffe Organisation. Miteinander lustige Spiele spielen müssen. *Maria Magdalena hat sich küssen lassen/ mitten auf der Kaiserstraßen./ Mutter hat's gesehen/ und du musst gehen.* Der Vorteil ist, dass hier niemand richtig ist. Ersatzmutter ohne Ersatzvater. Ersatzzuhause, Ersatzgutenachtküsse. Ersatznikolaus, Ersatzchristkind, nur Allerseelen ist echt und original. Davon abgesehen geht es den Kinderdorfkindern gut. Den Kinderdorfkindern geht es so gut wie möglich. Den Kinderdorfkindern geht es besser, als es ihnen ginge, wenn sie keine Kinderdorfkinder wären bei ihrer Herkunft und bei ihrem Schicksal. Jedes Kinderdorfkind hat zusätzlich zur Gemeinschaftsmutti noch persönliche Pateneltern, die das Kinderdorf mitfinanzieren: Gut situierte Gutetatentuer, weltoffene Butterseitentypen, meistens Moralisten vom Lions Club oder von der Rotariervereinigung. Maria Magdalena ist das Patenkind eines Bankvorstandsdirektors. Er kann Maria Magdalena von der Steuer abschreiben als Sonderausgabe. Lionsclubmitglied müsste man sein, dann geht es einem gut: Die monatlichen Lionssitzungen im Extrazimmer der teuersten Restaurants; zuerst die Diskussion, welche Almosen für welche Härtefälle, dann Diskussion des Frühjahrslionsclubausflugs in die Toskana samt Weinverkostung und ob da ausnahmsweise auch die Gattinnen mitkommen dürfen. Einmal im Jahr ist der Besuch der Patenkinder durch die Pateneltern vorgesehen: der zweite Vater. Die vierte Mutter. Die Patenkinder kommen in den Gemeinschaftsraum und nehmen mit vorerst hinter dem Rücken verschränkten Armen in einer Reihe Aufstellung. Händeschütteln. Höflich sein. Knicks nicht vergessen. Die Pateneltern dürfen den Patenkindern über den Kopf streicheln und die Wangen tätscheln und staunen, wie groß die Kleinen schon geworden sind. Die Mädchen haben Trachtenkleider an, die Buben dunkelblaue Anzüge. Die Patenkinder singen ein schönes Lied, die SOS-Mutti referiert über das weltweite Sozialwerk Hermann Gmeiners, dann gibt es Kakao und Kuchen.

Auch zu Weihnachten werden die Patenkinder von den Pateneltern mit Geschenken bedacht. Gewöhnlich sind es Schulutensilien, Plüschtiere, Ratgeber. »1000 Gipfel der Alpen. So lernt man lernen«. »Pilze im Körper – krank ohne Grund?« »Heiltees, die Wunder wirken«. Das Kinderdorf quillt von Plüschtieren und Ratgebern über. Hände schütteln. Höflich sein. Danke sagen. Ohne die Pateneltern könnten die Kinderdörfer zusperren, und man will ja nichts Schlechtes in seiner Beschreibung stehen haben. Die Kinderdorfkinder singen *O du fröhliche, o du selige!* Um 16.00 Uhr verabschieden sich die Pateneltern, weil sie noch bei der Kinderkrebshilfe vorbeischauen müssen.

Der Tod des leiblichen Vaters, Herzinfarkt, zwei Jahre nach dem Tod der leiblichen Mutter, Krebs: Mitteilungen. Und jahrelang immer der ohnmächtige Gedanke: Zu viel! Zu viel! Alles zu viel. Alles hinter sich lassen, alles ausschalten. Wegkommen, herauskommen, durchkommen. Durch die Hauptschule kommen. Durch das Gymnasium kommen. Durch das Studium kommen. Überhaupt ins Gymnasium gehen dürfen! Auf die Universität studieren gehen dürfen! – Wo doch das Gymnasium eigentlich nichts ist für sie. Das Gymnasium ist nicht notwendig für eine wie sie, und die Universität schon gar nicht. Dankbar sein. Dankbar sein. Dankbar sein. Als Vergeltung etwas Wichtiges werden! Gebraucht werden. Geschätzt werden. Beachtet werden. Geachtet werden. Respektiert werden. Einen Platz bekommen und unverzichtbar werden auf diesem Platz. Etwas sein. Und sobald Maria Magdalenas Formen weiblich geworden und die Schamhaare gewachsen und die Brüste aus der Brust getreten waren, zählte sie die Tage herunter bis zur offiziellen Volljährigkeit, bis zum offiziellen Ende des Fürsorgefalls und der Fürsorgeamtserziehungsgewalt. Vom Datum des offiziellen Volljährigseins weg war Maria Magdalena mit einem Heißhunger über die Burschen hergefallen. Sie hatte sich rücksichtslos hergegeben: Sie war ja nicht viel wert. Das Adjektiv leiblich hatte sie zwar von klein auf als Verneinung zu verwenden gelernt. Aber Fleisch hatte Maria Magdalena, das konnte niemand bestreiten. Beine hatte sie! Brüste hatte sie! Hüften, Waden, sämtliches Zubehör. Maria Magdalena hatte sich nicht so geziert wie andere Mädchen. Sie hatte die Sache in die Hand genommen, wenn es erforderlich war. Sie hatte sich nicht so aufgespart wie andere. Aufsparen hat sie sich ja von Geburt an müssen, ihr halbes Leben lang. Jetzt wollte sie sich endlich verausgaben, jetzt wollte sie Liebesräusche ohne Ende. Hurra, die Gams! Maria Magdalena saugte aus den Männern, die sie vor mir gehabt hat, was aus ihnen herauszusaugen war: nicht viel. Vom Tag des offiziellen Volljährigseins an immer wieder der krampfhafte Versuch, ein nachträgliches Urvertrauen zu erpressen mittels Koitus, vergeblich natürlich. Ihr ganzes Herkunftsunglück rückgängig, ungeschehen machen wollen mittels Koitus, vergeblich. Liebe erpressen wollen mittels Koitus, ein Ein-und-alles-Sein erpressen wollen mittels Koitus, immer leidenschaftlicher, immer stürmischer, immer gieriger, immer vergebens.

Als wir uns kennenlernten, sagte Maria Magdalena: Du bist es! Lass mich bei dir sein! Lass mich mit dir gehen! Ich hatte damals keine rechte Ahnung, was sie damit meinte: Du bist es. Als ich Maria Magdalena kennenlernte, hielt ich ihre Geilheit einfach für Geilheit, und eine so große Geilheit imponierte mir sehr. Maria Magdalenas Körper war noch süchtig danach, sich auszutoben, und sie hatte anfangs noch viele Männer neben mir. Das entsprach den Vorstellungen, die ich mit in unsere

Gemeinschaft gebracht hatte. Aber ohne dass ich Maria Magdalena dazu genötigt hätte, wurden die Männer nach und nach weniger, bis ich der Einzige war. Du bist es! Als wir uns kennenlernten, hatte Maria Magdalena keine Arbeit und auch keine Aussicht auf Arbeit. Sie hatte kein Geld, nur Zeit. Mit großem Ehrgeiz hatte sie es bis zum akademischen Grad gebracht, und jetzt stand sie mit ihrem staatlichen Diplomzeugnis da, wie sie nach der Geburt mit der Geburtsurkunde dagelegen war: verlassen und allein. Ich konnte mir nicht vorstellen, dass diese Frau nach allem, was sie erlebt und durchgemacht hatte, besonders religiös oder gar gläubig sein könnte. Ich an ihrer Stelle wäre längst aus der Kirche ausgetreten und hätte mich hochoffiziell exkommunizieren lassen. Ich hätte das wohl auch selbst früher oder später getan. Den Text für die Exkommunizierung habe ich in der Schreibtischschublade liegen. Jetzt ist aber gerade Maria Magdalena der Grund, warum ich nicht aus der Kirche austrete und mich exkommunizieren lasse: Sie hat eine Zusatzausbildung absolviert und ist Religionslehrerin geworden – mehr noch: Sie ist auf dem Weg zur Heiligen. Ich jedenfalls werde nach ihrem Tod sofort ein Heiligsprechungsverfahren einleiten. Aber noch verrate ich Maria Magdalena nichts: Sie soll nicht eingebildet werden.

Ich bin, der ich bin: An meiner Seite werden geile Frauen heilig. »Manchmal wäre es mir umgekehrt lieber!«, flüstere ich Maria Magdalena ins Ohr, als der Kaffee serviert wird. »Warte nur, bis wir wieder unten auf der Erde sind!«, flüstert Magdalena lächelnd zurück und droht mir schelmisch mit dem Zeigefinger.

Nach Judäa bin ich an vielen Orten schon oft wieder auf die Erde gekommen, aber alle meine weiteren Missionen waren noch erfolgloser als die erste. Deswegen weiß man nichts von ihnen. Einmal der Gesalbte, immer der Angeschmierte. Vermutlich hat man mich nicht erkannt, weil ich mich niemals kostümiert oder maskiert habe. Nie und nimmer würde ich auf die Idee kommen, mir ein Kardinalskleid überzustreifen. Ich war auch damals in Judäa *zivil*. Ich war Langhaariger unter Langhaarigen, Unrasierter unter Unrasierten, Wenigduscher unter Wenigduschern. Im Lauf der Jahrhunderte hat die Kirche exzellente Techniken der Machterhaltung entwickelt: Sie ist beim Verkauf ihres unsichtbaren Produkts für jede Eventualität rhetorisch gerüstet. Keine Säkularisierung, keine Wissenschaft, kein Atheismus können ihr etwas anhaben. God sells. Solang Menschen sterblich sind, werden sie ewigkeitsgeil sein. Solang Menschen Todesangst haben und Hoffnung brauchen, funktioniert auch das Geschäft damit. Gott garantiert Ewigkeit, und Gottesbeweise findet man wie Sand am Meer. Gott ist ein Produkt ohne Ablauffrist und Materialermüdung. Aber den Gebrauchsanweisungen der Gebrauchsanweiser ist natürlich Folge zu leisten. Wie will man schon eine Fantasie widerlegen und wie beweisen, dass etwas Nichtexistentes nicht existiert?

Das einzig wirklich Fatale, das der Kirche passieren könnte, wäre die tatsächliche Wiederkunft des Erlösers, auch wenn alle Päpste, Bischöfe und Priester unentwegt stereotyp darum beten und die Wiederkunft des Herrn in all seiner Herrlichkeit auch verkündigen, das heißt: ankündigen, und zwar für den Jüngsten Tag. Am Jüngsten Tag darf er kommen, aber nicht einen Tag früher! Der Jüngste Tag ist der Nimmerleinstag. Und bis dahin soll er sich gefälligst in Geduld üben, außerirdisch bleiben und hier nicht das Business stören. Kommt ein Jesus Christus heute zur Welt, wird er von der katholischen Kirche und ihren Hohepriestern sofort hinter den Mond gemobbt. Wo kämen wir denn da hin, wenn der Sohn Gottes wieder Mensch wird und den Vatikan bereist und seinen Stellvertreter besucht. Servus Stellvertreter, danke für die Stellvertretung! Aber ich bin jetzt selber wieder da. Mach mal Urlaub, Stellvertreter, geh hin in Frieden! Ciao Bianco! Und deine Berater, die geistlichen und politischen und wirtschaftlichen Berater, nimm gleich mit, die Erzbischöfe und Kardinäle, den Kardinal-Staatssekretär, den Präfekten der Bischofskongregation, den Präfekten der Glaubenskongregation, den Dekan des Kardinalskollegiums. Die brauchen wir jetzt alle nicht mehr. Sie sollen sich einmal anständig erholen! Freut euch und fürchtet euch nicht: Ich bin's, die erste Quelle! Ich bin erstanden. Ihr seid jetzt überflüssig. Ihr könnt jetzt zusperren. Und weil wir schon dabei sind: Machen wir vielleicht gleich einen Kassasturz!

Aber so weit kann und darf und wird es nicht kommen! Der Stellvertreter Christi auf Erden würde dem Sohn Gottes ja nicht einmal Audienz gewähren. Denn jetzt dreht sich die Beweislast plötzlich um, und der Sohn Gottes wird schnell bemerken, wie schwer es zu beweisen ist, dass man Gott ist, vor allem denen gegenüber, die so viel Erfahrung mit Gottesbeweisen haben: Gott ist einer, der ihnen nützt und nicht da ist. Ein Ketzer, einer, der ihnen schadet. Gekreuzigt wurde der Sohn Gottes natürlich kein zweites Mal. Aber der Sohn Gottes kann ja auch auf die Folter gespannt, gevierteilt und gerädert werden oder auf dem Scheiterhaufen verbrennen. Der Sohn Gottes kann gepfählt, vergiftet, erdrosselt, erschlagen, erstochen, erschossen oder aufgehängt werden. Vom speziellen Himmelfahrtskommando der Kreuzigung hat man im Gegenteil ganz bewusst abgesehen, um jede Ähnlichkeit mit dem Martyrium von Gottes Sohn mit dem Namen Jesus Christus zu vermeiden. Eine Kreuzigung wäre ja fast schon das Eingeständnis, den Gekreuzigten identifiziert zu haben.

Nicht ganz beabsichtigt hat sich das Kreuz im Lauf der Jahrhunderte nicht nur als Todeswerkzeug, sondern auch als ganz geniales PR-Instrument erwiesen. Bis heute eignet sich der ans Kreuz genagelte Körper des sterbenden Jesus ganz hervorragend als Firmenlogo für die heilige römisch-katholische Kirche, und sie macht auch eifrig davon Gebrauch und trägt den gekreuzigten Corpus Christi von faszinierten Massen gesäumt immer und überall im Bauchladen vor sich her, weil ausgebreitete Arme einem Körper Erhabenheit verleihen, auch wenn die ausgebreiteten Arme an einen Balken genagelt sind und der Körper schon ein Leichnam ist. Gewöhnliche Menschen breiten keine Arme aus. Messianische Menschen breiten ihre Arme aus: eine große Geste. Es gibt keine andere Todesart, bei der man mit so eindrucksvoll ausgebreiteten Armen stirbt. Das war ein Fehler der Römer; jedenfalls einer ihrer Abteilung für Öffentlichkeitsarbeit und Public Relations. Die Signalwirkung der ausgebreiteten Arme hätten sie bedenken müssen. Es gibt keine andere Todesart, bei der man religionspolitisch so hervorragend nachgenutzt werden kann. Bis zur Heiligsprechung und Anbetungswürdigkeit hat es das Kreuz gebracht. Wer hingegen würde, ohne selbst zum Tod verurteilt zu sein, vor einer Guillotine niederknien? Wer würde schon einen Galgen anbeten? Wer einen baumelnden Leichnam, um dessen Hals sich die Schlinge zugezogen hat, dessen Augen aus den Augenhöhlen getreten sind, dessen Zunge schlapp aus dem Mund hängt? Alles an ihm hängt und baumelt, nur sein Penis ist als Folge des Erstickungstods noch hoch aufgerichtet. So stirbt kein Gott. Das ist keine Figur für Prozession, Altar, Tabernakel und Devotionalienshops! Wer würde die Kugel einer Pistole, die in einem über den Haufen geschossenen Körper steckt, zum Symbol einer Weltreligion machen? Bekreuzigen kann man sich ja selbst bei jeder Gelegenheit, indem man mit der Fingerkuppe auf Stirn, Herz und die beiden Schultern tippt. Aber wie schaut das aus, wenn man sich zerkugelt?

Etwa um mein dreißigstes Jahr begann die Zeit meines öffentlichen Wirkens. Meine Technik war diesmal: Ich sprach zu den Menschen nicht in Gleichnissen, sondern in Satiren. Die hörten sie gern, und daher hörten sie mir zu, auch wenn sie mir nicht glaubten. Manche verstanden, was ich sagen wollte. Manche nicht. Bei allen Menschen suchte ich die Liebe, die ich durch den lieben Gott erfahren hatte. Anfangs wollten mich nur wenige reden hören. Die die Zusammenkünfte organisiert hatten, entschuldigten sich damit, dass gleichzeitig mit meiner Predigt Champions League gespielt werde oder gleichzeitig ein wichtiger Klassiker im Theater Premiere habe oder gleichzeitig eine wichtige Gemeinderatssitzung stattfinde oder im Fernsehen eine Folge der Millionenshow gesendet werde. Die Herrscher und die Mächtigen und selbst die Kommunalpolitiker hatten nicht viel Verständnis für einen, der so wie sie öffentlich reden wollte, obwohl er doch nicht an der Macht und sein sogenanntes Reich nicht von dieser Welt war. Hatte nicht schon Pontius Pilatus zu mir gesagt: »Da schau her, ein Gutmensch!« Und habe ich nicht schon damals insgeheim gedacht: »Du kannst mich mal …!«

Um sie zeitlos oder wenigstens terminunabhängig zu machen, schrieb ich meine Reden nieder und publizierte sie in Zeitungen und Büchern. Meine Apostel waren Redakteure und Lektoren. Ein paar Ungläubige waren darunter, vor allem die, die lieber Herrenstiefel als Apostelsandalen getragen hätten. Langsam, langsam wuchs die Schar meiner Gläubigen und Jünger aber doch. Ein Veranstalter hatte die Idee, dem Publikum bei meinen Auftritten ein kleines Büffet zu spendieren, Brötchen mit Thunfischaufstrich und Wein. Jetzt strömten die Massen herbei.
Gottvater war in erster Linie nicht Humanist, sondern Astronom. Das Universum taugte ihm, der Kosmos, die Galaxien, die Milchstraßen und die schwarzen Löcher, die Sonnen, ihre Sonnensysteme und wie wunderbar, reibungslos und vollkommen sie funktionierten. Ein göttliches Getriebe! Den winzigen Planeten Erde und die Kleinlebewesen darauf betrachtete Gottvater dagegen als Irrläufer der Schöpfung. Die würden sich früher oder später von allein erledigen. Die interessierten ihn überhaupt nicht.

»Die Menschen sind doch deine Geschöpfe, Vater«, hielt ich ihm oft vor, »wie kann dir der Weltenlauf und ihr Wohl und Wehe dann so einerlei sein? Und komm mir nicht mit dem freien Willen, Vater! Du hast ihnen ja auch nicht die Freiheit gegeben, den Kopf auf dem Hals rundherum zu drehen!«

»Menschheit! Menschheit! Jetzt pass einmal auf, Sohn!«, gewitterte der Vater. »Die Menschen sind die Schuppen in meinem Haar. Geschöpfe schon, aber eben Schuppen. Ein Nebenprodukt sozusagen. Warum um alles in der Welt sollte ich mich um das Wohlergehen meiner Schuppen kümmern, vom Lebensstandard jeder Einzelschuppe einmal ganz zu schweigen? Warum sollte ich mich dafür interessieren, wie meine Schuppen untereinander auskommen und ob sie in Frieden miteinander leben? Und wenn sich die Schuppen untereinander massakrieren, auslöschen, vernichten, na und? Warum, Bub, sollte ich mich mit Fragen auseinandersetzen, die mir Schuppen stellen, die Schuppenphilosophie studiert haben? Und warum, bitteschön, sollte es mir Spaß machen, wenn mich meine Schuppen anbeten? Oder wenn sich eine Schuppe in Rom mein Stellvertreter nennt?

»Also zugegeben, Vater: Die Menschen sind eine unheilvolle Rasse, und ich kann schon verstehen, dass du beleidigt bist und nicht viel von ihnen hältst. Aber nur einmal gesetzt den Fall, sie besserten sich geschlossen …«

»… dann wären sie immer noch Schuppen!«

So ist mein Vater. Gottvater macht unsere Dreifaltigkeit komplett, und er ist nicht mit dem lieben Gott zu verwechseln, der mich als Menschensohn alleine auf der Erde zurückgelassen hat.

Anders als beim ersten Mal bin ich diesmal nicht auf der Welt, weil er mich geschickt und mit einer Mission betraut hätte und damit sein Wille geschehe. Ich bin abgehauen. Weil ich diesmal auf eigene Faust unterwegs bin, habe ich auch keine Lust auf Leidensgeschichte und Martyrium. Ich wollte die Lehre vom letzten Mal, die durch meinen Kreuzestod leider unterbrochen worden ist, nicht so halbfertig stehen und die Menschen bis in alle Ewigkeit weiter dumm sterben lassen. Ich wollte einfach ein paar Sätze zu Ende sagen, ein paar fundamentale Missverständnisse beheben und gewisse Dinge richtigstellen.

Die traurige Wahrheit, liebe Menschen, ist die: Mein Vater,

der Ignorant im Himmel, hat euch – pardon: – beschissen. Ich bin hier, um mich dafür zu entschuldigen. Ihr seid sterblich. Niemand ist vom Tod erlöst. Allfällige Martyrien ändern gar nichts daran. Jeder kann sich nur selbst vom Tod erlösen, indem er stirbt: Und das ist meistens unbezahlte Schwerarbeit. Ihr seid sterblich, vergänglich und zum Verwesen bestimmt wie alle anderen Wesen auch, Pflanzen und Tiere. Tiere kommen nicht in den Tierhimmel, Menschen nicht in den Menschenhimmel. Wesen verwesen. Ihr seid ja auch Tiere, meine Menschen, aus dem Tierreich ausgetretene Tiere: So wie ihr seid, wart ihr im Schöpfungsplan nicht vorgesehen: Einen Moment lang war mein Vater unachtsam, in dem Moment habt ihr euch aufgerichtet und eure Gehirnmasse so aufgebläht, dass euer Ich hineingepasst hat, euer verhängnisvolles Ich.

Aber das ewige Leben findet nur in dem Maß statt, in dem ihr in eurem irdischen Leben geistige Wesen gewesen seid und geistige Eigentümer als Erbmasse hinterlassen habt. Aber das ewige Leben ist kein biologischer Prozess. Das ewige Leben ist stoffwechsellos, es besteht weder aus Geben noch aus Nehmen. Das ewige Leben findet in irgendwelchen Katakomben irgendwelcher Bibliotheken statt und bedeutet, dass die theoretische Möglichkeit besteht, dass euch irgendwer irgendwo noch in tausend Jahren zitieren kann für die Fußnote irgendeiner unerheblichen Seminararbeit, die irgendwann selbst wieder in irgendwelchen Katakomben irgendwelcher Bibliotheken landet. Das ist alles, tut mir leid. Im ewigen Leben gibt es keinen Sonnenbrand.

Das Nichts ist der Himmel. Der Himmel ist das Nichts. Aber das macht auch nicht viel. Es ändert nichts an meiner Zentralbotschaft: Liebt einander! Es bedeutet bloß: Beutet einander nicht aus, benutzt euch nicht, übervorteilt euch nicht und verschiebt vor allem das Lieben nicht auf später. Es gibt kein Später! Es gibt kein Danach! Liebt euch jetzt! Hier und jetzt! Fünf Milliarden Jahre lang habt ihr vor eurer Geburt nicht die geringste Gelegenheit gehabt, euch zu lieben. Fünf Milliarden

Jahre lang werdet ihr nach eurem Tod keine Möglichkeit mehr haben, euch zu lieben. Wenn ihr euch jetzt nicht liebt, dann nie. Also liebt euch jetzt.

Ihr lebt nur einmal: Lebt gut! Ihr könnt nur gut leben, wenn ihr gut leben lasst. Das Reich Gottes, das ist das Miteinander, die Friedfertigkeit und Freundschaft, nicht das ewige Leben. Das Reich Gottes, das ist die Mildtätigkeit und Güte, die Treue und die Liebe, nicht das ewige Leben. Das ewige Leben wäre zu gar nichts gut. Mein Reich ist von dieser Welt, nicht von einer anderen! Das Reich Gottes ist hier und jetzt – oder nie und nirgendwo.

Ich bin gekommen, um die zehn Gebote zu korrigieren: Du brauchst nicht an einen Gott zu glauben. Das ist nicht notwendig. Angebetet zu werden ist öd und stumpft ab. Und von Gott habt ihr auch nichts zu erwarten. Ihr müsst euch keine Sorgen um seinen Namen machen und seinen Tag nicht heiligen. Der Herr hat keinen Tag nötig. Alle Tage gehören ihm und alle euch. Glaubt woran ihr wollt, am besten aber an euch selbst und versucht, glücklich und gut zu werden. Alle zehn Gebote sind durch ein einziges Gebot ersetzt: Liebt euch! Seid ihr die Götter! Die lieben Götter! Der liebe Gott!

Denn wenn ihr eure Eltern liebt, braucht ihr sie nicht mehr eigens zu ehren: Lieben macht Ehren überflüssig. Und ihr Eltern: Liebt eure Kinder! Liebt einander: Denn Lieben schließt Töten aus. Das Gebot, einander nicht zu töten, ist so leicht zu befolgen wie das, einander nicht zu essen. Und das funktioniert ja im Großen und Ganzen schon.

Liebt euch: Dann werdet ihr euch nicht mehr genieren, weder für eure Lust, noch für eure Geilheit, noch für eure Unkeuschheit, noch für Oralsex. Liebt euch: Denn wenn ihr einander liebt, werdet ihr alle zusammen keine Gesellschaft zulassen, in der ganz wenige ganz Reiche auf der Welt es zulassen, dass es ganz viele ganz Arme auf der Welt gibt. Je weniger ganz Arme es auf der Welt gibt, desto weniger werden begehren das Gut der ganz Reichen. Unterschiedlichkeit soll nie so weit führen, dass es zu Neid kommt, Gleichheit nie so weit, dass sie Trägheit bedingt. Aber Liebe schließt ja sowohl Neid als auch Trägheit aus. Liebt Euch: Denn dann werdet ihr, bevor ihr einander belügt, miteinander über die Lüge philosophieren: über die abgetriebene Wahrheit. Aber ihr werdet auch nur so viel Wahrheit sagen wie dem Menschen zumutbar ist.

So predigte ich also meinen Freunden, die solche Reden von mir längst gewohnt sind. Nicht alles lässt sich immer umsetzen, argumentieren sie und kommen mir immer wieder mit den Sachzwängen des öffentlichen Lebens. Du als Privatier und Freiberufler kannst dir die Libertinage ja leisten, wir aber nicht. Theoretisch finden sie mein Konzept aber sehr sympathisch, sagen sie. Vor allem die Stelle mit dem Oralsex. Zu meinem vierzigsten Geburtstag hatte meine Frau am Vorabend meine zwölf besten Freunde (mit Gattinnen) in die Pizzeria eingeladen, und tatsächlich verwendete sie in den Einladungskarten das Wort *Abendmahl*. Es gab vierundzwanzig Mal Quattro Stagioni, dazu tranken wir exzellenten Marzemino. Davon abgesehen hielten sich die Parallelen aber in Grenzen. »Warum saßen die Apostel beim letzten Abendmahl allesamt nur an einer Seite der Tafel?«, fragte mein Lieblingsjünger, der als Einziger statt einer Quattro Stagioni eine Margarita aß. »Warum saßen sie nicht selbstverständlich rund um den Tisch herum wie wir es tun?« Was für eine Frage! Wegen des Porträtisten natürlich. Wegen des Fotografen sozusagen. Wegen der Presse! Öffentlichkeitsarbeit will gelernt sein. Da lachten die Feiergäste.

Als Höhepunkt der Geburtstagsfeier verkündete meine Frau zwischen Profiterole und Zigarre, dass wir meinen Geburtstag, also das Weihnachtsfest, diesmal nicht bei Schnee und Eis, Finsternis und Frost, sondern bei Sonnenlicht und Sommerwärme am Meeresstrand verbringen werden. Dazu überreichte sie mir die beiden Flugtickets, ausgestellt auf sie und mich, mit dem Flugdatum 24.12.2004 und der Destination Khao Lak, Thailand. Jetzt sitze ich neben Maria Magdalena im Flugzeug, vertreibe mir die Zeit mit diesen Aufzeichnungen, spüre schon, wie es wärmer wird und freue mich auf ein paar unbeschwerte Urlaubstage. Die Maschine ist schon im Sinkflug begriffen. Endlich ein Evangelium, das am Strand endet, am Pool unter dem Sonnenschirm bei einer Piña Colada! Nach meiner Rückkehr Genaueres zum Thema.

Post Scriptum

Von drauß' vom Meere komm ich her.
Lasset Euch sagen: Es weihnachtet sehr.
Auf allen Wellenspitzen
sah ich glitzernde Schaumkronen blitzen.
Zur Welt gekommen ist der Heiland
auch in Sri Lanka und in Thailand.
Krippe, Kerzenlicht und Stall
sind in Phuket auch der Fall.
Christbaumschmuck und Schabernack
gibt es auch in Khao Lak.
Gott ist lieb und Gott ist gut
ob bei Ebbe oder Flut.
Gott der Herr, der ist allmächtig,
und das Wetter ist heut prächtig.
Schnell hinunter an den Strand:
blauer Himmel, weißer Sand.
Wie ist Gott heut aufgelegt?
Was hat Gott heut ausgeheckt?
Will er uns beschenken?
Oder will er uns ertränken?
Morgen, Kinder, wird's was geben!

Welch ein Zittern! Welch ein Beben!
Da bleibt keiner mehr am Leben.
Einmal werden wir noch wach,
heißa, dann ist Jüngster Tag.
Christ ist gebohoren.
Wir sind verlohoren.
Gott der Herr schuf Land und Wasser.
Nur den Frühwarndienst vergaß er.
Stille Nacht, Heilige Nacht,
morgen wer'n wir umgebracht.
Wie viele immer auch verrecken,
das kann unsern Herrn nicht schrecken.
Schläft in hiiimmlischer Ruhuh.
Schaut der Apokalypse gar nicht zuhuh.
Davon geht die Welt nicht unter.
Davon wird bloß die Zeitung bunter.
Ein Fernsehinterview mit unserm Kardinal
und die Sache wird normal.
Jesus ist am Kreuz gestorben,
wir halt im Tsunami.
Und so tönt von fern es leise:
Jedem seine eigene Scheiße.
Bau'n wir weiter Kathedralen
zur Verwaltung unsrer Qualen.
Ach wir sind in Gottes Hand
mitten in der Wasserwand.
Morgen kommt die Sintflut wieder
und zermalmt uns alle Glieder.
Freue dich, o Christenheit,
gnadenlose Weihnachtszeit!
Tauet Himmel, den Gerechten
Wolken, regnet ihn herab.
Also rief in bangen Nächten
einst die Welt, ein weites Grab.

Hunderttausend gehen drauf,
doch die Welt nimmt ihren Lauf,
und sie singt die alten Lieder.
Die, die nicht gestorben sind,
grölen schon zu Ostern wieder
Großer Gott, wir loben dich,
vor dir neigt die Erde sich.
Wie du warst vor aller Zeit
so bleibst du in Ewigkeit.
Die, die nicht ersoffen sind,
sind nach wie vor vom Hoffen blind.
Zweihunderttausend Todesopfer
ändern nichts an ihrem Klopfer.
Herr, wir preisen deine Stärke
und bewundern deine Werke.
Tsunami, Sintflut, Schnee von gestern.
Längst kein Grund, den Herrn zu lästern.
Genozid und Supergau
interessieren heut keine Sau.
Berge voller Weihnachtsleichen
müssen österlicher Freude weichen.
Christ der Retter ist da:
immer weiter, blablabla.

Robert Musil bleibt daheim

Sehr geehrter Herr Doktor! Ihre Frage, was meiner Einschätzung nach aus meinem Großvater Robert Musil geworden wäre, hätte er Klagenfurt verlassen, um woanders zu leben und Karriere zu machen, will ich gerne in der gebotenen Kürze beantworten, allerdings darauf hinweisen, dass mein Großvater 1942 gestorben ist, während ich 1962 geboren bin, wir also keinerlei gemeinsame Lebensmenge hatten, einander daher persönlich leider nicht kannten, ich auf Erzählungen meines mittlerweile verstorbenen Vaters sowie auf die Lektüre der Zeitzeugen angewiesen bin und meine Antwort insofern notwendigerweise rein spekulativ ist.

Zu einem Robert-Musil-Institut hier in seinem Geburtshaus in der Bahnhofstraße hat mein Großvater es als Daheimgebliebener immerhin auch gebracht, dessen Zehn-Jahre-Bestandsjubiläum im heurigen Jahr ja den äußeren Anlass für Ihre Frage liefert. Das würde vermutlich auch so sein, wäre mein Großvater – was weiß ich – nach Wien, Berlin, London oder Paris, Zürich oder Genf gegangen. Schon ein wenig anders liegt der Fall bei seinem wohl bekanntesten Buch, dem »Mann ohne Eigenschaften«, jenem schmalen Bändchen von sechsundsiebzig Seiten (in großzügigem Drucksatz): Ich bin überzeugt, mein Großvater hat die potenziellen Kapazitäten da nicht ganz ausgeschöpft. Da steckt mehr drinnen! Wenn ich mir vorstelle, welches literarische, philosophische, auch gesellschaftspolitische Potenzial in der Konzeption angelegt sind! Wer weiß, was bei einem inspirierenderen, geistig weniger drückenden, politisch weniger demütigenden Klima alles möglich gewesen wäre. In seinen späten Jahren war mein Großvater einfach schon zu ausgelaugt und zermürbt von den Verhältnissen und Arbeitsbedingungen hier im dunklen, kalten Schatten der Karawanken, von seinem fortwährenden, verzweifelten Ringen um ein bisschen Psychohygiene hier im Land. Sie werden lachen, ich weiß, aber ich behaupte: Woanders hätte aus dem MoE ein Tausendseitenroman werden können. Ein Zweitausendseitenroman. Naja, egal. Umgekehrt war der MoE so wie er ist mit seinen sechsundsiebzig Seiten ein respektabler Verkaufserfolg. Wer weiß, ob das hübsche Lustmördergeschichtchen und das bisschen Inzest tausend Seiten getragen hätten, oder ob die tausend Seiten sich nicht ganz fatal auf den Verkauf und die Wirkungsgeschichte ausgewirkt hätten?

Aber der Reihe nach.

Rom, Paris, London, New York: Das wär's gewesen. Ein Mann, der eindeutig ganz woanders ist. Dann hätte man über meinen Großvater postum in den Zentren des literarischen Marktes sagen können: Auch ein Österreicher kann so weltläufig sein! Oder: Auch ein Kärntner kann das Bild eines wirklichen Intellektuellen produzieren. Oder wenigstens Wien, Berlin, oder zur Not Zürich und Genf.

Hier ist es schwierig. Hier ist nun einmal kein Markt, kein Zentrum, kein brauchbares Publikum. Hier gibt es nicht einmal ein Kaffeehaus, in dem man mit den großen Namen seiner Zeit an einem Tisch sitzen könnte: Nicht als Groupie, meine ich, sondern auf selber Augenhöhe. Sogar der Musil hat jetzt zugesperrt. Jetzt gibt es nichts mehr. Wenn ein oder zwei Entscheidungen im Leben meines Großvaters anders gefallen wären, hätte seine ganze Existenz anders verlaufen können.

Wenn ich mir vergegenwärtige, dass der Vater meines Großvaters kurz nach der Geburt ein Angebot bekommen hat, als Leiter der maschinentechnischen Lehrwerkstätte nach Komotau in Böhmen zu gehen, und dass ihm alle, auch seine Frau, geraten haben, dieses Angebot anzunehmen! Dann wäre der kleine Robert Musil, der ohnehin schon in einem Haus am Bahnhofsplatz zur Welt gekommen ist, als Säugling wieder aus Klagenfurt abtransportiert worden. Klagenfurt hätte keine Spuren in seinem Wesen hinterlassen, es wäre eine bloße Episode in seiner Biografie gewesen, und einer wirklich großen Schriftstellerkarriere wäre nichts im Weg gestanden. Komotau, hat die Mama Musil dem Papa Musil gesagt, ist zwar auch nicht der Nabel der Welt, aber es wäre zumindest eine Übergangslösung, um von Klagenfurt wegzukommen. Und von Komotau aus, lieber Alfred, kommt man überall hin. Zum Beispiel nach Steyr. Das ist schon etwas ganz anderes als Klagenfurt! Du könntest zum Direktor einer staatlichen Fachschule und Versuchsanstalt für die Eisen- und Stahlindustrie ernannt werden. In Oberösterreich kann man das Bild eines wirklichen Intellektuellen produzieren! Denk doch an Robert, Alfred! Was soll denn aus Robert in Klagenfurt werden? Man kann da rauskommen, Alfred! Man kann die Enge der Herkunft ganz hinter sich lassen! Und Steyr muss noch nicht der Höhepunkt gewesen sein. Jetzt stell dir einmal vor, Alfred: Brünn! Stell dir vor: Lehrstuhl für Maschinenkunde und Maschinenbau an der Technischen Hochschule in Brünn! Wie wär das? Wir müssen nur aus dem Haus und über den Platz! Der Zug wartet schon!

Aber Alfred Musil wollte nicht. Steyr, sagte er mit einer wegwerfenden Handbewegung: lächerlich. Brünn: lächerlich. Weißt du, was das Wahrzeichen von Brünn ist, Hermine? Der Lindwurm! Also, was soll ich dort? Ob Komotau oder Steyr oder Brünn: All das hätte zwar die Sicherheit, aber auch die Langeweile des Staatsdienstes bedeutet: eine modrige Existenz mit einem Adelstitel am Ende, für den man sich nicht einmal eine Stelze kaufen kann. Alfred Musil war Ingenieur in einer Klagenfurter Maschinenfabrik und genau das wollte er auch bleiben. Er brauchte das Abenteuer und den Nervenkitzel der

Privatwirtschaft. Zur Schule gehen konnte der kleine Robert in Klagenfurt genauso gut wie in Steyr. Die Hebelgesetze funktionieren in Kärnten nicht anders als in Oberösterreich, Böhmen oder Mähren.

Auch ein Kärntner kann das Bild eines wirklichen Intellektuellen produzieren: Wie unglaublich perfid dieser Satz ist! Was dieser Satz unausgesprochen alles mitschwingen lässt! Nach einer langen Pause: Aber normalerweise wird man in der Provinz ein Provinzler. Weggehen oder untergehen. Als Autor wird man in der Provinz normalerweise über kurz oder lang Provinzautor, und wenn man einmal auf das Provinzschriftstellerabstellgleis geschoben ist, kommt man vom Provinzschriftstellerabstellgleis nie wieder herunter, aus der Provinzschriftstellerlebensfalle nie wieder heraus. Die »Themen der Heimat« »in den Wirren der Zeit« – in Übereinstimmung mit dem »Geschmack des Publikums«. Das war's dann. Theoretisch kann man auch in Kärnten der bedeutendste deutschschreibende Autor werden. Praktisch wird man einer der zahllosen unbekanntesten Schriftsteller seines Zeitalters. In Kärnten sind die Sommer so heiß, dass man nicht denken kann. Und die Winter sind in Kärnten so kalt, dass man nicht denken kann.

Heute steht am Grabstein meines Großvaters am Friedhof Annabichl *Der Dichter Kärntens*. Das hat er nun davon, dass er der Enge seiner Herkunft nicht entflohen ist, sondern Zeit seines Lebens die Tugend der Stabilitas loci gepflegt hat. Dabei hatte diese Ortsverbundenheit, wenn ich meinen Großvater richtig verstehe, weniger mit Heimatliebe als mit Reiseangst zu tun, mit der engen Bindung an seinen bewunderten Vater und nicht zuletzt mit einer gehörigen Portion Größenwahn. »Wo ich bin, ist Hauptstadt«, hat mein Großvater als Jüngling großspurig posaunt, »und wenn ich zufällig in Klagenfurt bin, dann ist eben zufällig Klagenfurt Hauptstadt.« Woanders hat man diesen Satz natürlich nicht gern gehört, und in Klagenfurt hat ihn niemand verstanden. *Der Dichter Kärntens*. Dieser Grabsteinspruch – von den Hinterbliebenen wahrscheinlich gut gemeint, ist aber natürlich eine raffinierte postume Demütigung. Erstens ist mein Großvater bekanntlich nicht der Einzige auf dem Friedhof mit diesem Spruch. Zweitens ist so eine Grabsteinbehauptung die Zwangsjacke für einen local hero. Auch ein Kärntner kann das Bild eines wirklichen Intellektuellen produzieren, nur darf dann auf seinem Grabstein auf gar keinen Fall *Der Dichter Kärntens* stehen. Das eine schließt das andere aus.

Ich habe einen Antrag bei der Friedhofsverwaltung gestellt, die Dummheit *Der Dichter Kärntens* vom Grabstein meines Großvaters zu tilgen und in schlichter Größe bloß seinen Namen ROBERT MUSIL ohne jeden Titel, Standes- oder Berufsbezeichnung, sondern nur das Jahr seiner Geburt 1880 und das Jahr seines Todes 1942 stehen zu lassen. Der Antrag ist mit einer fadenscheinigen Begründung, die Veränderung des Zustands von Ehrengräbern betreffend, abgewiesen worden. Ich bin nicht verstanden worden. Ich bin – obwohl einziger lebender Nachkomme meines Großvaters – als schwarzes Schaf der Familie, als unkundiger Auswärtiger hingestellt worden, der ich ja nicht in Kärnten, sondern in der Schweiz lebe, zwischen Genf und Zürich pendle, nur zu Jubiläumsveranstaltungen meinen Großvater betreffend nach Kärnten anreise und von den Interna des Landes also überhaupt keine Ahnung habe. Genau das ist das Provinzielle an der Provinz: Die Leute, die von außen kommen, sollen sagen: »Hier ist es schön.« Und dann sollen sie wieder den Mund halten.

Auch Frauen sind Menschen. Ich bremse auch für Tiere. Auch ein Kärntner kann das Bild eines wirklichen Intellektuellen produzieren. Das Gewisseste an diesem Satz ist: Er stammt aus Wien. Allerdings wird er in derselben Funktion auch in Kärnten verwendet. In der großen, prächtigen Stadt Klagenfurt hört man zum Beispiel dann und wann die Versicherung: Man kann auch in Wolfsberg das Bild eines wirklichen Intellektuellen produzieren.

Man kann auch in Hermagor das Bild eines wirklichen Intellektuellen produzieren. Das Bild eines wirklichen Intellektuellen produzieren kann man auch in Gmünd. In Wolfsberg heißt es: Man kann auch in St. Stefan im Lavanttal. In Hermagor heißt es: Man kann auch in Kötschach-Mauthen. In Gmünd: Man kann auch in Rennweg. In Berlin: Man kann auch in Wien.

Der kleine Robert besucht also die Volksschule in Klagenfurt, außerdem die erste Klasse Gymnasium. Die Eltern haben wenig Lust und bringen auch gar keine Voraussetzungen zur Erziehung des Kindes mit. Es soll sowieso einmal Offizier werden. Zudem ist die gute Mutter neben ihren ehelichen Verpflichtungen nun doch sehr mit ihrem Hausfreund beschäftigt, was den armen Vater bekümmert, in einer seltsamen Art und Weise aber auch zu erregen scheint. Jedenfalls sieht man die drei auf Fotografien und sogar auf öffentlichen Plätzen Klagenfurts häufig zusammen. Nur der kleine Robert soll von der Ménage-à-trois möglichst wenig mitbekommen und wird in ein Internat etwas außerhalb der Stadt gesteckt. Das ist das Beste für ihn. Wenn einer Zögling ist, schreibt er später oft einen Roman, in dessen Titel das Wort *Zögling* vorkommt.

Die Zöglinge werden wie Sträflinge gehalten, spielen aber auch untereinander mitunter strenge Kammer. Die Wascheinrichtungen, Toiletten, Schulmonturen spotten aller Beschreibung. Was für psychologische Spannungen in diesen kühlen Mauern! Was für verborgene sexuelle Aggressionen der Halbwüchsigen im Internat. Krafft-Ebing führt gerade den Begriff des Masochismus als Terminus technicus in die Psychologie ein, sehr zum Leidwesen von Leopold von Sacher-Masoch. Das komplette Arsenal der Rohheit unter der Kruste bürgerlicher Wohlanständigkeit! Schülertorheiten! Internatspsychosen! Barbarei! Grausamkeiten! Was für ein System des Zwanges!

Robert will heim. Robert schreibt weinend Briefe. Offizier will er schon gar nicht werden. Robert sehnt sich Tag für Tag nach jenem wunderbaren Haus in der Bahnhofstraße, nach seinem Zimmer, nach dem kleinen Hinterhof, nach der Buche, die darin steht. Er zählt die Jahre und die Tage herunter.

Mit dreiundzwanzig Jahren ist mein Großvater endgültig wieder zu Hause in Klagenfurt und atmet auf. Er hat eine Dissertation geschrieben. Er ist Doktor, er ist Ingenieur, er kann Maschinen bauen, Wurzeln ziehen und mit imaginären Zahlen rechnen, aber mittlerweile interessiert ihn das nicht mehr. Daheim in der Bahnhofstraße kündigt Robert Musil großspurig an, Schriftsteller zu werden. »Ich möchte einen Jahrtausendroman schreiben, einen Roman mit experimentellem Charakter, der davon handelt, was sein könnte, so wie seine Hauptfigur sich für keine Eigenschaft entscheidet, eben weil ihr alle zur Verfügung stehen und weil ihn die Tatsache lähmt, dass die Eigenschaften mehr zueinander als zu ihm gehören.«

»Wie? Was? In Kärnten?«

»Nein, nein«, erklärte mein Großvater, »wir sind hier mitten im Existenzialismus. Meine Hauptfigur soll die Ohnmacht des Intellektuellen gegenüber der Gesellschaft und dem Leben verkörpern.«

»In Kärnten?«

»Nein, nicht in Kärnten. Überall. Prinzipiell.«

Als Artfremder möchte ich mich zur spannenden literaturwissenschaftlichen Frage, wie ichig ein Ich in einem Ich-Text ist, nicht äußern. Aber ganz sicher lösen sich Ich-Instanzen in Rom viel besser auf als in Klagenfurt. In Klagenfurt bleiben die Ich-Instanzen Ich-Instanzen bis zum Nimmerleinstag. Da können die Ich-Instanzen noch so hoch- und niederhüpfen. In Klagenfurt können sich Ich-Instanzen gar nicht auflösen, wegen des Klimas, verstehen Sie! Die vielen Fröste im Winter, und im Sommer ist es an vielen Tagen entsetzlich schwül. Außerdem sind die Ich-Instanzen von Bergen eingekesselt. Die Frage ist, ob sich Ich-

Instanzen in Wien auflösen. In Favoriten bin ich skeptisch, für den zweiten Bezirk, für den dritten, für den fünften und so weiter. In Hütteldorf gibt es hordenweise unaufgelöste Ich-Instanzen. Im achten Bezirk kannte ich einmal eine Ich-Instanz, die sich aufgelöst hat, aber die ist dann aufs Land gezogen.

Musil erklärt weiter: »Meine Grundidee ist, den Weltplan noch einmal neu zu schaffen und zunächst den Untergang der bürgerlichen Welt zu beschreiben. Das individuelle Schicksal wird in den Strudel dieses Untergangs gezogen, weiß sich aber doch noch auf Inseln zu bewahren. Ich möchte dem Individualismus eine Vision geben: Das Paradies der Möglichkeiten.«

Der Vater sagt: »Damit wirst du ja nie fertig.«

Die Mutter sagt: »Wichtig ist ein gesichertes Einkommen. Vielleicht gibt es eine Möglichkeit in der Lehrerbildungsanstalt.«

Heinrich Reiter, der Hausfreund, hat sich lange zurückgehalten, sagt aber jetzt: »Schriftsteller kann man in der Pension auch noch werden.«

»Nichts da«, erklärt Robert. »Meine Pension ist jetzt.«

Die Mutter schlägt die Hände über dem Kopf zusammen.

»Ich denke, ich werde mit einem Wetterbericht beginnen, mit einem Bericht der Großwetterlage an einem schönen Augusttag 1913.«

»Lass einmal sehen, Robert, was steht denn da? *Fußgängerdunkelheit bildete wolkige Schnüre.* Du lieber Himmel! Was soll denn eine Fußgängerdunkelheit sein, Robert? Und was bitte schön eine wolkige Schnur? Das sind doch die verwickeltsten Durcheinanderbringungen! Robert, du bist jetzt dreiunddreißig. Werde doch endlich erwachsen! Werde endlich vernünftig! Werde Offizier!«

»Ich will nicht Offizier werden! Lies einmal Joyce, Mama. Dann würdest du keine so blöden Fragen mehr stellen.«

»Mit Jocye soll sich die Mutter von Joyce herumärgern. Der ist nicht mein Problem.«

Der Bahnhof schräg gegenüber wird ausgebaut. Auf neue Gleise werden neue Züge gestellt, neue Fahrpläne entworfen. Robert ist jeden Tag drüben, sitzt am Bahnsteig 1 und notiert sich akribisch alle Ankunfts- und Abfahrtszeiten, alle Destinationen. Man weiß ja nie, wofür man das noch brauchen kann.

Zum Sechzig-Jahre-Regierungsjubiläum von Kaiser Franz Joseph wird in Klagenfurt genau das Richtige gebaut, nämlich ein schönes Jugendstil-Jubiläumsstadttheater. Robert Musil spaziert immer wieder zur Baustelle, um sich vom Baufortschritt zu überzeugen. Er ist neugierig und fasziniert und hat auch ein schönes Theaterstück geschrieben, »Vinzenz und die Freundin bedeutender Männer«, das er dem designierten Intendanten des neuen Stadttheaters mit dem Angebot vorlegt, das neue Haus mit der Uraufführung des Vinzenz zu eröffnen. Der Intendant rutscht auf seinem Intendantensessel hin und her und fragt den »jungen Mann« (der mein Großvater mit dreißig Jahren ja wirklich noch war), warum denn eine Frau Vinzenz heißt. Es heißt, verbessert Robert Musil den Intendanten, nicht »Vinzenz, die Freundin bedeutender Männer« sondern »Vinzenz u n d die Freundin bedeutender Männer«. »Sie müssen genau lesen, Herr Intendant!« Der Intendant rutscht auf seinem Intendantensessel weiter hin und her und sagt: »Ich weiß nicht, ich weiß nicht. Wissen Sie, die Leute hier. Wir wollen ja ein Abopublikum aufbauen. À la longue kommen die ja auch aus Greifenburg und Kappel am Krappfeld! Wenn wir einmal eine Probebühne haben.«

Robert Musil verliert die Geduld. »Herr Intendant, ich bin ein ungeheuer komplexer Geist, messerscharf und klar, ein Schriftsteller von geradezu lateinischer Prägung! Meine Präzision ist europäisch, westeuropäisch. Ich dulde nichts Vages oder Unklares. Ich lasse das Irrationale nur in der Verkleidung des Unendlichen zu, denn ich weiß um meine göttliche Aufgabe. Ich bin vielleicht der exakteste Schriftsteller in der Literaturgeschichte.«

»Wer sagt das?«

»Hermann Broch.«

Der Intendant lehnt sich zurück. »Und das ist Ihnen jetzt zu Kopf gestiegen? Hermann Broch sagt über Sie, lieber junger Mann, auch, dass in Ihrem Werk das Schriftstellerische das Dichterische überragt ...«

»Ja sicher, Herr Intendant, weil eben das ganze Werk ins präzis Rationale gehoben ist. Hofmannsthal sagte ja, die Tiefe müsse man verstecken, und zwar an der Oberfläche. Genau das ist mein Grundprinzip!«

»Schön und gut, junger Mann, aber dann kann ich gleich Hofmannsthal spielen.«

»Hofmannsthal? Das Arschloch? Diesen weihevollen Mist?«

»Also hören Sie, Herr Musil, ich mache Ihnen einen Vorschlag: Ich erteile Ihnen den Stückauftrag. Ich bezahle das Stück auch. Und ich spiel's nicht.«

Damit ist Robert Musil einverstanden, und er schlendert zurück in die Bahnhofstraße. Wieder ein halbes Jahr Überleben gewonnen, bei sparsamer Lebensführung vielleicht sogar ein ganzes.

»Geh nach Wien!«, sagt Gustav, Musils Jugendfreund aus der Gasometergasse. »Geh um Himmels willen nach Wien, Robert. Geh vor allem unter allen Umständen weg von hier. Je eher, desto besser. Hier versinkst du unweigerlich im Sumpf! Über kurz oder lang verzwergt dein Denken hier, ohne dass du es überhaupt bemerkst. Aber zwei, drei Jahre später bist du publizistisch außerhalb dieses Landes niemandem mehr zumutbar! Geh weg, Robert, ich beschwöre dich! Hier wirst du nach und nach zu dem, wofür du gehalten wirst!«

»Die Überschätzung der Frage«, antwortet Musil, »wo man sich befinde, stammt aus der Hordenzeit, wo man sich die Futterplätze merken musste. Das Futter in Wien bekommt mir nicht. Ich mache auch etwas ganz anderes als die in Wien, etwas ihnen Entgegengesetztes.«

»Die Einstellung ist naiv, Robert. Naiv und vor allem verfrüht.«

»Wie auch immer. Es soll auf den Namen der Stadt kein besonderer Wert gelegt werden. Das lenkte bloß von Wichtigerem ab.«

»Aber Mozart ist doch auch nach Wien gegangen, Robert. In die Residenz- und Reichshauptstadt Wien. Nicht auszudenken, wie Mozart in Salzburg unter dem Joch des Erzbischofs verkümmert wäre!«

»Ja, aber in Wien ist er auch in jungen Jahren zugrunde gegangen und verreckt.«

»Aber er hat große Werke geschaffen.«

»Die hätte er in Salzburg auch geschaffen.«

»Robert, Robert, du bist ein Dickkopf. Ein Sturschädel.«

»Komm mit zum Abwehrkampf, Robert! Der Lernet-Holenia ist auch schon da. Stell dir vor, Robert: Der Lernet-Holenia ist extra zum Abwehrkampf aus Wien gekommen.«

Karl Kraus sagt: Man muss nicht unbedingt von Kretins sprechen, wo man es mit Trotteln zu tun hat. Robert Musil interessiert die regionale politische Situation nicht besonders. »Mein Hauptthema ist nicht: Wie gewinne ich den Abwehrkampf? Mein Hauptthema ist auch nicht: Wer stimmt für Jugoslawien? Wer für Österreich? Mein Hauptthema lautet: Wie soll sich ein geistiger Mensch zur Realität verhalten?«

»Wo? In Kärnten?«

»Überhaupt! Generell! Überall auf der Welt. Man stelle sich einen jungen Menschen vor, der am besten Wissen seiner Zeit, an Mathematik, Physik, Technik geschult ist. Der muss zu seinem Erstaunen sehen, dass die Wirklichkeit um mindestens hundert Jahre zurück ist hinter dem, was gedacht wird.«

»In Kärnten nicht, Robert. In Kärnten nicht, Robert. In Kärnten sind die Berge so hoch, dass man nicht denken kann. In Kärnten sind die Seen so tief, dass man nicht denken kann. In

Kärnten sind die Mädchen so schön, dass man nicht denken kann. In Kärnten sind die Männer so tapfer, dass man nicht denken kann. Komm schon, Robert, du hast doch Offiziersblut in dir!«

»Hab ich nicht. Ich hab Wirtsblut in mir.«

Und so schrieb man mit Blut die Grenze, erstritt sich die Heimat aufs Neu, verblieb in Not und Tod, und Robert blieb zu Hause. Am 14. Oktober 1920 gab es in Klagenfurt am Neuen Platz eine große Feier, und Robert feierte nicht mit. Er stand am Fenster des Hauses in der Bahnhofstraße und dachte: Alles außerhalb dieses Hauses ist Blödsinn.

Die Mama kommt.

»Jetzt hör einmal zu, Robert. Ich habe mit dem Perkonig gesprochen. Er könnte mit dem Bürgermeister reden. Man könnte etwas machen. Man könnte zum Beispiel einen Posten im Kulturamt schaffen, extra für dich. Du sitzt von 8.00 bis 17.00 Uhr in irgendeinem Hinterzimmer, liest die Zeitung, schneidest alle Artikel, in denen das Wort *Klagenfurt* vorkommt, aus und archivierst sie. Das wäre eigentlich alles. Nicht hoch bezahlt, aber besser als nichts. Du kannst in Krankenstand gehen, und wenn du eines Tages in Pension gehst, löst sich der Posten ganz von allein wieder auf. Und in deiner Freizeit kannst du in aller Ruhe weiter an deinem ›Mann ohne Eigenschaften‹ …«

»Geh Mama, wie schaut denn das aus: Dichter und Kulturbeamter. Lebt als Schriftsteller und Kulturbeamter in Klagenfurt. Wer soll einen da noch ernst nehmen?«

»Oder dann halt doch Lehrer. Alle Dichter sind Lehrer.« Musil verdreht die Augen.

»Ach Robert, mit dir ist es wirklich schwer! Ich serviere dir eine Möglichkeit nach der anderen auf dem Silbertablett und du winkst jedes Mal ab.«

»Sag Musil zu mir, Mama.«

Wenn ich Ihnen einen guten Rat geben darf, Herr Doktor! Gewöhnen Sie sich das Pointierte ab, schreiben Sie langweilig und hermetisch und gehen Sie nach Deutschland. Das ist Ihre einzige Chance.

Nach Graz hätte er gehen müssen! Nach Graz! Alle Klagenfurter gehen nach Graz! Graz ist voll von Klagenfurtern! Alle Kärntner, die etwas werden wollen, gehen nach Graz! Der Jakominiplatz! Die Herrengasse! Der Brühl! Die Sporgasse! Der Sorger! Der Strehly! Der Preinsack! Das Schauspielhaus! Die Oper! Der Stadtpark! Die Uni! Die Wartburg! Der Rest fügt sich dann schon. Annahme der Dozentur in Graz. Geduldiges Tragen der langweiligen Assistententätigkeit. Geistiges Miterleben der Wendungen in der Psychologie und Philosophie. Dann, nach Sättigung, ein natürlicher Abfall und Versuch, zur Literatur überzugehen. Graz! Kulturhauptstadt! Graz! Genieecke! Musilstadt Graz! Mein Gott, Robert! In Graz stehen einem alle Möglichkeiten offen. Oder erst in Wien. In Klagenfurt kannst du froh sein, wenn dir dein Vater eine Stelle als Bibliothekar verschafft. Robert Musil ist aber nicht froh.

Eine Position mit Pensionsanspruch ausschlagen! In Kla-gen-furt! Ein Wahn-sinn!

Schriftsteller! Freier Schriftsteller in Klagenfurt! Kla-gen-furt! Weltschriftsteller in Kla-gen-furt! Was für eine Schnapsidee! Sein Leben lang nur von den unsicheren Erträgen seiner literarischen Arbeit leben wollen in Kla-gen-furt! Wahn-sinn! Aus heutiger Sicht ist völlig klar, dass das unmöglich gut gehen kann, und es ist kein Wunder, dass mein sturschädeliger Großvater mit seinem völlig absurden Karrierekonzept jedenfalls zu Lebzeiten auf der ganzen Linie scheitern und am Ende einen Bettelbrief nach dem anderen schreiben und von privaten Zuwendungen leben musste. Aber mein Großvater hat gesagt, niemand könne aus seiner Haut heraus, und so habe er von sich aus doch das Richtige getan, wenn er auch dafür bezahlen musste. In Cafés und Restaurants bezahlte die Rechnung in der Regel aber doch seine Frau, meine Großmutter.

Anstatt die Bibliothekarsstelle anzunehmen, saß mein Großvater also zu Hause und schrieb in sein Tagebuch: »Wir irren vorwärts. Oder: Einen Menschen ganz aus Zitaten zusammensetzen!«

Mein Großvater machte unverdrossen Pläne: Ein Projekt etwa hieß *Der Archivar*, autobiografisch angelegt. Darin will Robert seine eigene Jugend verarbeiten und einen Mann zeigen, aus dem nichts Tüchtiges wird. Am Ende soll sich der Archivar erschießen. Oder das Projekt mit dem utopischen Land *Adrialpanien*. Darin der Satz: *Du gehst durch dieses Volk hindurch, dem du trotz allem angehörst und das dir fremd ist*. Mit solchen Sätzen macht man sich keine Freunde, weder hier noch außerhalb. Immerhin aber ermöglichten meinem Großvater einerseits das Adrialpanienprojekt, andererseits die geografische Nähe Kärntens einige Italienreisen. Vor allem auf der zweiten Reise schrieb er eine Reihe von Porträts ihm begegnender Menschen. Fast alle hatten einen karikaturistischen Zug. Er scheint geradezu Jagd auf abstruse Details und Lächerlichkeiten gemacht zu haben.

Bei einer Zugfahrt über den Apennin kam er neben einer Gruppe von Florentiner Studenten zu sitzen, die auf der Heimfahrt von der Beerdigung des großen Carducci in Bologna waren. Martha de Blasi war damals die Freundin eines verklemmten Studenten aus Gorizia. Mein Großvater hatte sie ihm bald ausgespannt, mit nach Klagenfurt genommen und zu seiner Frau gemacht. Mit ihr zeugte er in seinem letzten Lebensjahr zu seiner großen Überraschung einen Sohn, meinen Vater.

Robert bekommt viel Post von Redaktionen und Verlagen, allerdings hauptsächlich Absagen: Absagen aus Wien und München, Absagen aus Frankfurt und Hamburg: Man schreibt ihm höflich, dass man die Qualität seines Romans schätze, aber nicht überzeugt sei, genügend davon verkaufen zu können. Darüber hinaus halte man ihn für zu intelligent für einen Schriftsteller, wünsche aber woanders recht viel Glück. Auch Rowohlt lässt nichts mehr von sich hören. Robert steht ohne Verlag da.

Zwischen seinem vierzigsten und fünfzigsten Lebensjahr erkennt Robert allmählich immer deutlicher den Kardinalfehler seines Lebens, und er sieht ein: Du machst nicht die Stadt. Die Stadt macht dich. Du änderst nicht die Stadt. Die Stadt ändert dich. Die Stadt bricht dich. Immer die Frage, von welcher Stadt man sich brechen lässt.

Aber jetzt ist es zu spät. An eine Übersiedlung nach Wien, Berlin oder sonst wohin ist nicht mehr zu denken. Es fehlt an allem: am Geld. An Kontakten. An Ideen. An Kraft. An Gesundheit. Die Galle! Der gesamte Verdauungsapparat! Die Atemwege! Die Kopfbelüftung! Die Augen! Der Bluthochdruck! Der Kreislauf! Das Herz! Die Nerven! *Und dass ich das Rauchen beinahe ganz aufgegeben habe, beleuchtet wohl zur Gänze den Ernst der Lage!* Hier hat er wenigstens sein Elternhaus in der Bahnhofstraße, das jetzt ihm gehört und immer mehr zu seiner Festung wird.

Robert stellt sich jetzt selbst die Fragen, die Sie mir gestellt haben, lieber Herr Doktor: Was wäre wohl aus mir geworden, wäre ich weggegangen? Hätte die Fremde meinen Charakter gestählt? Wäre ich so streng und unbequem, so kühl, stolz und verschlossen, eiskalt, vernichtend, diskret und distanziert geworden, wie man es sein muss, um durchschlagenden Erfolg zu haben? Eine Lektorin hat mir in ihrer Absage geschrieben, ich sei ihr sympathisch. Das war das Schlimmste. Das schreibt man keinem Dichter. Das schreibt man einem ausgebooteten Liebhaber. Sympathisch ist, wer sonst nichts ist. Wenn man einen, der sympathisch ist, völlig fertigmachen will, dann sagt man ihm noch, dass er gebildet ist. Sympathisch *und* gebildet: Dann ist alles aus! Das ist die Höchststrafe! Hätte ich mir woanders Respekt verschafft? Hätte ich mir in den Metropolen ein Menschennetz aus Freunden, Fürsprechern, Gönnern geschaffen? Auch ich sehe jetzt, dass ich im Begriff bin, mein – Ihr – Thema zu verfehlen, lieber Herr Doktor! Ich fantasiere ja nicht, was aus meinem Großvater hätte werden können, wenn er Klagenfurt verlassen hätte, sondern schildere bloß, wie es ihm hier in Klagenfurt ergangen ist. Aber woher soll ich Utopien nehmen?

»Schau, das Ferlacher Horn! Ein Leben ohne Ferlacher Horn ist mir mittlerweile nicht mehr möglich. Dabei ist das Ferlacher Horn gar nicht schön. Das Ferlacher Horn ist einfach da. Das Ferlacher Horn ist einfach ein Ferlacher Horn. Eine Bergkette ohne Ferlacher Horn wäre fremd.«

»Warst du schon einmal auf dem Ferlacher Horn?«

»Nein, nie. Auf dem Ferlacher Horn könnte ich das Ferlacher Horn ja nicht sehen.«

»Und bitte aufschreiben, Frau Lepuschitz!«

»Aber ewig kann das nicht so weitergehen mit dem Aufschreiben, Frau Musil. Ich muss ja meine Lieferanten auch bezahlen. Was macht denn Ihr Mann den ganzen Tag? Soll er doch über die Straße gehen und sich bei der Bahn melden. Wer nichts ist und kann, geht zu Post und Bahn. Andere Doktoren müssen heute auch die Hände in die Hand nehmen!«

Der Hochmut fällt von ihm ab, der Größenwahn der jungen Jahre zerbröselt. Wie hatte er sich bloß jemals für etwas gar so Besonderes halten können? War dieses Besondere nicht einfach die Liebe seines Vaters zu ihm gewesen, die er missverstanden und fehlinterpretiert hatte, und nichts anderes? Zum Ekel gesellt sich Selbstekel. Jetzt stagniert auch die Arbeit. Das Schreiben geht immer zäher voran, die Beiträge zur geistigen Bewältigung der Welt werden immer knapper, drohen zwischendurch ganz auszubleiben. Hemmungen setzen ein. Nicht nur Schreibhemmungen, generelle Lebenshemmungen. *Störung des Wollens.*

Heute dürfte man Depression sagen. Die völlige Interesselosigkeit der ach so fernen literarischen Mitwelt zerfrisst Roberts Seele. Der Traum vom Großschriftsteller ist ausgeträumt. Selbst Mittelschriftsteller wird sich nicht mehr verwirklichen lassen. Musil erkennt jetzt, dass er sich zu viel vorgenommen hat. Weltschriftsteller in Kärnten – dagegen wäre die Quadratur des Kreises eine Volksschüleraufgabe. Man führt einen Dreifrontenkampf: gegen die Ignoranz der Leute im Land, gegen die Ignoranz der Experten von außerhalb und gegen das allmähliche Nachlassen seiner selbst. Jetzt fühlt er sich nicht nur gescheitert, sondern geradezu exemplarisch gescheitert. Niemand will diese permanente Untergangsironie, hier nicht und woanders ebenso wenig, nicht gestern, nicht heute und nicht morgen. Die Tagebücher von Anfang der dreißiger Jahre bis zu seinem Tod in völliger Vereinsamung sind voller Enttäuschung, dass er nicht die Anerkennung findet, die er erwartet. Im Kopf schreibt er wohl weiter, vermute ich wenigstens, und bastelt Parallelaktionen hin und her, versucht unter gewaltigem Schmerz, Theoretisches und Abstraktes in Handlung aufzulösen, entwirft Handlungsstränge, die im Leeren verlaufen, schichtet immer wieder um, aber das Schreiben berührt das Papier nicht mehr, auch nicht in Form von Notizen, theoretischen Exkursen, Abstraktionen, Arbeitstagebüchern. Das Schreiben löst sich direkt im Kopf wieder auf, wovon natürlich niemand etwas hat. Nichts von all dem bei Spaziergängen Erschaffenen bringt er von den Spaziergängen wieder mit nach Hause. Jüngere, wesentlich jüngere Dichter als er selbst jetzt einer ist, ziehen karrieremäßig locker lächelnd an ihm vorbei, sind in aller Munde und protzen mit sensationellen Buchverkaufszahlen. Vor solchen Früchtchen machen die Großverleger einen Diener! Und bei ihm, der tausendmal tiefer ist als all die vielschreibenden Springinsfelds zusammen, da rümpfen sie die Nase, zieren sich und drehen jeden Groschen zweimal um! Mehr und mehr verachtet er alle Schriftsteller seiner Zeit: Werfel, Joseph Roth und Feuchtwanger, auch Stefan

Zweig, Karl Kraus oder Hermann Broch. Und erst die Mannkinder, die Erika und den Klaus: diese lächerlich gut gelaunten Seichtreisebücher von der Riviera und der Côte d'Azur: Das ist doch nichts! Warum die Dame von Welt in Marseille nicht zum Friseur gehen sollte: Also wirklich das Allerallerletzte! Nur die Toten lässt er leben, Rilke zum Beispiel. Ihnen fühlt er sich wesensverwandt: ein Toter zu Lebzeiten. Werfel, Roth, Kraus nehmen die Anfeindungen kaum zur Kenntnis: Von einem aus Klagenfurt lässt man sich nicht einmal anschütten.

Ich selbst, lieber Herr Doktor, habe diese Eigenschaft wahrscheinlich von meinem Großvater geerbt, die er damals entwickelt hat: Die panische Angst, alle würden ihm in den Rücken fallen: Er saß, wie ich es tue, im Kaffeehaus immer mit dem Rücken zur Wand, um den ganzen Raum und alle Menschen permanent beobachten, unter Kontrolle haben zu können. Kein Raum hinter ihm! Kein Fenster hinter ihm! Keine Tür hinter ihm! Genau wie in meinem Arbeitszimmer musste im Arbeitszimmer meines Großvaters der Schreibtisch so stehen, dass er die Fenster und die Eingangstür immer im Blick haben konnte. Natürlich ist ohnehin niemand gekommen, und es war bei meinem Großvater so, wie Schopenhauer es beschrieben hat: Dass seine Frau manchmal einen Laufburschen beauftragte, an der Tür zu klopfen, damit Robert sagen konnte: Öffne nicht!

Robert vermerkt in seinem Tagebuch: »Wir haben nur noch wenige Wochen zu leben. Der Faden, an dem unser Leben hängt, ist schon außerordentlich dünn. Es ist mir sehr schlecht gegangen, wenig Schlaf, sehr unruhiges Herz. Am unangenehmsten ein Zustand, wo man nichts Körperliches spürt, aber der geistige Schmerz, die Unlust am ganzen Leben wie eine Wunde am Herzen sitzt. Gestern Abend zum ersten Mal in meinem Leben Brom genommen. Ich bin geistig und moralisch erschöpft.« So feierte mein Großvater in Klagenfurt seinen fünfzigsten Geburtstag.

Die Kärntner Landmannschaft schreibt einen Wettbewerb aus: Man möchte noch eine vierte Strophe für das Kärntner Heimatlied zur Musik von Josef Rainer von Harbach und den ersten drei Strophen von Johann Thaurer von Gallenstein haben. Bei jedem Dreck muss man mitmachen vor lauter Geldnot. Robert quält sich zwei Tage mit der Reimerei ab und hat gerade einmal »Geisteswüste ohne Aussicht auf die Küste« auf dem Papier, da reicht Agnes Millonig schon die fertige Strophe ein. »Mannesmut und Frauentreu« hat sie auf »Heimat« und »erstritt aufs neu« gereimt, »Blut« und »Grenze schrieb« auf »Not und Tod verblieb«. »Hell jubelnd klingt's zur Bergeswand: das ist mein herrlich Heimatland«. Musil erleidet einen solchen Ekelanfall, dass er stundenlang erbricht und mit der Rettung ins Landeskrankenhaus eingeliefert werden muss. Brom. Brom. Brom.

Geldknappheit, Schulden, wie lange schon? Für eine Zeitung schreiben? Aber es gibt ja keine hier, wenigstens keine mit einem Feuilleton. In einem Buch kann man gegen die Welt anschreiben, in der Zeitung nicht. Die Zeitung hält ja zur Welt. Da muss man den Leuten nach dem Mund reden. Da wird man von den Redakteuren im Namen des Abopublikumsgeschmacks eingepasst und ausgequetscht, dass man sich gar nicht mehr wiedererkennt. Unmöglich für Robert. Hinter seinem Rücken schnorrt seine Frau bei Bekannten kleinere Beträge zusammen. Robert träumt von einer Italienreise wie früher, an die Riviera, aber er kann sie sich nicht mehr leisten. Er kann sich gar nichts leisten. Er klebt fest. Das ist jetzt aber keine Ortsbeständigkeit mehr, sondern eine Armutsgefangenschaft.

Die Nazis kommen, die Dichter gehen. Werfel über die Pyrenäen, Freud nach London, Zweig nach England und weiter nach Brasilien, Feuchtwanger nach Sanary-sur-Mer und dann nach Kalifornien, Perutz nach Palästina, Thomas Mann und seine Schriftstellerfamilie nach Zürich, nach Südfrankreich und weiter in die Vereinigten Staaten nach Princeton. Alle weg. Robert bleibt allein zurück, aber er war vorher auch schon allein. Robert verachtet die Nazis und ihre Geistfeindlichkeit, wie er die Geistfeindlichkeit ihrer Vorgänger verachtet hat. Im inneren Exil ist er schon längst, ein äußeres fällt ihm nicht ein. Gott sei Dank fällt die Verachtung eines Provinzschriftstellers den Mächtigen nicht so auf: Es zahlt sich nicht aus, so eine kleine Jammernummer wie ihn spektakulär zu verfolgen und zu deportieren. Den Perkonig gibt es ja immer noch, den Dichter Kärntens, der im Notfall intervenieren und helfen könnte, nicht finanziell, bloß prinzipiell. Perkonig hat eine Gesprächsbasis zur Reichsschrifttumskammer. Reichsschrifttumskammer! Was für ein Wort!

Robert spaziert durch das Villenviertel unterhalb des Kreuzbergls. Hunde hinter Gartenzäunen kläffen ihn an. Rohkastanien prasseln auf seinen Schlapphut. Er denkt jetzt: Es ist nicht das Wichtigste, Geist zu produzieren, sondern Nahrung, Kleidung, Schutz, Ordnung. Das gilt heute noch immer von der Lage der Menschheit. Wir sind noch immer das gefährdete und sich selbst gefährdende Tier. Ebenso wichtig ist es, die für Nahrung, Kleidung und so weiter nötigen Grundsätze zu produzieren. Nennen wir es – den Geist der Notdurft.

Und dann hat Musils Stabilitas loci doch wenigstens einen Sinn, na, sagen wir: Zweck gehabt. An einem schönen Oktobertag sieht mein Großvater Robert bei einem seiner zahllosen Spaziergänge, auf dem er wieder einmal seine sowohl literarisch als auch ökonomisch aussichtslose Lage überdenkt, von der Radetzkystraße kommend, neben dem Stadttheater eine Baumgruppe in der Sonne. Unter dem ersten Baum, der vor jenen dunkelroten Kirschbäumen steht, die keine Früchte bringen, sitzt ein Mädchen im Schneidersitz, und er ist so entflammt vom Herbst, ein so unmäßiger goldener Fleck, schwärmt das Mädchen, dass er aussieht, als wäre er eine Fackel, die ein Engel fallen gelassen hat.

»Wozu soll ein Engel eine Fackel fallen lassen?«, fragt Robert das Mädchen.

»Weil sie ihm zu heiß ist.«

»Dann ist er aber ein untauglicher Engel. Überhaupt sollten Engel nicht mit Fackeln spielen!«

»Das sagst du nur, weil du ein verbitterter alter Mann bist!«, sagt das Mädchen. »Und nun brennt er …«

»Wer?«

»Der Baum!«

»Ja, nun brennt er, Mädchen! Aber Herbstwind und Frost werden ihn rasch zum Erlöschen bringen!«

»Glaubst du?«

»Ich weiß es. Er wird nicht immer leuchten wie in dieser Stunde. Das Gesetz der Welt liegt auch auf ihm.«

Der alte Mann und das Mädchen gehen gemeinsam weiter, den Kanal entlang, der vom See hin und wieder ein Boot, einen sogenannten Lendwurm hineinträgt, das in ihrem Herzen anlegt.

»Woher kommst du?«, fragt das Mädchen den alten Mann.

»Ich bin hier geboren. In diese Stadt ist man selten aus einer anderen Stadt gezogen, weil ihre Verlockungen so groß gewesen wären …«

»Aber der Kanal ist schön.«

»Das schon. Nur tot ist er halt. Und du, Mädchen, wo wohnst du?«

»In der Durchlassstraße.«

»Der Durchlass! Die kleine Unterführung, über die der Zug nach Wien fährt. Wien! Warst du schon einmal in Wien?«

»Nein, nie. Wie sollte ich dort hinkommen? Und was sollte ich dort anfangen?«

»Wien ist anders.«

»Durch die Unterführung muss man auch, wenn man zum Flugfeld will. Aber wir sind von dort weggezogen.«

Das Mädchen ist aufgeweckt. Das Mädchen ist frisch und mutig und kräftig. Ein wenig naiv vielleicht noch. Noch sind seine Knochen nicht gebrochen. Könnte er bloß in dieses Mädchen hineinfahren, seinen Geist in diesem Mädchen verströmen, in diesem Mädchen noch einmal von vorne anfangen und alles besser machen. Aber das Kind wird ja auch keine Zukunft haben. Es wird verkleinert werden. Es wird sich von hier aus vor der ganzen Welt zu fürchten beginnen. Das Mädchen wird darauf kommen, dass es zufällig ist, dass es seine Wesentlichkeit erschauen, aber nicht erreichen kann. Es ist nicht komplett und kann es nicht sein. Gallertartig wird es alle Formen annehmen, ohne das Gefühl der Zufälligkeit seiner Existenz zu verlieren.

»Möchtest du eine Tasse Kakao? Meine Frau wird uns welchen machen. Wir wohnen in der Bahnhofstraße. Du Flugplatz, ich Bahnhof!«, kichert Robert.

»Ich darf nicht mit fremden Männern mitgehen.«

Aber da ziehen schon Kolonnen von Marschierenden. Die Fahnen schlagen über den Köpfen zusammen. »Bis alles in Scherben fällt ...« wird gesungen. Zwischen den Scherben werden der alte Mann und das junge Mädchen förmlich in die Musil'sche Küche hineingeschoben. Bei Tisch sitzt das Kind still da. »Siehst du«, sagt Robert, »jetzt ist dein goldener Baum schon erloschen.« Er schaltet das Radio ein, aus dem es gewittert, und jetzt fällt dem Mädchen der berühmte Satz von der Stimme des Nachrichtensprechers ein, der wie ein Kugelblitz in der Küche herumfährt.

Das Zeitzeichen ertönt. Der Krieg ist ausgebrochen. »Ach komm, alter Mann, noch sind die Bomben nicht gefallen. Gehen wir Schlittschuh laufen auf dem Teich unter dem Kreuzberg!«

»Was hast du gesagt, Mädchen? Kreuzberg? Nicht Kreuzberg, bloß Kreuzbergl, Mädchen, hast du verstanden? Das ist ein gewaltiger Unterschied. Ein Kreuzweg natürlich, ein Kreuzweg auf alle Fälle. Kreuzbergler Nächte sind nicht lang. Sie sind nur finster.

Vielleicht ist *Kreuzberg* auch bloß ein Fehler eines ignoranten Lektorats in Kreuzberg. Vielleicht kann man sich in Kreuzberg einfach nicht vorstellen, dass es ein Kreuzbergl geben soll, auf dem Menschen leben, die das Bildnis eines richtigen Intellektuellen produzieren. Vielleicht ist der Unterschied gar so gewaltig auch wieder nicht. Die Bomben werden auf das Kreuzbergl genauso fallen wie auf Kreuzberg. Eines Tages aber werden alle Bomben abgeworfen sein, und dann: Geh, Mädchen, geh! Fort, nur fort! Hier ist nichts zu holen ! Hier war nie etwas zu holen, und hier wird nie etwas zu holen sein. Du musst den Mantelkragen höherziehen und eine Durchreisende werden, der niemand ihre Herkunft ansieht!«

»Aber hier ist es schön!«

»Schön, ja. Unvergleichlich, unbeschreiblich, sagenhaft schön. Hier schaut es aus wie auf den Ansichtskarten, die es von hier gibt. Man kann eine Briefmarke auf das Land kleben und es in den nächsten Kasten werfen …«

»Aber wenn ich am Fortgehen sterbe?«

»Dann stirbst du nicht am Hierbleiben.«

Am 15. April 1942, am späten Vormittag – Martha steht in der Küche und bereitet ein Paprikahuhn mit Spätzle zu – setzt sich Robert in seinem Haus in der Bahnhofstraße an den Schreibtisch, um wie so oft Briefe an mögliche Verleger und mögliche Geldgeber zu schreiben, die sich dann letztlich doch wieder nicht für ihn begeistern werden. Er steht kurz auf, geht auf die Toilette und kommt nicht mehr zurück. Jetzt hat der Engel seine Fackel auf Roberts Hirn fallen lassen. Getroffen fällt er um, und schneller, als er denken kann, ist Robert mit Haut und Haar verbrannt.

Wäre Robert Musil fortgegangen und ein international renommierter Schriftsteller geworden, dann würden Sie, lieber Herr Doktor, mir heute vielleicht ganz umgekehrt die hypothetische Frage stellen, was wohl aus Robert Musil geworden wäre, wäre er in Klagenfurt geblieben. Aber in dem Fall wäre ein solches

Dasein heute wohl gar nicht vorstellbar. In dem Fall würde ich vielleicht nicht nur nicht antworten können. In dem Fall würde ich vielleicht gar nicht existieren.

Der Narr von München oder: The Spitzweg Project

1
Ernst

Die Zukunft hat begonnen! Es ist alles so geworden, wie ich es mir vorgestellt habe: Bis ins kleinste Detail. Eine Symbiose aus Gestern und Morgen: einerseits das Kruzifix und die Hinterglasmadonna, andererseits die Panoramaglaswand, das Glanzstück unserer neuen Empfangshalle. Wenn das der Vater noch hätte erleben können! Der Großvater! Der Urgroßvater! Innovation ist alles! Aber vielleicht hätten sie gar nicht verstanden, dass Innovation alles ist. Vielleicht hätten sie nicht einmal das Wort *Innovation* verstanden. Meine liebe Irmgard hat es ja anfangs auch nicht verstanden. Auch der Irmi ist bloß der Mund offen gestanden, und herausgekommen ist gar nichts.

Ich war der Erste weit und breit, dem das Wort *Innovation* aus dem Mund herausgekommen ist. Bevor ich es verwendet habe, war das Wort *Innovation* in ganz Murnau unbekannt. Das Wort *Innovation* hat zum Wort *Panoramaglaswand* geführt. Und aus dem Wort *Panoramaglaswand* ist die Panoramaglaswand geworden. Die Irmi hat ja zuerst gemeint, die Maurer hätten eine Wand vergessen, und beinahe wäre sie gegen das Glas gerannt. Aber der Panoramaglaswand gehört die Zukunft! Eines Tages werden alle Murnauer Gasthöfe Panoramaglaswände haben, auch die Hofstätter und die Lebzelter und die Wachszieher und die Metsieder. Irmgards erster Gedanke war, wie lang man so eine Panoramaglaswand putzen kann. Da bräuchte man ja Leitern, hat sie gesagt. Aber eine neue Zeit erfordert ein neues Denken, ein mutiges, visionäres, bahnbrechendes Denken, nicht diese kleingeistige Das-geht-nicht-Mentalität. Wo Panoramaglaswände sind, werden bald auch Panoramaglasspezialputzmittel entwickelt werden. Wir werden Zusatzpersonal anstellen, sobald wir es uns leisten können. Die Panoramaglaswand wird uns bald in die Lage versetzen, Zusatzpersonal für die Panoramaglaswand anzustellen. Murnau muss umdenken! Und nachdem Murnau umgedacht haben wird, wird ganz Bayern umdenken und umstrukturieren.

Irmgard hat anfangs nicht einmal gewusst, wozu man zum Empfang eine Halle braucht. Sie versteht nichts von Gästepsychologie. Vom Repräsentieren. Zunächst einmal braucht man eine Empfangshalle, damit sie eröffnet werden kann. Ganz Murnau wird anlässlich unserer Eröffnungszeremonie auf den Beinen sein, der Bürgermeister wird eine Rede halten und es wird Bier und Brezeln geben. In fünf Tagen ist es so weit! Den Eröffnungen gehört die Zukunft. Natürlich wird man nicht Eröffnung, sondern *opening* sagen, und man wird nicht nur Empfangshallen, sondern alles eröffnen, was sich nicht dagegen wehren kann. Erst was eröffnet ist, ist.

Natürlich ist die Panoramaglaswand kein reiner Selbstzweck, sondern dazu da, dass man die Berge sehen kann. Man darf doch seine Berge nicht verstecken, wenn man sie schon gewissermaßen vor der Haustür oder eben hinter der Panoramaglaswand hat. Die Berge sind unser Kapital, habe ich der Irmgard erklärt. Uns, die wir daran gewöhnt sind, mag es vielleicht so vorkommen, als wären die Berge nichts Besonderes oder gar Hindernisse und Schattenwerfer und Schlechtwetterproduzenten. Aber wir müssen statt *Berge* bloß *majestätische Bergwelt* sagen, und schon schauen sie völlig anders aus. Es geht außerdem darum, nicht bloß *majestätische Bergwelt* zu sagen, sondern *Erholung in der majestätischen Bergwelt*, und zwar in Anwesenheit von

Leuten, die sich die Erholung in der majestätischen Bergwelt etwas kosten lassen. Damit sie sich erholen wollen, muss man ihnen zunächst klarmachen, dass Erholung erstens notwendig, zweitens möglich ist. Irmgard schaute mich groß an und sagte den schönen Satz: Du bist deiner Zeit voraus! Sie hatte ja auch von meiner Erholungserfindung noch nichts gehört. Die Erholungserfindung für sich wäre freilich noch nichts, wenn man sie nicht vermarktet. Eines Tages werden alle Murnauer so denken.

Als Begleitmaßnahme zur majestätischen Bergwelt muss der Staffelsee kommen, als Begleitmaßnahme zum Staffelsee die Insel Wörth, als Begleitmaßnahme zur Insel Wörth eine Bootsfahrt und als Begleitmaßnahme zur Bootsfahrt ein schönes Wetter. Schönes Wetter kann man immer behaupten, wenn einmal eines gewesen ist. Außerdem ist ja jedes Wetter schön, es muss einem bloß gefallen. Wenn es regnet, kann man auch die Pfarrkirche St. Nikolaus als flankierende Begleitmaßnahme verwenden und das Gnadenbild der Schmerzensmutter Maria oder die Landesdefension und die Schützenvereine und die königlich privilegierte Feuerschützengesellschaft. Für jeden Geschmack etwas, denke ich mir. Sein Licht nicht unter den Scheffel stellen, denke ich mir. Immer offensiv sein, denke ich mir, offensive Selbstpräsentation! Als Begleitmaßnahme zum Wettersteingebirge das Bergkiefernmoor und das Murnauer Moos, und als Begleitmaßnahme zum Murnauer Moos das Moosverlosungsvolksfest aller Moosnutzungsberechtigten mit Bier und Brotzeit und bayerischer Gemütlichkeit im Schatten der majestätischen Bergwelt. Eine bayerische Gemütlichkeit ist dasselbe wie eine majestätische Bergwelt, habe ich Irmgard erklärt. Man erschafft sie, indem man sie benennt. Erstens muss das Konzept stimmen, zweitens das Image, drittens das Management.

Wer will denn heute noch in München leben? Murnau statt München: So lautet die Losung! Murnau! Murnau! Murnau! München ist ein Moloch und eine Kloake. Alle Münchner möchten nach Murnau. Sie wissen es nur noch nicht. Man muss Murnau irgendwie in die Münchner Köpfe hineinbringen. München muss den Aufbruch zu einem neuen Freizeitverhalten wagen. Während Irmgard damit begann, den Fußboden zu schrubben, fielen mir unentwegt neue Worte ein: Voralpenraum! Erholungspauschale! Sommerfrische! Ein wahrer Wortsturm fegte durch meinen Kopf, der sich erst dadurch vorübergehend legte, dass Irmgard mich daran erinnerte, dass ich noch das Schwein vom Morgen zerteilen müsse. Aber das Schwein kann warten, wenn die Zukunft beginnt. Ich habe mir gedacht, wir nennen die Pension *Zur schönen Aussicht*. Allerdings lässt sich das mit der Metzgerei nicht vereinbaren. *Gasthaus und Metzgerei zur schönen Aussicht:* Das geht nicht. Vielleicht sollten wir die Metzgerei ausgliedern. Die Zukunft gehört den ausgegliederten Metzgereien. Die Schweine dürfen nicht von außen grunzend an der Panoramaglaswand schnuppern oder gar mit ihren Schweinsschädeln die Panoramaglaswand zum Zerbersten bringen. Eine neue Zeit birgt auch neue Gefahren, dessen muss man sich bewusst sein. Der Gast darf sich durch das in Mark und Bein fahrende schreckliche Todesgequietsch der abgeschlachteten Schweine nicht beim Tafeln gestört fühlen. Der Saubraten darf dem Gast nicht in blutigen Schürzen serviert werden. Das Gastgewerbe muss umdenken. Zu Lebzeiten muss der Braten seine Anonymität und sein Inkognito wahren. Der Vorgang des Schlachtens muss aus der Erholungspauschale ausgekoppelt werden. Umdenken! Innovative Strategien! Alles muss neu gedacht und neu zusammengesetzt werden.

Ich machte eine Pause, und dann bat ich Irmgard zu atmen. Sie atmete, hatte aber kein Aha-Erlebnis. Also forderte ich sie auf, noch einmal zu atmen, bewusst zu atmen, bewusst zuerst ein- und dann bewusst auszuatmen. Irmgard bemerkte aber noch immer nichts. Manchmal ist es nicht leicht mit ihr.

»Hast du Luft bekommen?« – »Natürlich habe ich Luft bekommen!« – »Und was folgerst du daraus?« – »Nichts. Was soll ich daraus folgern?« – »Luftkurort, Irmgard! Luft-kur-ort! Murnau ist ein Luftkurort! Mildes Reizklima, Luftkurort!«

Irmgard gab mir trotzig zurück, dass dann Partenkirchen auch ein Luftkurort wäre. Das stimmt zwar wohl, aber Partenkirchen weiß eben nicht, dass es ein Luftkurort ist. Das ist ja nicht unsere Aufgabe, den Partenkirchnerinnen und Partenkirchnern auf die Nase zu binden, dass sie einen Luftkurort haben. Wir werden uns nicht freiwillig unseres Startvorteils berauben. Sobald Murnau auf die Idee kommt, sich *Luftkurort* zu nennen, *ist* Murnau ein Luftkurort. Entscheidend ist dabei, darauf hinzuweisen, dass wir die Ersten sind, das Original. *Der erste Luftkurort des Voralpenraums. Der erste Voralpenluftkurort*. Etwas in der Art. Vielleicht taufen wir Murnau überhaupt um und nennen es *Gute Luft*. Oder *Bel Air*. Oder das *Bayerische Buenos Aires*. Eines Tages werden alle Murnauer so denken. Dazu muss ich gar nicht Oberbürgermeister von Murnau werden. Es geht mir um die Sache selbst: Panorama. Luftkur. Sommerfrische. Umsatz: Ein Maßnahmenpaket. Obwohl: Vom Metzger zum Oberbürgermeister im Rahmen der Gemeinnützigkeit – damit würde freilich ein Märchen wahr, und ein Märchen ist immer eine gute Begleitmaßnahme. Den Kaktus müssen wir noch aus der Empfangshalle entfernen. Der Kaktus ist nicht mehr zeitgemäß.

»Der Kaktus bleibt!«, protestierte Irmgard. Leider versteht sie nichts von Strukturbereinigung. Denn der Kaktus ist krumm gewachsen, und er passt nicht ins Gesamtkonzept. In Zukunft wird man sich keine krumm gewachsenen Kakteen mehr leisten können. Der Kaktus steht dem Projekt der Moderne im Weg. Der Kaktus muss weg.

»Der Kaktus bleibt!« Der Kaktus sei das letzte Geschenk ihrer Mutter und gehöre sozusagen zur Familie, argumentierte Irmgard. Der Kaktus sei krumm gewachsen, weil es Gott gefallen habe, ihn krumm wachsen zu lassen. Wenn für den Kaktus kein Platz sei, sei für sie auch kein Platz. Frauen sind seltsam, und ihre Pflanzenliebe treibt mitunter eigenartige Blüten. Ich beschloss, das Thema fürs Erste zurückzustellen und die Meinungsverschiedenheit nicht eskalieren zu lassen. Möglicherweise könnte man den Kaktus eine Zeit lang als ironisches Retro-Schaustück stehen lassen und zu einem späteren Zeitpunkt unauffällig entsorgen.

Ich setzte mich, atmete tief durch, betrachtete zufrieden mein Werk und dachte mir, dass Katastrophen, sofern man sie nur übersteht, im Nachhinein betrachtet durchaus etwas Gutes haben. Man muss das Beste aus seiner Katastrophe machen. Man muss den Neubeginn wagen, zu dem die Katastrophe ihre Opfer zwingt. Hätte der verheerende Brand vor drei Jahren nicht halb Murnau eingeäschert und verwüstet, wäre all das hier womöglich nie entstanden. Das Feuer hat eine reinigende Kraft. Irmgards Mutter ist im Feuer umgekommen. Meine Mutter ist im Brand vor vierzehn Jahren umgekommen und mein Onkel im Brand vor sechzehn Jahren. Aber trotzdem sage ich, dass der Fortschritt nur aus der Katastrophe entsteht. Je fürchterlicher die Katastrophe, desto fulminanter der Fortschritt danach. Zum Beispiel hätte Irmgards Mutter nie das Einverständnis zu unserer Hochzeit gegeben. Wir haben letztlich nur heiraten können, weil sie im Feuer umgekommen ist. Nur wo das Alte ausgelöscht ist, entsteht das Neue. Wer die Katastrophe nicht zum Fortschritt nützt, hat die Katastrophe nicht verstanden. Unsere Katastrophen sind unsere Lehrmeister. Wir wären schlecht beraten zu schlafen und zu schwätzen, während die Katastrophen ihre Weisheiten über uns bringen. Mein Großvater hat die Gastwirtschaft nach dem Großbrand vor sechzehn Jahren nur auf das Notdürftigste renoviert, und er ist mit einem Großbrand für seine Notdürftigkeitsmentalität bestraft worden. Mein Vater hat die Gastwirtschaft nach dem Großbrand vor vierzehn Jahren ebenfalls nur auf das Notdürftigste renoviert, und er ist ebenfalls mit einem Großbrand dafür bestraft worden. Mein Großvater und mein Vater haben ihre Großbrände nicht verstanden: Das Notdürftige bringt uns nicht weiter. Ich habe aus den Großbränden meiner Ahnen gelernt und bin innovativ an meinen Großbrand herangegangen.

Meine kleinmütige Irmgard fürchtet, dass nach dem nächsten Großbrand in ein paar Jahren all das Neue hier erst wieder in Schutt und Asche liegen wird und vielleicht wir beide der Feuersbrunst zum Opfer fallen könnten. Irmgard denkt immer in Worst-case-Szenarien. Ich aber habe da ein Ideenbündel im Hinterkopf – ich nenne es einmal *Versicherungswesen*, und das funktioniert so: Alles brennt, und man zahlt monatlich im Voraus. Die eventuell durch die Panoramaglaswand gedrungenen Schweineschädel sind auch mitinbegriffen. Alles brennt und alle jubeln, weil das ein großes Glück ist. Hoffentlich ist die Feuerwehr nicht zu schnell an Ort und Stelle und rettet zu viele Altlasten. Da wird den Bränden das Brennen vergehen, wenn sie dahinterkommen, dass sie Sklaven und Handlanger der Wirtschaftswachstumsgesellschaft geworden sind. Da werden die Brände sozusagen ein Burn-out-Syndrom erleiden, wenn sie für ihr Worst-case-Szenario keine Provision bekommen! Der Sinn des Fortschritts ist ja letzten Endes, dass die Katastrophen ihr Freizeitverhalten ändern. Die Panoramaglaswand ist feuersicher, Panoramaglas brennt nicht. Die Katastrophen werden sich hüten, sich ausgerechnet hier zu ereignen, wo man es mit der radikalen Erneuerung ernst meint. Feuersbrünste sind nicht mehr zeitgemäß. Ich delogiere die Katastrophen. Sollen sie woanders ihr Glück versuchen! In der Lüneburger Heide oder meinetwegen in Österreich!

In der allerkürzesten Zeit werden bedeutende Persönlichkeiten bei uns absteigen: Former des Weltgeschehens, Erforscher des Daseins, zeitlose Größen, Repräsentanten der Menschheit. Wir werden den bedeutenden Persönlichkeiten jeden Wunsch von den Augen ablesen und ihnen einen sensationellen Preis machen, weil wir den Nachnutzungseffekt ihrer Prominenz für uns wirken lassen werden. Jeder Umsatz wird sofort wieder investiert, jede neue Investition wieder ein neuer Umsatz und wieder eine neue Investition. Das ist das ganze Geheimnis. So kommen wir von den Schweinen weg, mittelfristig. Former des Weltgeschehens werden begeistert durch diese Panoramaglaswand schauen. Im Abendrot werden sich Repräsentanten der Menschheit von den Fischern aus Seehausen auf die Insel Wörth rudern lassen. Und wenn sie zurückgekommen sind, werden sie das milde Reizklima und die Urigkeit der Ureinwohner preisen. Natürlich werden bei uns nicht irgendwelche bedeutenden Persönlichkeiten absteigen, sondern die bedeutendsten der bedeutenden Persönlichkeiten, ja vielleicht überhaupt die allerbedeutendste aller bedeutendsten Persönlichkeiten: ein Mann, von dem man noch in hundert Jahren sprechen wird. Ich werde beim Marktschmied Bauerngirgl eine Messinggedenktafel mit dem Namen der bedeutenden Persönlichkeit und dem Datum der Übernachtung anfertigen und neben dem Eingang anbringen lassen.

Gerade in dem Moment, als ich mir dachte, dass solche Messinggedenktafeln ihre touristische Wirkung nie verfehlen und die Masse sich immer blindlings zu den Berühmtheiten hinwälzt, wurde die Eingangstür aufgestoßen, und zunächst konnten wir nur den Rücken eines rückwärtsgehenden kleinen Mannes ausmachen, der einige schwere, übereinandergeschlichtete Koffer nach sich zog. Sobald er seine Siebensachen zur Gänze ins Innere gezerrt hatte, ließ er sie stehen, wandte sich um, musste husten, nahm dazu die Zigarre aus dem Mund, kam schließlich zur Rezeption, hinter deren Theke ich mich flugs begeben hatte, und fragte nach einem Zimmer. Dabei taxierte er von der Seite Irmgard, vor allem ihre Waden, wie mir schien, und machte ihr ein unbeholfenes Kompliment, wie gesund sie aussehe. Wie kräftig, wie widerstandsfähig, wie robust. Prächtig! Das blühende Leben! Was denn sonst, habe ich mir gedacht, das aber für mich behalten. Stattdessen erklärte ich dem Mann, wir stünden zwar mitten im Umbau, hielten aber trotzdem den ungestörten

Pensionsbetrieb aufrecht und hätten noch ein Zimmer frei. Der Mann – er trug übrigens einen Schlafrock – wollte es nehmen, meinte aber, dass absolute Ruhe Voraussetzung sei. Er dürfe auf gar keinen Fall gestört oder abgelenkt werden; nicht dass fahrendes Volk hier vorbeikomme oder Schauspielertruppen sich einmieteten, immer und überall textlernende, szenenprobende Schauspielertruppen wären ihm ebenso unerträglich wie koloraturenübende Operndiven. Mönche oder Eremiten könnte er als Pensionsgäste akzeptieren, wunderliche Gelehrte, Trödler, Antiquare, seinetwegen auch Angler, Fischer oder Blumenfreunde, aber keine Massen, keinen Lärm und vor allem keine Kranken! Keine Geblähten, Blassen, Bleichen. Die absolute Gesundheit aller Pensionsgäste sei Grundvoraussetzung ebenso wie akribisch geputzte Toiletten. Wenn irgendwo unter den Pensionsgästen ein Krankheitsfall oder auch nur das leiseste Anzeichen eines Krankheitsfalls auftauchen sollte, müsse er davon sofort in Kenntnis gesetzt werden.

Da hatte Irmgard ihre wohl von mir verursachte Sternstunde, und sie sagte dem Mann den Satz: »Wir sind ein Luftkurort!« Von dieser Versicherung ließ sich der Mann überzeugen, wollte aber außerdem noch wissen, ob wir Austern hätten. Wir hatten keine Austern, was ich mit den Worten »Ich fürchte vorübergehend nein« zum Ausdruck brachte. Das Wort »vorübergehend« hat in jedem Zusammenhang eine wunderbar abmildernde Wirkung.

»Sie fürchten nein. Und was ist mit Schildkrötensuppe?«

Das war mir jetzt sehr peinlich. Wir hatten auch keine Schildkrötensuppe. Keine Austern. Keine Schildkrötensuppe. Irmgard kam zu mir und flüsterte mir ins Ohr, da sei jetzt meine bedeutende Persönlichkeit. Und sie hatte recht! Austern! Schildkröten! Schlafrock! Nur ein Repräsentant der Menschheit hat solche Allüren. Noch nie ist einer nach Murnau gekommen, weil er Austern haben wollte. Seit Generationen sind alle mit dem ausgekommen, was uns der Herrgott in den Stall gestellt hat. Also entschuldigte ich unsere Schildkrötensuppenlosigkeit vor dem Repräsentanten der Menschheit mit einem neuerlichen Hinweis darauf, dass die offizielle Eröffnung erst in vier Tagen stattfinden werde. Natürlich hätten wir aber an Austern und Schildkrötensuppe schon lange gedacht. Die Abende widme Irmgard, meine liebe Gattin, immer dem Kochbuchstudium. Leider habe sie ihre Schwierigkeiten mit den vielen Fremdwörtern aus dem Französischen, Englischen, Spanischen und Italienischen, aber sie versuche, den Sinn aus dem Zusammenhang zu erkennen. Ich brächte ihr gerade bei, das Kochbuch zwischen den Zeilen zu lesen. Ursprünglich kämen wir vom Schlachten her, und man könne freilich an eine Schildkröte nicht herangehen wie an eine Sau. Austern und Schildkrötensuppe seien sozusagen in der Planungsphase. Demnächst führe ich ohnehin nach München und würde Austern und Schildkröten besorgen.

Beim Wort »München« zuckte der Mann zusammen, als hätte ich etwas ganz Schlimmes gesagt. »Keine Austern aus München!«, fuhr er mich offensichtlich in Panik gebracht an. »Keine Schildkröten aus München! Überhaupt keine Lebensmittel aus München!« Er käme nicht aus München nach Murnau, damit man ihm München nach Murnau nachträgt. So ein komplizierter Mensch muss ganz einfach eine bedeutende Persönlichkeit sein. Als der Repräsentant der Menschheit durch die Panoramaglaswand blickte, unterbreitete Irmgard ihm gleich unsere Zusatzangebote, etwa sich von Fischern aus Seehausen zur Insel Wörth im Staffelsee rudern zu lassen, auf den Spuren unseres Lindwurms durch das Moos und die Au streifen, die reichen Lager an Bergkiefernmoor mit ihrem beträchtlichen Gehalt an Huminsäuren nutzen oder sich am Volksfest aller Moosnutzungsberechtigten vergnügen. Irmgard sagte: »Bayerische Gemütlichkeit!«, worauf ich sagte: »Majestätische Bergwelt!« Durch die Panoramaglaswand wies ich mit dem Finger auf das Karwendel, den Wetterstein, die Alpspitze, die Zugspitze. Gleichzeitig schob ich dem Mann den Meldezettel über die Rezeptionstheke, und er trug ein: »Carl Spitzweg, Maler, München, derzeit auf Reisen.« Beim Anblick des Karwendels und des Wettersteins, der Alpspitze und der Zugspitze wurde Spitzweg immer kleiner, schien in Deckung zu gehen und nuschelte: Alpenmalus! Eine Felsenfestung ohne Sinn und Zweck! Hinter den Bergen seien noch einmal Berge und hinter denen noch einmal welche, Bergketten hinter Bergketten hinter Bergketten. Von München aus gesehen seien sie ja noch klein und unauffällig und vernachlässigbar, hier aber seien sie groß, gierig und schreckliche Tyrannen.

»Wie kann man denn etwas gegen Berge haben, Herr Spitzweg?«, protestierte Irmgard. »Sie sind doch ein großes Glück. Hinter den Bergen lauern immerhin die wilden Tiroler! Die Höllentalspitzen müssten noch viel spitzer und viel höher sein, um uns vor den Tiroler Heimsuchungen zu beschützen!« Mir war es sehr unangenehm, als Irmgard damit anfing, dass ein Tiroler über das Karwendel gekommen sei und ihre Urgroßmutter vergewaltigt habe, woraus ihre Großmutter entstanden sei. Pensionsgäste sind ja nicht dazu da, dass wir sie mit unserem Privatungemach behelligen. Aber ganz im Gegenteil ließ sich Irmgard nicht bremsen und erzählte auch noch, dass ein Tiroler über den Wetterstein gekommen sei und ihre Großmutter vergewaltigt habe, woraus ihre Mutter entstanden sei, worauf ein Tiroler über die Alpspitze gekommen sei und ihre Mutter vergewaltigt habe, woraus sie selbst, meine Irmgard, entstanden sei. Ich machte ihr mit einem Blick klar, dass diese Sachverhalte Herrn Spitzweg ganz sicher nicht interessierten und übrigens auch nichts angingen. »Funktioniere bitte!«, zischte ich Irmgard ins Ohr, »bitte funktioniere jetzt! Das kannst du mir nicht antun, jetzt nicht zu funktionieren, gleich bei unserem allerersten Gast, bei dem es sich möglicherweise um eine bedeutende Persönlichkeit handelt. Ich funktioniere ja auch!«

Aber Irmgard funktionierte auch weiterhin nicht, sondern behauptete, dass die Tiroler jedes Mal nach einer Vergewaltigung auch ein Haus am Markt in Brand gesteckt hätten. Und wenn es einmal nicht die Tiroler gewesen wären, dann wären es die Schweden gewesen, die Murnau verwüstet hätten: Gegen Schweden hin seien wir ja gebirgsmäßig praktisch überhaupt nicht abgeriegelt. Ein Schwede sei gekommen, berichtete Irmgard dem Herrn Spitzweg, ohne sich darum zu kümmern, dass es mich vor lauter Peinlichkeit schon schüttelte, und habe meine Großmutter vergewaltigt, woraus meine Mutter entstanden sei, worauf ein Schwede meine Mutter vergewaltigt habe, woraus ich entstanden sei. Um die Situation zu retten, sagte ich: »Der Gast ist König!«

Spitzweg wollte die Vergewaltigungen der Vergangenheit nicht überbewerten und wies Irmgard darauf hin, dass ja trotzdem ein schönes Paar Menschen aus uns beiden geworden sei, eine glückliche, unternehmungsfreudige Gastwirtschaftsfamilie. Über die Familie redete Spitzweg lieber als über die Berge. Die Familie sei so wichtig, sagte Spitzweg, der die Hände hinter dem Rücken verschränkt hatte, mehr zu sich selbst als zu uns, musterte den gekrümmten Kaktus und umrundete ihn langsam, die Familie sei genau genommen alles. Der Mensch könne nur glücklich sein, wenn er in einer Familie und für eine Familie und aus einer Familie heraus lebe. Ein Mensch sei überhaupt nur ein richtiger Mensch, wenn eine Familie um ihn sei. Die Behaglichkeit! Die Geborgenheit! Die Gemütlichkeit! Die Landpartien! Die Familienspaziergänge in freier Natur! Ruhe! Ordnung!

»Ich sehe etwas!«, sagte Spitzweg, der plötzlich stehen geblieben war, und schaute zunächst auf den gekrümmten Kaktus, dann zu mir, dann wieder auf den Kaktus, dann wieder zu mir. »Ich sehe da etwas …« Wie schon vor ein paar Minuten bei den Austern und der Schildkrötensuppe blieb mir nichts anderes übrig, als um Pardon zu bitten und darauf hinzuweisen, dass wir ja gerade mitten im Umbau seien. Der Kaktus stelle natürlich keine Dauerlösung dar und würde bei der nächsten Strukturbereinigung privatisiert und subtrahiert werden.

Spitzweg hörte mir aber gar nicht zu. Plötzlich war er in seinem Element. »Kommen Sie! Stellen Sie sich da her!«, rief er. »Ja, genau hier! Nein, nicht so. So! Sie müssen den Kaktus anschauen! Schauen Sie den Kaktus an, wie der Kaktus Sie anschaut.« Der Kaktus schaute mich gar nicht an, aber der Gast hat immer recht. »Sie werden sich schon ein wenig zum Kaktus hinunterbeugen müssen. Wir wollen doch nicht warten, bis der Kaktus zu Ihnen hinaufwächst.« Nein, das wollen wir nicht. Ich sollte meine Hände wie er vorhin hinter meinem Rücken verschränken und mir vorstellen, ich hätte eine Wirbelsäulenverkrümmung. Ich sollte mich krümmen und immer weiter krümmen, bis ich und der Kaktus gemeinsam wenigstens andeutungsweise ein gotisches Fenster bildeten. »Sie müssen mit dem Kaktus eine Einheit bilden, Bayerlacher!«, erklärte Spitzweg. »Jetzt noch den Kopf ein wenig auf die Schulter legen ... gut. Und so bleiben Sie jetzt! Nicht bewegen! Nicht umfallen!«

Spitzweg packte seine Staffelei aus, stellte sie auf, spannte ein Blatt Papier ein, ermahnte mich nochmals, mich ja nicht zu bewegen, und begann eine Skizze. Währenddessen erzählte Spitzweg von seinen eigenen Herkunftsverhältnissen, dass seine Mutter aus einer Früchtegroßhandelsfamilie stammte, sein Vater Großkaufmann und sogar Landtagsabgeordneter in München gewesen sei. Als der kleine Carl elf Jahre alt war, sei seine Mutter gestorben, worauf sein Vater sofort seine Tante geheiratet habe, die Schwester seiner Mutter, und die Tante die neue Mutter geworden sei. Als Carl zwanzig war, sei sein Vater gestorben, worauf seine Tante sofort seinen Onkel geheiratet habe, den Bruder seines Vaters, sodass der Onkel sein neuer Vater geworden sei. Die Familie müsse zusammenhalten: Der König ist tot. Es lebe der König – das hieße Familie, meinte Spitzweg. Solche harmonischen Rochaden seien nur in einer intakten Familie möglich. Die Familie sei allzeit eine Auffanggesellschaft für alle, die darin sind, in einer Familie sei man nie allein. Meine Kreuzschmerzen wurden immer unerträglicher, aber bevor ich mich auch nur zu einer Bewegung anschickte, befahl Spitzweg sofort: »Keine Bewegung!«

Während ich mich fragte, wann denn Spitzweg endlich mit seiner Arbeit fertig würde, damit ich wieder eine aufrechte Haltung einnehmen könnte und die Kreuzschmerzen nachlassen würden und ich mich gleichzeitig über mich selbst ärgerte, dass ich mir, bloß weil der Gast König ist, auch gleich dessen Willen aufzwingen lasse, fuhr Spitzweg zu extemporieren fort und meinte, dass die Familie andererseits natürlich nicht auszuhalten und das Familienleben zäh und unerträglich sei. Je größer die Familie, desto länger dauerten die Spaziergänge, und sie führten nirgendwohin. Die Familienspaziergänge von Erstvater und Erstmutter unterschieden sich überhaupt nicht von den Familienspaziergängen von Zweitvater und Zweitmutter. Es gebe pro Familie nur einen Familienspaziergang, und über Generationen hinweg habe jedes einzelne Familienmitglied mit diesem genetisch bedingten Großfamilienspaziergang das Auslangen zu finden. Als Spitzweg einundzwanzig war, sei sein älterer Bruder in Kairo gestorben, jetzt sei er sozusagen sein neuer Bruder, erklärte er wiederum hustend, um sich dann völlig übergangslos mit einem Geheimnis an Irmgard zu wenden, nämlich der Zubereitung der *Potage en tortue*: Da lege man Fleisch von der Schulter oder der Keule eines Hammels neben Überresten von Fischen, weißem Kalbfleisch, Petersilie, Basilikum und anderen Gewürzen in einen Fleischtopf und ließe durch den Sud das Fleisch sich vom Knochen ablösen. Sei die Suppe durch eine Serviette passiert und mit Eiweiß geläutert worden, müsse man sie kochen lassen und Madeirawein ebenso wie die Hälfte eines am Abend vorher abgebrühten, ausgebeinten und in kleine Stücke geschnittenen Kalbskopfs dazugeben, man dürfe die fertige Suppe aber erst im Augenblick des Auftragens mit Cayenneschem Pfeffer würzen.

»Man braucht gar keine Schildkröte für die künstliche Schildkrötensuppe!«, lachte Spitzweg. »So ist das in der Kunst. Einen

Kalbskopf braucht man aber schon für die Schildkrötensuppe. Ganz ohne Opfer geht es auch in der Kunst nicht.« Kein Zweifel: Solche Reden schwingt nur eine bedeutende Persönlichkeit. Was für ein Glück wir hatten! Eines schien sich ins Andere zu fügen.

Endlich hatte Spitzweg nun auch die Bleistiftskizze von mir und dem Kaktus als gotisches Fenster beendet und kramte mit wachsender Unruhe in seinen Koffern, bis der gesamte Inhalt auf dem Boden der Empfangshalle ausgebreitet war, hauptsächlich Papier, Schlafröcke, Wärmflaschen und Zigarren. In zunehmender Aufregung schrie er mehrmals »Meine Pinsel! Meine Farben! Meine Pinsel! Meine Farben!«, lief nach draußen vor die Tür, kam aber ergebnislos wieder zurück, setzte sich, legte seinen Kopf in seine Handflächen und sagte kraftlos, tonlos und in sich zusammengefallen: »Meine Pinsel sind fort. Meine Farben sind fort. Mir ist die Existenz abgeschnitten. Ich bin am Ende.« Und wieder packte ihn ein Hustenanfall. Meine eigene Situation war aber auch sehr unangenehm, denn ich schaute ja weiterhin mit gekrümmtem Rücken bewegungslos den Kaktus an und wagte in dieser heiklen Situation auch nicht, eigenmächtig irgendetwas an dem Bild, das mich enthielt, zu verändern, bis Spitzweg, auf dem Boden kniend, völlig gebrochen flüsterte: »Helfen Sie mir! Helfen Sie mir doch! Meine Pinsel! Meine Farben! Das kommt einer Amputation gleich. Ohne Öl bin ich ohnmächtig. Ein Komplott! Ganz sicher ein Komplott! Spitzweg soll verhindert werden! Spitzweg soll zur Verzweiflung gebracht werden, als ob Spitzweg nicht ohnehin schon bei der Verzweiflung wäre! Spitzwegs geniale Schaffensphase soll im Keim erstickt werden! Viele hätten ein Motiv, aber ganz München hat immer ein Alibi …«

Irmgard und ich waren nun auch auf die Knie gegangen, um Spitzweg bei der Suche zu helfen, die allerdings ergebnislos blieb. Ein Maler in einer intensiven Schaffensperiode wäre wohl besonders nachnutzungsgünstig, dachte ich, gerade wenn die

Wetterlage einmal labil ist. Man muss ja im Rahmen des Umdenkens immer auch an die Wetterlagen der Kinder und Kindeskinder denken. Es ist ja keineswegs gesagt, dass den Kindern die vollklimatisierten Hallenalpen gelingen. Das Wärmflaschenmotiv als Begleitmaßnahme … eventuell im Kellergeschoß neben der Sauna ein Wärmflaschenmuseum samt teilzeitverpflichtetem Wärmflaschenmuseumspädagogen …; besuchen Sie das Original Murnauer Wärmflaschenmuseum! Auf Dauer wird die Gummiwärmflasche über die Messingwärmflasche triumphieren. Umgekehrt wäre neben der Messinggedenktafel eine Messingwärmflasche mit Messingwärmflascheninschrift ganz hübsch, und man könnte gleich mehr für die Austern verlangen. Eine Gummiwärmflasche aus Messing müsste man erfinden können, dachte ich, und ich dachte, dass wir diesem Spitzweg uns selbst zuliebe irgendwie helfen müssen.

Plötzlich hatte Spitzweg eine Idee. Ich müsse ja ohnehin wegen der Austern nach München, überlegte Spitzweg. Da könne ich ihm in München doch gleich auch Farben und Pinsel besorgen: In Pasing sei es kein Problem, Farben und Pinsel zu bekommen. Und in allerspätestens drei Tagen wäre ich wieder in Murnau zurück. Die Wahrheit ist: Ich wollte keine Austern besorgen, weder in München noch sonst wo. Das war eine situationsbedingte Notlüge gewesen. Aber gesagt ist gesagt. Spitzweg ließ mich gar nicht zu Wort kommen und fertigte postwendend eine Liste mit allen Malutensilien an, die er brauchte. Er selbst sei hier in Murnau leider unabkömmlich, erklärte Spitzweg. Er erwarte Fachbesuch. Niemand geringerer als Bernhard Stange würde nach Murnau kommen, um ihn zu konsultieren. Eduard Schleich der Ältere würde ihn besuchen, Moritz von Schwind, Christian Morgenstern der Ältere, Kaspar Braun, Hyazinth Holland. Spitzweg würde allen dringend ans Herz legen, hier bei mir Quartier zu nehmen, und er würde sich dabei erlauben, die Pension *Zur Alten Post* als *Seminarhotel* zu bezeichnen. Ich solle doch an die Bettenauslastung denken! Spitzweg schrieb ans Ende der Liste »Farben Foster, München Pasing«, gab mir das nötige Geld und ermahnte mich noch einmal eindringlich, Berührungen zwischen Austern und Pinseln zu vermeiden und zum Händewaschen Weißwein zu verwenden. Bedeutende Persönlichkeiten haben eben ihre Eigenheiten. Was soll ich sagen? Ich bin gefahren. Ich habe mich trotz Irmgards Protesten auf den Weg gemacht. Ich weiß, was ich tue: Sparsamkeit – Minimumprinzip. Effektivität – Maximumprinzip. Effizienz – Optimalprinzip! Der Quotient aus Output zu Input soll ein Maximum werden. Produktivität! Spending well! So ist das. Zuerst muss der Gast König sein, damit dann der Gastwirt Kaiser wird.

2
Carl

Der Kalender zeigte den 27. August 1854. Der Herbst hatte schon begonnen. Draußen war es kalt und grau. Im Spiegel vor mir sah ich mich selbst im Schlafrock und Schlafmütze im Bett hocken und, meine Zeichentafel gegen die aufgestellten Oberschenkel gelehnt, immer wieder prüfend beim Fenster hinausschauend das Bild *Blick auf Murnau mit Kirche* skizzieren, als es klopfte und Frau Bayerlacher mir das Frühstück brachte. Ich wies sie an, das Tablett einfach irgendwo abzustellen, und ihre Frage nach meinem Befinden beantwortete ich mit einem Hustenanfall.

Husten und Zeichnen! Die Vereinbarung von Husten und Zeichnen! Im Zeichnen wird das Husten sichtbar. Das gezeichnete Husten im Blick auf Murnau mit Kirche: Daran merkt man den Eintritt in eine neue Schaffensperiode, in eine neue Kunstauffassung! Konsequente Abkehr vom Realismus der Jugendtage. Überwindung des Früchtegroßhandels, Expressionismus der Bronchitis. Ich sollte weniger rauchen. Aber wenn ich weniger rauche, wofür lebe ich dann? Abgesehen davon habe ich wenig und schlecht geschlafen. Mit so einem Körper kann man nicht schlafen. Ab einem gewissen Alter und ab einem gewissen Erkrankungsstadium kann der Maler, wenn er Früchte malt, nur noch Marmelade malen. Im Nachhinein verwechseln die Experten das gezeichnete Husten immer mit dem gehusteten Zeichnen. Die Frau Bayerlacher schmunzelte, und sie bekam ein hübsches Gesicht, wenn sie schmunzelte.

Experten! Es gibt nichts Niederträchtigeres als Experten und Sachverständige! Nichts Widerlicheres als die in Sachverständigengutachten zum Ausdruck kommende Sachverständigenmacht und der Sachverständigenterror! Die Zunahme des Hustens führt konsequent zur Loslösung von der Darstellung des Gegenständlichen. Vollkommen aufgegebene Perspektive. Stark reduzierte Volumen der Bildgegenstände. Die aussichtslose körpereigene Verzweiflung übersetzt sich in den Kubismus des Geistes. Ich glaube nicht, dass mich Frau Bayerlacher wirklich verstand. Sie hatte mir zum Frühstück einen Krug Met dazugestellt, denn es war weißer Sonntag, und da gibt es, erklärte sie, den Schön- und Stärketrunk. Na, wenn er hilft! Ich bat die Frau Bayerlacher, sich ein wenig zu mir zu setzen und mir Gesellschaft zu leisten. Wer frühstückt schon gern allein in Murnau! Ihr Mann war ja ohnehin unterwegs nach München. Sie war allein und hatte Zeit.

Bis zur Stunde hatte ich weder Post noch Besuch bekommen, weder von Moritz Schwind noch von Eduard Schleich dem Älteren, weder von Friedrich Pecht noch von August Piepenhagen. Niemand hatte Zeit für mich. Niemand interessierte sich für mich. Alle ließen sie mich allein. Mir blieb nichts übrig als zu warten, und wie so oft, wenn nichts zu tun war, verfiel ich in ein meteorologisches Lamento. Unglaublich, wie kalt es hier in Murnau schon im August war, wie feucht und unwirtlich. Zwischen Allerheiligen und Maria Lichtmess ist immer die furchtbarste Zeit im Jahr, und sie hört nicht und nicht auf. In einem erweiterten Sinn könnte man sagen, dass zwischen Allerheiligen und Aschermittwoch oder überhaupt zwischen Allerheiligen und Ostern diese furchtbarste Zeit im Jahr ist. Genau genommen ist bis Pfingsten und ab Maria Himmelfahrt alles scheußlich. Wir befanden uns also am Anfang einer unvorstellbar langen scheußlichen Zeit mitten in einem scheußlichen Ort. Ich habe über Jahre versucht herauszufinden, wozu dieser lange Winter gut sein soll und was sich der Herrgott dabei gedacht hat, und ich habe herausgefunden, dass der Winter zu überhaupt nichts gut ist und dass sich der Herrgott gar nichts dabei gedacht hat.

Irmgard hatte kein Interesse an Wetterlagen und klimatischen Gegebenheiten, und sie hätte auch gar keine Zeit dafür. Die Betten müssten gemacht werden, ob es warm oder kalt sei, sagte sie. Die Schweine müssten geschlachtet werden, ob die Sonne scheine oder ob es regne. Menschen wie ich aber sind der Wetterbeobachtung verfallen. Lebenslängliche Wetterbeobachtung, lebenslängliche Wetterphobie, lebenslänglich dem Wetterterror ausgesetzt. Neun von zehn Wetterlagen sind der Gesundheit abträglich, und die Alpenvorraumswetterlagen führen praktisch unweigerlich zu Beschwerden. Dieser niederdrückende Himmel aus Kot und Fäkalien! Als ob sich die Kuhfladen und die Pferdeäpfel der Flusslandschaft am Firmament widerspiegeln würden! Es war noch August, und am Abend und am Morgen stiegen schon die ersten Nebel auf. Bald würde Frau Bayerlacher mit dem Einheizen beginnen müssen, es würde nicht lange dauern, bis wieder Schnee fällt. Auf Halbmast wehten im Schrank die langen Unterhosen. Immer rutschen die langen Unterhosen am unteren Unterschenkel aus den Socken, und im Fleischstreifen zwischen Sockenrand und langem Unterhosenrand findet zwischen Allerheiligen und Lichtmess, zwischen Maria Himmelfahrt und Pfingsten ein unaufhörliches Schneegestöber und ein unaufhörliches Eiswürfelklirren statt. »Seasonal affective disorder«, erklärte Frau Bayerlacher und schlug mir vor, die Sauna im Keller zu benutzen.

Ich wollte aber nicht in die Sauna, ich wollte nach Triest.

Ich wollte auf der Piazza Grande bei einem Stück Torta della Nonna und einem Cappuccino vor dem Café degli Specchi sitzen, die Beine von mir strecken und in die Sonne sehen! Während Frau Bayerlacher, die noch niemals in Triest gewesen war, mir die finnische Sauna empfahl, empfahl ich Frau Bayerlacher, einmal in der Trattoria Miramare Calamari vom Rost zu essen. Unbeschreibliche Calamari sind das! Ich hatte einmal einen ganzen Calamarizyklus mit dem Titel *Duineser Calamari* gemalt. Aber ich habe keinen Erfolg damit gehabt. Maritimität wird einem Menschen wie mir ganz einfach nicht zugestanden. Die binnenländische Extremkunstkritik hat meinen Calamarizyklus indigniert übergangen. Der Münchner Kunstverein und seine akademischen Kunstvereinsarschlöcher haben meinen Calamarizyklus nicht ausgestellt. Der ekelhafte Münchner Künstlerstammtisch im Café Scheidel in der Kaufingerstraße hat Witze gemacht über die Interpretabilität und Metaphorik meiner Frontalcalamari. Ginge es allein nach den Kunstvereinsarschlöchern, wäre ich ja überhaupt kein Künstler, weil ich nämlich Autodidakt bin – als ob man überhaupt anders als autodidaktisch zur Kunst kommen und Kunst machen könnte! Kunst, die man sich nicht in einem qualvollen Prozess selbst beigebracht und abgerungen hat, ist bloß Kunsterzieherkunst, Kunstkritikerkunst, Beamtenundbüttelkunst: Mode. Für den Münchner Kunstverein ist freilich niemand ein Künstler, der eine Wahrheit sagt und eine Wahrheit malt, die dem Münchner Kunstverein nicht passt. Aber gegen den Früchtegroßhandel kommt zum Glück auch der Münchner Kunstverein nicht an, bis in die Schlupflöcher des Früchtegroßhandels reicht sein perfides Intrigantentum zum Glück nicht. Als historische Leistungen des akademischen Münchner Kunstvereins wird man später einmal bloß die hartnäckige Geringschätzung, Erniedrigung und Demütigung des Malers Carl Spitzweg verbuchen können. Tatsächlich aber wird der Name *Carl Spitzweg* noch ein Begriff sein und der Calamarizyklus wird in den bedeutendsten Galerien ausgestellt werden, wenn dieser Kunstverein längst vergessen und verwest sein wird.

Frau Bayerlacher wusste nicht einmal, was Calamari sind.

Ich hätte in Triest bleiben und mich in Triest niederlassen sollen wie mein Bruder Eduard! Muggia statt Murnau! Murrrnau … Mugggia … Murrrnau … Mugggia. Welche Wehmut einen jedes Mal anfällt, wenn man sich vom Meer verabschieden muss, umdreht und zurück in die Berge fährt. Wenn man dem letzten Blick aufs Meer noch einen allerletzten Blick folgen lässt und dem allerletzten Blick noch einen alleralllerletzten Blick! Wenn man sich ein für allemal abwendet nach dem alleralleralllerletzten Blick! Österreicher müsste man sein! Die Österreicher haben es gut! Die Österreicher wissen gar nicht, was für ein Glück sie haben, dass sie Triest haben. Bronchitis ist in Triest eine Seltenheit. Die Triestinerinnen und Triestiner liegen bis tief in den Oktober hinein an der Küste und sonnen sich und nehmen Meeresbäder!

»Aber man sagt, sie essen Katzen!«, wandte Frau Bayerlacher ein.

»Nein«, gab ich zurück. »Das sind Calamari.«

Frau Bayerlacher hatte neben mir begonnen, mein Zimmer aufzuräumen und abzustauben. Währenddessen setzten wir unsere Unterhaltung fort. Sie wollte wissen, wie man eine bedeutende Persönlichkeit würde, wie ein Künstlerleben wie meines aussehe und ob es stimmt, was man sagt, dass Künstler auch seherische Fähigkeiten besäßen, ihrer Zeit voraus seien und in die Zukunft blicken könnten. Ich erzählte ihr das Beispiel meines Malerfreundes Christian Morgenstern aus Fürstenfeldbruck, der wiederum mir von seiner Vision berichtete, dass er einen Enkel haben würde, der eines Tages ein berühmter Dichter werden und so wie sein Großvater Christian Morgenstern heißen würde. Er erzählt das nicht wie einen Traum, sondern wie ein Faktum. Er erzählt mir von der Zukunft wie von der Vergangenheit. Dabei hat mein Freund Christian Morgenstern nicht einmal eine Frau, geschweige denn Kinder. Aber man muss ihm glauben. Maler können nicht nur das Gegenständliche ungegenständlich, sondern vor allem das Ungegenständliche gegenständlich sehen.

Frau Bayerlacher hatte ebenfalls noch keine Kinder, wünschte sich aber dringend welche. »Drei Stück mindestens«, sagte sie. Eine gute Frau. Ihr Mann aber, sagte sie, stelle die Innovation vor den Nachwuchs. Wenn sie schon Kinder in die Welt setzten, dann in eine neue Welt, nicht in die alte. Zunächst, so ihr Mann, müssten sie einmal aus der alten Welt ausbrechen. Frau Bayerlacher schien mir in dieser Frage nicht der Meinung ihres Mannes zu sein, und sie hatte recht: Freilich kann man ausbrechen, aber meistens nicht wirksam. Bricht man irgendwo aus, fällt man zwangsläufig woanders ein und wird dort wieder gefangen genommen. Man kann sich seinen Kerker aussuchen, aber Kerker bleibt der Kerker immer. Die neuen Kerker sind nicht komfortabler als die alten. Der Mensch muss es in seinen alten Bildern aushalten und in seinen alten Worten und in seinen alten Lebensläufen. Es ist zum Ohrabschneiden!

Ich hatte auch keine Kinder, aber anders als Christian Morgenstern sah ich mit meinem inneren Auge leider auch keine. Ich sah niemanden, der mir behilflich sein könnte, welche in die Welt zu setzen. Ich hatte bloß meine Bilder. Frau Bayerlacher bemerkte meine Mappe, blätterte vorsichtig meine Bilder durch, hob das eine oder andere zur genaueren Betrachtung heraus, etwa den *Verliebten Provisor*, die *Zollstation* oder die *Italienischen Sänger* und sagte: »Sie sind ja wirklich ein Meister, Herr Spitzweg! Das traut man Ihnen gar nicht zu! Was für eine niedliche Lustigkeit in Ihren Bildern steckt! Wenn man Ihnen so zuhört, möchte man gar nicht meinen, dass Sie aus Bildern eine derart niedliche Lustigkeit dringen lassen können!« Das hörte ich immer! Auf der malerischen Habenseite die »meisterhaften Lichteinfälle«, die aber durch die »fröhliche Beschaulichkeit« gleich wieder zunichte gemacht wurden. Meine Bilder waren zu lustig! Meine Bilder waren zu niedlich! Dabei brodelte es in mir! Vor allem in der Lunge brodelte es und in den Bronchien brodelte es, und dieses Lungenbrodeln und Bronchienbrodeln kam in Form von fürchterlichen Hustenanfällen an die Außenwelt. So wie jetzt gerade! Wenn ich zu atmen versuchte, war es, als atmete ich ein Vakuum. Atmete ich ein, atmete ich ein Vakuum ein. Atmete ich aus, atmete ich ein Vakuum aus. Die alte Luft weigerte sich, mein Inneres zu verlassen. Die neue Luft weigerte sich, in mein Inneres hineinzukommen. Ich wusste gar nicht mehr, wie es war, Luft zu bekommen. Ein paar Augenblicke meinte ich, sterben zu müssen. Dann war der Anfall wieder vorbei. Am schlimmsten sei der Luftmangel in der Nacht, erzählte ich Frau Bayerlacher, während ich noch einen Schlafrock über meinen Schlafrock zog, kein Luftstrom aus mir heraus, kein Luftstrom in mich hinein, dadurch ist freilich auch kaum ein Schlaf möglich. Wie viele Nächte verbringe ich in einem Fauteuil sitzend aus dem Fenster in die Finsternis starrend! Aus wie vielen Fenstern habe ich schon in wie viele Finsternisse gestarrt! Erst im zarten Ansatz der Morgendämmerung hat mich mein Vakuum gewöhnlich in so totale Erschöpfung getrieben, dass ich in meinem Fauteuil ein wenig einnicke, und dieses Vakuum ist es auch, das mich wieder weckt. Mein Problem ist, dass ich es, sooft mir auch zum Ohrenabschneiden zumute ist, nicht übers Herz bringe, mein Ohr abzuschneiden.

Frau Bayerlacher war betreten. Sie wechselte das Thema und fragte mich, ob sich meine Bilder denn verkauften. Aber ich verkaufte meine Bilder natürlich nicht. Verkauft man denn seine Kinder? Ich wüsste auch gar nicht, was sie wert sind und was ich dafür verlangen sollte. Für Geldangelegenheiten hatte ich ja den Früchtegroßhandel hinter mir. Drei Tonnen Bananen für einen *Armen Poeten*? Die Früchte brachten Geld, persönlich aß ich aber gar keine. Früchte verursachten bei mir immer Blähungen und Magenübersäuerungen, Speiseröhrenreizungen und Sodbrennen, übelriechende Winde und geradezu Hinternorkane. Was hatte ich denn von den Vitaminen, wenn ich die Vitamine Vitamin für Vitamin wieder herausrülpsen und wegfurzen musste?

»Und was mache ich, wenn ich ein Bild von Ihnen haben möchte?«

»Dann schenke ich Ihnen eines! Oder ich male Ihnen eines.«

Frau Bayerlacher strahlte. Das war schön, und ich hatte ein großes Gefühl. Ich spannte eine Tafel in die Staffelei und forderte Frau Bayerlacher auf, sich einmal vor mich hinzustellen und zu posieren. Von diesem Augenblick an nannte ich Frau Bayerlacher Irmgard. Denn meine Modelle muss ich beim Vornamen ansprechen, sonst kann ich nicht arbeiten. Meine Modelle sind nicht mehr ganz außerhalb meiner selbst, meine Modelle sind schon die Außenhaut der Kunst. Irmgard sollte sich vorstellen, dass sie ein Mädchen im Gebirge ist und gerade von ihrem Liebsten träumt. Irmgard. Irmgard träumte von ihrem Mann. Von ihrem Mann zu träumen war natürlich grundfalsch. Sie hatte einen eklatanten Mangel an Fantasie. Ich erklärte Irmgard, dass sie von einem Fremden träumen müsse. Sie müsse sich vorstellen, gar nicht verheiratet zu sein und jetzt von einem unerreichbaren Helden zu träumen, einem Prinzen. Sie müsse sich vorstellen, selbst eine andere zu sein. Ich glaube, Irmgard hat mich nicht ganz verstanden, aber sie bemühte sich. Als Nächstes sollte sie die Schuhe ausziehen. Barfüßigkeit vermittelte Anmut und Natürlichkeit. Irmgard widerstrebte es, sich die Schuhe auszuziehen. Sie fürchtete, sich einen Schnupfen und Durchblutungsprobleme zu holen, die sie Voralpendurchblutungsprobleme nannte.

»Ich muss Sie barfuß haben! Wir machen hier Kunst! Der Schnupfen vergeht. Die Kunst bleibt.« Jetzt folgte sie. Der Künstler ist an und für sich ein völlig machtloser Mensch, außer in dem Augenblick, in dem er seine Kunst hervorbringt: Da ist er allmächtig. Der Schöpfer duldet beim Schöpfen keinen Widerspruch. Der Schöpfer duldet nichts. Kaum ist der Schöpfer mit der Schöpfung fertig, ist er aber wieder ein armes

Schwein. Irmgard hatte etwas von einer Sennerin. Für das Bild, das mir vorschwebte, war sie womöglich das ideale Modell. Ich war Spezialist im Nachschauen von Sennerinnen. Irmgard sollte mit dem linken Bein einen kleinen Schritt nach vorn machen, schaffte das aber nicht. Immer wieder musste sie diesen Schritt vor und zurück machen, aber jedes Mal war dieser Schritt um eine Spur zu klein oder schon um eine Spur zu groß, bis ich selbst niederkniete, ihr linkes Bein bei den Fesseln packte und die Fußstellung millimetergenau einrichtete. An einem Frauenkörper ist jeder Teil ein Faszinosum – aber er muss genau in der richtigen Bewegung, genau in der richtigen Stellung sein! Das gilt nicht nur für die berühmten Frauenkörperteile, sondern auch für die Kniekehle, den Unterschenkel, die Wade, das Schienbein, den Knöchel, die Achillessehne. Irmgard hatte eine wunderbare Achillessehne, und ich war ihr ganz, ganz nah. Kaum ein Hauch passte zwischen Irmgards Achillessehne und meinen Mund. Ich hätte sie küssen können.

Aber jetzt durfte Irmgard sich nicht mehr bewegen. Nicht einen Millimeter. Was immer auch passieren mochte. Jetzt ging es an die Arbeit. Ich hätte Triest nicht verlassen sollen. Zumindest hätte ich den Alpenhauptkamm nicht mehr nordwärts überschreiten dürfen. Letzten Endes war ich ein adriatischer Charakter. Aber die Wahrheit hieß Murnau. Die Wirklichkeit hieß Karwendel, Wetterstein, Staffelsee, Höllentalspitzen, Messingwärmflaschen. Jetzt war ich zu alt für Veränderungen, zu ausgezehrt für die Wanderschaft, zu müde für das Nomadisieren. Ich war in die Falle gegangen. Ich war gefangen im Langeunterhosenland.

Ich musterte Irmgard und hatte eine Idee. Ich riss das Blatt von der Staffelei, spannte ein neues ein, reichte Irmgard das Tablett mit dem Frühstücksgeschirr und wies sie an, es auf den Kopf zu stellen. Auf ihren Kopf. Balancieren! Nichts verschütten! Und nicht bewegen! Die Kopflast hatte mir noch gefehlt. Die Kopflast verlieh Anmut und Natürlichkeit. Die Kopflast passte zur Barfüßigkeit und verlieh dem ganzen Sujet die nötige

Balance. *Sennerin mit Kopflast*: Das hatte ich gesucht. Kopflast verlieh Frührealismus. Die zwei Hauptfehler meines Lebens waren also erstens, Triest wieder zu verlassen, und zweitens, Maler statt Apotheker zu werden. Ich hätte besser Nervenmittel verkaufen sollen, Nervina und Sedativa, Baldrian, Melisse, Hopfen und Orangenblüten. Harntreibende Mittel hätte ich verkaufen sollen, Gallenmittel, abführende Mittel, Hustenmittel. So hätte ich mich nützlich gemacht, wäre ein brauchbares Mitglied unserer Gesellschaft geworden und hätte auch selber etwas von mir gehabt.

Irmgard teilte mir mit, dass sie ihre Arme nicht mehr spürte. Aber das war zum Glück auch gar nicht erforderlich für die Arbeit an der *Sennerin mit Kopflast*. Ich war ja wirklich Apothekerlehrling in Erding und in der Königlichen Hof- und Leibapotheke in München gewesen. Ich hatte mit meinem Bruder Eduard Herbarien angelegt. Ich hatte Heilkräuter studiert. Ich hatte Pflanzen gesammelt, bestimmt und gezeichnet. Ich hatte an der Universität Botanik und Zoologie, Chemie und Pharmazie inskribiert. In Irmgards Armen versickerte das Blut. Eduard war nach Triest gegangen. Ich dagegen war als Provisor in der Löwenapotheke in Straubing geblieben. Kein halbes Jahr später hatte der glückliche Eduard eine feurige Italienerin zur Gattin genommen: Lucia! Ein Prachtstück von einer Frau! Sie haben einen kleinen Buben, dem sie den Namen Italo gegeben haben. *Italo Spitzweg*. Seltsam eigentlich. Eine Zeit lang schickte mir Eduard regelmäßig Austern aus Triest. Dann wurden die Austern seltener. Jetzt kamen gar keine Austern mehr. Aber tatsächlich konnte ich Irmgard voller Stolz vermelden, dass vor ihr ein wirkliches Mitglied des Pharmazeutischen Vereins in Bayern steht. Irmgard antwortete mir aber bloß mit dem langweiligen Satz »Ich kann nicht mehr!« Wie oft behaupten Menschen, dass sie nicht mehr können, obwohl sie noch können. Sie wollen nur nicht mehr, weil das Können schwer und brutal ist.

Mein Problem war, dass ich in der Apotheke immer nur mit unerfreulichen Leuten zu tun hatte und diese unerfreulichen

Leute in einem fort über Wirkungen und mögliche unerwünschte Wirkungen informieren musste. Infolge meiner Informationen hätte eigentlich unter den unerfreulichen Menschen jedes Mal völlig zu recht Panik ausbrechen müssen. Die Apotheke macht den Apotheker krank. Die Apotheke richtet den Apotheker zugrunde. Außerdem darf man in der Apotheke nicht rauchen.

Im Großen und Ganzen taugen die Kräuter nichts. Sie helfen nur wann und wem, sie heilen nur wann und wen sie wollen. Die Kräuter heilen nur die, die sie gar nicht bräuchten. Die Ärzte taugen nichts. Die Medizin taugt nichts. Was verdorben ist bleibt verdorben. Man müsste schon sich selbst zur Gänze aus sich herausschneiden können! Die Kunst kann das. Die Natur nicht.

»Ich kann nicht mehr!«, jammerte Irmgard schon wieder. Wie oft glaubte ich, ich könne nicht mehr – und konnte dann doch noch! Aber sie hatte recht: Sie sah albern aus, wie sie so mit beiden Händen das Tablett mit dem Frühstücksgeschirr in die Höhe stemmte. Tatsächlich sah sie weniger aus wie eine Sennerin im Gebirge als wie ein überfallenes Stubenmädchen. Daher gestattete ich ihr, die linke Hand herunterzunehmen und mit der linken Hand unverbindlich in die Schürze hineinzufahren. Aber diese Erleichterungsmaßnahme war Irmgard noch immer nicht genug. Sie flehte mich um eine kurze Pause an, und ich gestattete. Ich habe einen weichen Kern, was soll ich machen? Ich hätte in Triest bleiben sollen. Aber das war leider nicht möglich. In Triest wütete ja die Cholera.

»Die Cholera?«, fragte Irmgard entsetzt. »Jetzt machen Sie keine Witze, Herr Spitzweg! Die Cholera? Das ist doch etwas ganz Gefährliches! Sie werden hier doch wohl nicht die Cholera anschleppen! Damit will ich nichts zu tun haben. Die Cholera ist in diesem Hause unerwünscht!«

Ich hatte Kopfschmerzen. Ich hatte Halsschmerzen, Rachenschmerzen, Neuralgien, Koliken, Gürtelrose. Ich hatte Kieferschmerzen, Zahnschmerzen, Zahnausfall, Gicht, Rheuma und Ischias. Ich hatte die Hausstaubmilbenallergie und Morbus Meulengracht, außerdem war ich kurzsichtig. Ich hatte Venenentzündungen, Gehörgangsentzündungen, Mittelohrentzündungen, Atemnot, Tubenkatarrh und auf der ganzen Kopfhaut Schuppenflechte. Ich hatte Lymphdrüsenentzündungen, Bindehautentzündungen, Kehlkopfkatarrh, Seitenstrangangina und Zungengrundangina. Ich hatte Nasenschleimhautschwellungen, Nasenscheidewandentzündungen, Polypen, Nebenkieferhöhleneiterungen, Schwindelanfälle, Kreislaufschwächen, Bluthochdruck, Zwölffingerdarmentzündungen, Gelenksentzündungen, Schleimbeutelentzündungen, Leberschmerzen, Gallenschmerzen, Nierenschmerzen, Alpdruck, Blähungen, Sodbrennen, Oberbauchgastritis, Unterbauchgastritis, Hodenschmerzen, Hüftschmerzen, Rückenschmerzen, Brustschmerzen, Bauchschmerzen, Gliederschmerzen, Knieschmerzen, Gefäßverengungen, dickes Blut und Fußpilz: Die Cholera brauchte ich gar nicht.

An Todesursachen hätte ich also so oder so keinen Mangel, erklärte ich Irmgard und ersuchte sie, das Tablett wieder auf den Kopf zu stellen. Wir hatten keine Zeit zu verlieren.

Wenn alles gut ging, würden bis zum Abend die Farben da sein. Ich konnte es kaum noch erwarten. Als die Cholera in Triest vor der Tür stand, habe ich Triest durch die Hintertür verlassen. Von Triest nach Venedig, von Venedig nach Padua. Gerade als ich Venedig Richtung Padua verlassen hatte, war die Cholera aus Triest kommend in Venedig eingetroffen. Von Padua nach Bologna, von Bologna nach Florenz, von Florenz nach Rom. Seit Triest, nein, seit Laibach war mir die Cholera auf den Fersen. Aber sie wird mich nicht erwischen! Von Rom nach Neapel, von Neapel zurück nach Mailand, Verona, Trient, Bozen, Meran – die Cholera immer hinter mir her.

»Nicht wackeln, Irmgard! Stillhalten! Keine Bewegung! Sie müssen sich so verhalten wie die Calamari, während ich sie für den Calamarizyklus porträtiert habe!«

Paris, London, Karlsbad, Prag: Die Cholera immer mir nach. Bodensee, Augsburg, Bregenz, Rorschach, Schaffhausen, Ravensburg, die Cholera immer im Genick. Ulm, Zürich, Tirol, Mittenwald, München, Murnau: Murnau! In Murnau wird die Cholera mich nicht finden! Murnau ist zu unbedeutend und zu abstoßend. Es hatte den Anschein, als wäre die Cholera hauptsächlich deswegen ausgebrochen, um Carl Spitzweg kreuz und quer durch ganz Europa zu jagen. Die Cholera wollte sich Europa anschauen, und sie hatte sich mich als Vorhut und Reiseführer gewählt. Mich, Carl Spitzweg! Carl mit C – wie Cholera. Der Cholera-Charly! Wenn die Cholera nicht ausgebrochen wäre, wäre ich vielleicht mein Lebtag lang nicht über Pasing und Erding und Straubing hinausgekommen. Allerhöchstens bis nach Bad Tölz. Jetzt war die Cholera eigentlich überall. Am Land sei es etwas besser, sagten die Stadtmenschen.

»Und dann lassen Sie meinen Mann nach München fahren?«, fuhr Irmgard mich an und stellte das Tablett ab. Aber München war ja ein Dorf, und ich hatte Herrn Bayerlacher ja extra darauf aufmerksam gemacht, seine Hände in Weißwein zu waschen. So konnte nichts passieren, beruhigte ich Irmgard und befahl ihr, das Tablett sofort wieder auf den Kopf zu nehmen. Überhaupt durfte sie jetzt nicht an ihren Mann denken: Das schadete der Kunst! Irmgard musste ihren Mann vergessen. Sie musste vergessen, dass sie verheiratet war. Sie musste sich mit aller Kraft der Fantasie einen geheimnisvollen Liebhaber vorstellen, der sie auf die wunderbarste und erregendste Weise liebkoste. Sie musste sich in ihrem Kopf einen Anflug von Fleischeslust genehmigen. Aber sie durfte dabei das Tablett nicht fallen lassen. Die Cholera war eine Künstlerkrankheit, und sie hatte es ganz offensichtlich auf mich persönlich abgesehen. Irmgards Mann würde nichts passieren, der war vital und robust. Der würde noch Kapital aus der Cholera schlagen. Der würde ein Sanatorium bauen oder ein Kurhotel zur Genesungssommerfrische. Der würde ganz München nach Murnau umleiten in die

Vorteilswelt der Panoramaglaswände und Schildkrötensuppen und Entschleunigungshöfe.

»Sind Sie monogam, Irmgard?«

»Jetzt hören Sie aber auf mit Ihren Schweinereien, Herr Spitzweg!« Ich nahm an, dass Irmgard das Wort Monogamie nicht kannte, aber vermutete, dass es eine Schweinerei bezeichnete. Sie gestand mir zu, dass es wirklich leichter war, wenn sie einen Arm freihatte. »Und Sie? Sind Sie verheiratet?«

Ich sah Irmgard lange an. Darüber wollte ich jetzt wirklich nicht sprechen. Mein Leben verlief zufriedenstellend und glatt. Ich hatte gute Freunde. Ich hatte gute Gespräche mit guten Malern. Ich hatte Zigarren und Calamari. Ich hatte besonders nette Cousinen und Nichten. Ich unterhielt Briefwechsel, von denen andere bloß träumen konnten. Ich hatte ein ganzes Netz von Briefwechseln. Wenn mir irgendwo ein Briefpartner wegstarb, wurde er sofort durch einen neuen ersetzt, dem ich zum Beispiel die Todesart seines Vorgängers auseinandersetzte. Ständig bekam umgekehrt ich Heilrezepte und Kochrezepte. Ich hatte Menschen, so viel ich wollte, aber ich brauchte sie genau genommen nicht. Vielleicht ist es ja das Schlimmste, wenn man keine Menschen hat. Ich wusste das nicht. Ich hatte ja Menschen. Cousinen vor allem.

»Eingefleischter Junggeselle also!« Irmgard machte sich über mich lustig. Aber sie irrte sich. Es hatte eine Frau in meinem Leben gegeben: Ein Mädchen aus Bad Tölz, schön wie die Sonne. Clara hieß sie. Clara mit C wie Carl mit C. Ich hatte sie sehr geliebt. Wir wollten heiraten, und es war alles zwischen uns abgesprochen. Ihr Vater hat seine Einwilligung nicht gegeben, und Clara hat sich dem Willen ihres Vaters unterworfen. Sie hat einen Apotheker aus Bad Tölz geheiratet, von einem Tag auf den anderen. Ihr Vater wollte es so. Ich habe von dieser Hochzeit überhaupt erst im Nachhinein erfahren. Einen Apotheker hatte sie geheiratet, ein wirkliches Mitglied des Pharmazeutischen Vereins in Bayern wie ich! Wäre ich Apotheker statt Maler – und wäre der Apotheker Maler statt Apotheker geworden, dann hieße Clara heute nicht Attenhauser, sondern Spitzweg. Aber sie war eine Attenhauser und ich saß da und malte Frau Bayerlacher als Sennerin mit Kopflast. Immer öfter hatte ich das Gefühl, dass ich gar nicht mehr zeichnen wollte. Ich tat es nur noch, weil ich es so gut konnte.

Anschließend führten Clara und ich noch einen recht netten Briefwechsel. Ich schickte ihr immer wieder Skizzen, Studien und Lektüreeindrücke, sehr zu Attenhausers Missfallen wahrscheinlich. Ich habe ihr in meinen Briefen den ganzen Cyrano de Bergerac nacherzählt, und außerdem den ganzen Mann von La Mancha. Manchmal habe ich Clara in meinen Briefen Dulcinea genannt, sehr zum Missfallen Attenhausers wahrscheinlich. Sie schrieb mir viel Wissenswertes über das Leben in Bad Tölz, aus der Aldonzaperspektive gewissermaßen. Ich hob alle Briefe der Bad Tölzer Apothekersaldonza in einem Pappkarton in München in der Dienerstraße auf, da konnte ihnen nichts passieren. Gegen Ende hin wurden Claras Briefe seltener und seltener. Mich jagte die Cholera. Andere erlegte sie. Das Leben geht weiter. Wenn der Mensch nicht mehr lebt, geht das Leben als solches trotzdem weiter. Ich hätte Apotheker statt Maler werden sollen. Clara hätte mit mir nach Triest und Padua und Florenz kommen sollen, anstatt in Bad Tölz zu bleiben und in den Armen ihres ohnmächtigen Apothekers der Bad Tölzer Cholera zum Opfer zu fallen. Eines Tages werden die Menschen das Bakterium entdecken und isolieren und die Cholera besiegen und ausrotten: Daran glaubte ich. Aber die bösartige Natur würde die verlorene Schlacht gegen die fortschrittliche Menschheit nicht einfach so hinnehmen und nach der Ausmerzung der Cholera mit einer noch viel gewaltigeren Plage kontern. Die Katastrophen und Verhängnisse wechseln mit der Zeit ihre Gesichter, aber sie behalten immer ihre Gestalt. Daran glaubte ich auch. Man soll die Welt nicht vor dem Weltuntergang loben.

Ich musterte Irmgard, und sie gefiel mir. Sie hatte Seele. Und sie hatte Körper. Irmgard hätte sich auch etwas Besseres verdient als Murnau. Murnau bleibt Murnau, mit oder ohne Panoramaglaswand. Ich könnte mir gut vorstellen, Irmgard mit nach Padua und Florenz zu nehmen, wäre ich bloß fünfzehn Jahre jünger, und ihr die Piazza della Signora zu zeigen, den Palazzo Vecchio und die Uffizien. Irmgard verlockte mich und führte mich in Versuchung, ohne dass sie selbst das bemerkte. Ihre naive Schönheit fing schon bei den Knöcheln an. Ich näherte mich Irmgard, und unter dem Vorwand, sie neu zu postieren und zu inszenieren, berührte ich Irmgards naive Waden, ihre naiven Schienbeine und ihre naiven Kniekehlen. Irmgard zuckte ebenso erschrocken wie entrüstet zurück und erinnerte mich an ihren Mann. Ich aber erinnerte Irmgard daran, dass sie ihren Mann vergessen musste, das hatte ich ihr aufgetragen. Hingegen dürfe sie niemals vergessen, dass ein Kontrakt zwischen dem Maler und seinem Modell bestünde. Ich sei augenblicklich Irmgards Mann, sagte ich laut und deutlich, es sei auch gar kein anderer da. Sie solle sich nicht gegen Naturgesetze stemmen und sich hingeben.

Irmgard sollte doch einfach an Botticellis *Geburt der Venus* in den Uffizien denken oder an Tizians *Magdalena*. Selbstverständlich ist Tizian auch Magdalenas Mann gewesen, während er Magdalena erschaffen hat. Sonst hätte er Magdalena gar nicht erschaffen können. Die Modelle haben die Pflicht, sich dem Willen des Meisters zu unterwerfen, so wie der Meister die Pflicht hat, sich dem Willen der Kunst zu unterwerfen. Da gibt es keine Diskussion. Da gibt es nur Gehorsam, da gibt es nur Unterwerfung. Die Modelle müssen immer alles geben. Modelle müssen eingefleischte Modelle sein, Maler eingefleischte Maler, sonst taugen sie nichts. Wir waren hier ja nicht im Café Scheidel in der Kaufingerstraße! Wir waren ja nicht zum Witzemachen hier! Die großen Maler und die großen Modelle fleischen einander unwillkürlich ein: Tizian! Michelangelo! Botticelli! Irmgard musste heute meine Frau werden, daran führte kein Weg vorbei.

Irmgard war nicht nur sie selbst. Sie war die Generalvertreterin einer ganzen Spezies. Es lag im Wesen der Kunst, dass sie meine Frau wurde. Ihr Mann würde außerdem erst abends zurückkommen und Murnau war grau.

Aber Irmgard flehte mich an und wies mich zurück. Sie kümmerte sich weder um das Naturgesetz noch um die Kunst. Sie gab sich nicht hin, sondern wehrte sich mit Händen und Füßen dagegen, meine Frau zu werden. »Sie verwechseln mich, Herr Spitzweg!«, schrie sie. »Ich bin nicht die, die Sie meinen! Die Sie meinen, ist tot!«

»Wenn Sie meine Frau werden, dann werden drüben auf der Staffelei fröhliche Beschaulichkeit, Wärme, meisterhafte Lichteinfälle entstehen und Sie werden entzückt sein. Wenn Sie sich Ihrer Verantwortung entziehen, dann entsteht auf der Staffelei Frost und nackte Verzweiflung! Sie haben mich zu dem Bildnis ja beauftragt!« Ich war in einem Ausnahmezustand. Große Kunst stand unmittelbar vor ihrer Entstehung. Ich fiel in Trance. Ich packte Irmgard, umarmte sie, liebkoste ihren Körper und versuchte, sie auf den Mund zu küssen. Sie wehrte sich nach Kräften, bis ihr das Tablett vom Kopf fiel, das Frühstücksgeschirr zu Boden stürzte und in tausend Scherben zerbrach. Irmgard und ich stürzten gewissermaßen in inniger Zweisamkeit ebenfalls, und ich war in so günstiger Position auf ihrem wunderbaren Körper zu liegen gekommen, dass sie sich aus ihrer Quetschfalle praktisch nicht mehr befreien konnte und ich ihr nur den Rock hochschieben musste, um mit ihrem Heiligtümchen in Berührung treten zu können. Zum absoluten Schöpfungswillen im Kopf gesellte sich nun auch noch sein Sinnesbruder, der Reproduktionsjuckreiz im Unterleib. Irmgard warf den Kopf hin und her, zappelte mit Armen und Beinen und flehte die heilige Katharina, die Fürbitterin der Handwerker und der Philosophen, an, ihr beizustehen. Aber wie sollte die heilige Katharina sich in einer solchen Situation schon besonders nützlich verhalten? Das hier, das ging nur Irmgard und mich etwas an, das Modell und den Maler. Ich wollte lieb zu ihr sein, deswegen nannte ich sie »Dulcinea«, was ihr aber, glaube ich, in der Situation ziemlich egal war. Sie flehte lieber die heilige Ottilie, Äbtissin und Augenpatronin, an, ihr beizustehen. Für mich bedeutete dieses verzweifelt einseitige Zwischenmenschliche eine große körperliche Anstrengung, und nach Überwindung großer Widerstände war ich dem Allerheiligsten ganz nah, als ich gerade in dem Augenblick, als Irmgard die heilige Margarethe anflehte (»Heilige Margarethe, die du entschädelt worden bist, steh mir bei!«), spürte, wie sich die Kohlensäure in den Bronchien in verhängnisvoller Weise zusammenbraute, in mir hochstieg und einen Hustenreiz verursachte, der den Reproduktionsjuckreiz noch bei Weitem übertraf. Ich hustete. Es schüttelte mich vor Husten. Es hustete auf schmerzhafte Weise ununterbrochen aus mir heraus. Mein Körper war zur Gänze von diesem Hustenanfall in Anspruch genommen, sodass ich glaubte, platzen, auf jeden Fall aber sterben zu müssen, wodurch ich Irmgards Anflehung des heiligen Laurentius, des Fürbitters der Armen, Bettler und Krüppel, der den Martertod erlitten und zu Tode gebraten worden ist, nur am Rande wahrnehmen konnte, ebenso die Anrufung der heiligen Schmerzensmutter Maria in der Pfarrkirche Sankt Nikolaus und den Widerruf Irmgards, die nicht mehr mein Modell sein und kein Bild mehr von sich haben wollte und unseren Kontrakt kündigte.

Ich starb nicht. Ich überlebte auch diesen Anfall. Aber er hatte mir die letzte Kraft genommen und ließ mich keuchend und völlig erschöpft und mit leerem Kopf zurück. Ich ließ von Irmgard ab. Sie zitterte. Ich wälzte mich von ihr herunter. Ich lag am Boden zwischen Wärmflaschen. Ich konnte nicht mehr. Als Irmgard in Panik aus dem Zimmer flüchtete, dachte ich nicht an Kunst. Ich konnte weder dies noch das. Ich konnte nicht mehr.

3
Irmgard

Das Reden sei nicht meine Stärke, hat der Ernstl immer gesagt. Aber da er selbst es nicht mehr kann, bleibt mir gar nichts übrig, als unsere Geschichte mit dem Maler Carl Spitzweg so gut wie möglich selbst zu Ende zu erzählen.

Wie froh und erleichtert war ich, als der Ernst wohlbehalten wieder zurückgekehrt war. Mir war seine Münchenreise von Haus aus gar nicht recht gewesen! Wenn man daran denkt, was alles passieren kann! Und wenn etwas passiert wäre, dann wäre ich dagestanden! Was soll man denn anfangen als Frau? München sei ein großer Erfolg gewesen, hatte mir der Ernstl gleich bei der Ankunft erzählt. Drei De-facto-Buchungen an einem Tag! In München war ihm das Wort *Kultursommer* eingefallen, aber auch die Worte *Festspielgedanke*, *Kurzurlaub*, *Wellnessweekend* und *Spa-Bereich*. München, sagte der Ernstl, war eine Win-win-Situation: Die Farben für die bedeutende Persönlichkeit, das Lobbying für uns. Es würde nicht mehr lange dauern, fürchtete ich, und ich würde meinen eigenen Ehemann vor lauter selbst erfundener neuer Wörter ganz einfach nicht mehr verstehen. Am Morgen nach seiner Rückkehr – es war der 28. August 1854, ein trüber und düsterer, grauer und kalter Tag – war ich gerade damit beschäftigt, hoch oben auf der Leiter die Panoramaglaswand zu putzen, als der Ernstl bei der Tür hereinkam und mit der Tür als Erstes die Staffelei mit dem halb fertigen Bildnis *Der Kaktusfreund* umstieß. Auf einer anderen Staffelei hing die *Sennerin mit Kopflast*, wieder auf einer anderen das aus der Art geschlagene Bildnis *Blick auf Murnau mit Kirche*. Und rundherum eine Ansammlung aus München mitgebrachter Farbtöpfe.

»Der Bauerngirgl ist krank!«, schimpfte Ernstl. »Eine Magensache.« Der Bauerngirgl war der Murnauer Marktschmied, und Ernstl hatte bei ihm eine Messinggedenktafel in Auftrag gegeben, auf der stehen sollte: »In diesem Hause übernachtete der Maler Carl Spitzweg und schuf am 25. August 1854 sein berühmtes Gemälde *Der Kaktusfreund.*« »Wird schon nicht die Pest sein!«, tröstete ich meinen Mann wegen der Bauerngirgl'schen Unpässlichkeit. Freilich wäre es schön gewesen, hätten wir die Messingtafel gleich bei der Eröffnung vor den Augen des Bürgermeisters präsentieren können. Aber der Ernstl fand seinen Optimismus gleich wieder. Wir würden das Beste aus der Situation machen, das Schicksal als Chance nutzen und ein eigenes Messinggedenktafelenthüllungsevent veranstalten.

Der Ernstl lebte immer schon in der Zukunft und war immer voll von Plänen gewesen, aber seit seiner Rückkehr aus München sprudelte er vor Ideen förmlich über. Fronleichnamsprozessionen auf dem Staffelsee mussten dringend erfunden werden, Leonardiwallfahrten, außerdem Tiersegnungen. »Den Tiersegnungen gehört die Zukunft!«, deklarierte er. Entweder Kurzurlaubstiersegnungen oder Tiersegnungskurzurlaube. Außerdem trug er sich mit dem Gedanken, unseren Kaktus, den er noch vor Kurzem zur Entsorgung freigegeben hatte, unter einen Glassturz zu stellen und eine Messingtafel mit der Aufschrift anzubringen: »Dieser Kaktus inspirierte den Maler Carl Spitzweg zu seinem Gemälde *Der Kaktusfreund.*« Wenn wir alles mit Messinggedenktafeln versehen wollten, was Herrn Spitzweg hier zu irgendetwas inspiriert …, dachte ich, ließ diesen Gedanken aber unvollendet und äußerte ihn auch nicht. Ernstl hatte die Empfangshalle überstürzt verlassen, kam erst nach einer geraumen Weile wieder zurück und klagte über farblosen, wässrigen Durchfall. Auch der Bauerngirgl habe über farblosen, wässrigen Durchfall geklagt, sagte er. Jetzt hatte der Bauerngirgl den Ernstl angesteckt! So etwas Blödes!

Unseren seltsamen Gast hätte ich am liebsten aus dem Haus gehabt. Aber Ernstl hielt ihn noch immer für eine große Chance, die wir unbedingt nutzen mussten. Er konnte ja nicht ahnen, was sich seine große Chance in seiner Abwesenheit herausgenommen hatte! Seit der Ankunft Spitzwegs drehte sich in unserem Haus alles nur noch um ihn. An diesem Morgen hatte er sich aber noch nicht blicken lassen. Seit er mich am Vortag um ein Haar in seine Gewalt gebracht hatte, war er nicht mehr zu sehen, und durch die verschlossene Zimmertür wies er sogar das Frühstück zurück, das ich ihm gebracht hatte. Aber jetzt schneite er in Pantoffeln, im Schlafrock und mit Schlafmütze in die Empfangshalle herein, in der Hand einen Krug Met. Ganz offensichtlich war unser Herr Spitzweg angeheitert, wenn nicht angetrunken, und er wünschte, dämlich lächelnd, allem und jedem einen guten Morgen: dem lieben alten bayerischen Städtchen Murnau, dem Staffelsee und dem Moorbad, der Hinterglasmalerei und dem Holzschnittkunsthandwerk. Herr Spitzweg wünschte der Lüftlmalerei einen guten Morgen, den Nelkentrögen auf den Balkonen, dem Karwendel, dem Wetterstein, der Alpspitze und der Zugspitze. Herr Spitzweg wünschte auch mir einen guten Morgen, aber er verwechselte mich mit der Schmerzensmutter Maria. Er fragte mich, wo meine sieben Schwerter seien, die mir das Herz durchbohren, auf dass ich Fürbitte leiste und so eine sehr schädliche Krankheit verhüte. Auch meinem Mann wünschte Spitzweg einen guten Morgen, aber der konnte nicht antworten, sondern rannte schon wieder in allerhöchster Not zum Abort. Sein Inneres spritzte förmlich aus ihm heraus.

Spitzweg erkundigte sich, ob Post für ihn hinterlegt worden sei. Aber es war weder eine Nachricht hinterlassen noch ein Besuch avisiert worden, weder von August Piepenhagen noch von Moritz von Schwind, weder von Eduard Schleich dem Älteren noch von Christian Morgenstern, und auch von Hyazinth Holland nicht. »Ich brauche ja auch keine Post«, rief Spitzweg in einem resignierten Tonfall, »ich brauche keine Nachricht und keine Menschen. Ich brauche nur Ruhe und Abgeschiedenheit.

Ich brauche nur ein paar Töpfe Farbe. Wenn ich Lust auf Menschen habe, dann hole ich sie mir; dann erschaffe ich sie mir; dann male ich sie mir; dann lasse ich sie antreten. Die Menschen sind mir ausgeliefert. Nichts und niemand kann uns trennen. Ich kann jederzeit eine Welt erschaffen. Ich kann jederzeit eine Welt vernichten.« Herr Spitzweg war betrunken.

Ernst schaffte es nicht mehr bis zur Toilette. Seine Hose war nass, und er erbrach sich mitten auf den Fußboden. Ich war mit dem Panoramaglaswandputzen fertig geworden, kam von der Leiter herunter und putzte nun das Erbrochene vom Fußboden, kam damit aber nicht nach. Eine Art Schildkrötensuppe spritzte aus Ernst heraus. Oben Schildkrötensuppe, unten Schildkrötensuppe, vorne Schildkrötensuppe, hinten Schildkrötensuppe. In drei Tagen hätten wir eröffnen sollen. »Mir ist so schlecht, Irmgard!«, wimmerte mein Mann, »Mir ist so unsagbar übel! Ich habe Angst!« Ich hatte Angst vor Herrn Spitzweg. Er war mir unheimlich. Er murmelte wirres Zeug wie einer, den der Wahnsinn gepackt hatte. Er redete wie einer, hinter dem die wilde Jagd her ist. Spitzweg brachte seine Farbtöpfe und die Staffeleien vor Ernsts Schildkrötensuppenflut in Sicherheit. Dann kümmerte er sich nicht weiter um uns und vergaß uns in unserer Anwesenheit. Das Werkzeug, mit dem Ernst die Dekoration für die Eröffnungsfeier montieren wollte, nahm Spitzweg an sich, zerlegte die Staffeleien, sortierte die Bretter und baute sie mit großer Geschicklichkeit zu einem kleinen Puppentheater zusammen. Dann schleppte er einen seiner Koffer aus seinem Zimmer herbei und entnahm ihm Handpuppen: die Puppe von Clara Lechner, die Puppe eines Münchner Kunstvereinsakademikers, die Puppe meines Mannes und seine eigene, die Spitzwegpuppe. Während ich dem Ernst Umschläge machte, Wasser brachte und immer wieder notdürftig den Boden zusammenwischte, während der Ernst sich vor Schmerzen krümmte, immer mehr aus seinem Inneren nach außen drängte und er halb ohnmächtig in seinen eigenen Fäkalien lag, begann der Herr Spitzweg, hier in der Empfangshalle unserer Pension, ein Puppentheaterstück zur Aufführung zu bringen, nur für sich selbst, ohne Publikum, denn den Ernst und mich konnte man im strengen Sinn nicht als Publikum zählen. Wir hatten andere Sorgen. Ernst übergab sich ununterbrochen. »Funktioniere bitte!«, flüsterte ich ihm verzweifelt ins Ohr und wischte wieder einen Schwall weg. »Das kannst du mir ja nicht antun, jetzt nicht zu funktionieren. Ich funktioniere ja auch!«

»Meine sehr verehrten Damen und Herren!«, begann Spitzweg, »Wir bringen Ihnen heute das Volksstück *Wie Spitzweg wunderlich wurde* zur Aufführung und wünschen gute Unterhaltung!« Dann hob sich der Vorhang des Puppentheaters, der aus zwei karierten Tischservietten gemacht war, und das Spiel begann. Als Erstes trat die Spitzwegpuppe auf, dicht gefolgt von der Puppe des Kunstvereinsakademikers, und die sagte: »Ja wen haben wir denn da? Den Herrn Spitzweg! Guten Morgen! Guten Morgen! Ich grüße Sie und ich habe die Ehre! Sagen Sie, was treiben Sie denn in Murnau, Spitzweg? Netter Fleck, was? Urgemütlich! Majestätische Bergwelt! Haben Sie heute gar keinen Bleistift dabei? Gar keine Skizzentafel? Gar keine Naturstudien heute, wo Sie doch so gut sind im Wiesenkräuterabmalen, Spitzweg! Wiesenkräuter bei verschiedensten Lichtverhältnissen! Steht Ihnen heute nicht der Sinn danach, das Letzte aus den Wiesenkräutern zu holen? Einfach nur spazieren gehen und an Blütenblättern schnuppern, Spitzweg! Ja, so ein Spaziergang ist etwas Herrliches! Erst das Spazieren macht den Menschen zum Menschen. Der Mensch ist das spazierende Tier, das einzige spazierfähige Wesen im Universum.

Ich beneide Sie!«, sagte die Kunstvereinsakademikerpuppe an Spitzwegs linker Hand zur Spitzwegpuppe an Spitzwegs rechter Hand. »Sie haben es gut: Immer so geistesgegenwärtig in den Tag hineinvegetieren! Ja apropos, was ich Ihnen sagen wollte, Spitzweg: Im Münchner Kunstverein können wir Ihre Gemälde leider nicht ausstellen. Die Jury des Münchner Kunstvereins muss Ihre Gemälde ablehnen. Wir hatten eine lange Sitzung im Kunstfachbeirat, wir haben Ihre Eingabe genauestens geprüft. Genauestens, Spitzweg, genauestens! Nichts gegen Ihre Lichtverhältnisse, Spitzweg, Flöhe und Lichtverhältnisse können Sie. Aber die Kunst besteht ja nicht nur aus Flöhen und Lichtverhältnissen. In Ihren Werken herrscht eine Haltung absoluten Unernstes vor. Große Kunst muss immer düster und neblig und ernst sein, Spitzweg. Unernst als Prinzip können wir im akademischen Kunstverein nicht dulden. Das entspräche ja einer allumfassenden Haltlosigkeit und Selbstauflösung. Ihre Ironie ist zu ironisch, Spitzweg, das ist das Problem. Autodidaktisch ironisch. Bei Ihnen ist nichts neu, Spitzweg, nichts echt, nichts original. Bei Ihnen ist nichts von eigentlicher Eigentlichkeit durchwirkt. Was Sie machen, ist achtzehntes Jahrhundert, Spitzweg, mittelmäßiges achtzehntes Jahrhundert! Wissen Sie, was man über Sie sagt, Spitzweg? Man sagt, Sie seien ein Waldmüllerepigone. Jaja, doch: Waldmüllerepigone! Sie können gehen, wohin Sie wollen: Immer werden Sie *Waldmüllerepigone* hören. Auch der Fachbeirat ist einhellig zu dieser Waldmüllerepigonendiagnose gekommen. Manche meinen, Sie seien bereits waldmüllerscher als Waldmüller, Spitzweg! Ich persönlich halte Sie sogar für einen Tischbeinepigonen. Tischbeinepigonen und Waldmüllerepigonen können wir im akademischen Münchner Kunstverein natürlich nicht ausstellen. Dann würden wir gleich Waldmüller ausstellen, wenn wir Waldmüller ausstellen würden. Wissen Sie, wie man Sie im Café Scheidel nennt, Spitzweg? Der Narr von München. Aber das ist noch gar nicht das Schlimmste. Den Narrenstatus könnte man Ihnen ja noch durchgehen lassen. Das Schlimmste ist, dass Sie so brav sind, Spitzweg! Ihre Kunst ist so brav, dass es zum Verzweifeln ist! Zum Kotzen! Und da können die Dilettanten, die Ihre Bilder unseren Diagnosen zum Trotz kaufen, zweitklassig schmunzeln so viel sie wollen!

Das Karwendel, Spitzweg! Schauen Sie! Der Wetterstein! Und dann noch etwas, Spitzweg: Sie leiden unter akuter Themenarmut! Der Sonderling, der Klausner, der Eremit. Der Blumenfreund, der verliebte Provisor und der Trödler. Der wunderliche Gelehrte, der Hypochonder und die schrulligen Männer mit Zipfelmütze und Zylinder: Das sind doch alles Spitzwege! Alles, was Spitzweg der Außenwelt hinterlässt, sind Spitzwegeriche. Maskierte Spitzwegchen, aber Spitzwegchen. Das einzige Thema von Spitzweg ist Spitzweg, von Waldmüller gemalt. Spitzmüller am Waldweg! Sie sollten sich einmal zur Gänze aus sich herausschneiden, Spitzweg! Offen gestanden glaube ich, dass Ihre Gemälde nicht gelungen sind, Spitzweg! Und übrigens meinen lieben Kollegen Mindelheimer als vertrottelten Schmetterlingsfänger darzustellen, war auch nicht gerade nett von Ihnen. Das argumentum ad personam ist das primitivste, Spitzweg. Die Verkindergartenisierung des Opfers ist kein geschickter Karriereschachzug, vor allem, wenn dem Opfer gewisse Möglichkeiten offen stehen. Mindelheimer war sehr gekränkt. Mindelheimer hat schlaflose Nächte durchlitten. Mindelheimer haben nicht einmal die Lichtverhältnisse gefallen. Ich sollte Ihnen das ja nicht sagen, Spitzweg, aber in den entscheidenden Kreisen werden Sie als eine Persona non grata gehandelt. Man kann sagen, dass Sie erledigt sind, Spitzweg! Offen gestanden glaube ich, dass Sie lieber Apotheker statt Künstler hätten werden sollen. Als Apotheker haben Sie zumindest eine Qualifikation. Allerdings wären Sie mit Ihrer ironischen Ironie als Apotheker womöglich ebenfalls die Fehlbesetzung, die Sie als Maler sind.

Sie müssten einmal von Grund auf umdenken, Spitzweg! Sie sollten sich einmal dem Neuen zuwenden. Wir wüssten auch von Ihnen gerne, was das Neue ist, Spitzweg, aber Sie enthalten uns das Neue vor! Sie enttäuschen uns. Gerade unsereins müsste doch das Neue zeigen! Die neuen Wege in die neuen Zeiten! Das Bahnbrechende! Brechen Sie die Bahnen, Spitzweg! Sie winden sich um das Projekt der Moderne herum, Spitzweg! Ein junger Mensch wie Sie darf sich doch nicht um das Projekt der Moderne herumwinden! Wo lösen Sie denn in Ihrer Kunst die politischen Probleme? Wo beantworten Sie denn die soziale Frage? Es ist außerdem immer zu viel, was Sie machen, Spitzweg! Es ist immer zu viel auf Ihren Bildern oben! Wie eine Musik, die zu viele Noten – und eine Literatur, die zu viele Buchstaben hat. Sie haben einen Mangel an Leerstellen. Bei Ihnen weiß man immer, was Sie meinen, Spitzweg! Gemaltes Geschwätz, Spitzweg! Gemaltes Alltagsgeschwätz! Bei Ihrer Kunst hat man immer den Eindruck, dass man gar keine Wissenschaft braucht. Aber was soll denn das für eine Kunst sein, die sich nicht an die Leine der Kunstwissenschaft nehmen lassen will, sondern scheinbar überhaupt ohne Erklärung auskommt! In Zeiten des Fortschritts geht es nicht an, darüber zu lamentieren, dass arme Poeten arm sind. Das tut man nicht, Spitzweg. So beantwortet man die soziale Frage nicht. Hören Sie auf uns: Seien Sie schlimm, aber nicht ungehorsam! Malen Sie doch ganz einfach einmal das noch nicht da gewesene Bild von noch nicht da gewesenen Motiven in noch nicht da gewesenen Farben mit noch nicht da gewesenen Materialien in noch nicht da gewesener Technik: Dann kommen Sie wieder und stellen sich hinten an! Wie dem auch sei: Tragen Sie es mit Fassung, Spitzweg, nehmen Sie es mit Humor! Das können Sie ja!«

Jetzt langte es der Spitzwegpuppe. Sie stürzte sich auf die Kunstvereinsakademikerpuppe und verprügelte sie wie die Kasperlpuppe die Krokodilpuppe. Aber noch im Handgemenge begriffen verspottete die Kunstvereinsakademikerpuppe die Spitzwegpuppe: »Das ist eben Ihr Problem, Spitzweg. Sie sollten das Krokodil sein und sind immer nur der Kasperl. Das Kräuterkasperl und das Sonntagsspaziergangskasperl. In Wirklichkeit besiegt nie der Kasperl das Krokodil, sondern immer das Krokodil den Kasperl. Und außerdem und überhaupt: Wo ist denn Ihr Prügel, Spitzweg? Sehen Sie, Sie haben Ihren Prügel vergessen! Sie und Ihresgleichen haben existenziell gar keine Prügel zur Verfügung! Sie haben bloß einen Pinsel und Bronchitis!« Das ließ sich die Spitzwegpuppe nicht gefallen. Sie nahm die

Farbtöpfe, die mein armer, moribunder Mann Herrn Spitzweg aus München mitgebracht hatte, und überschüttete damit die Kunstvereinsakademikerpuppe. »Sie sind ungehorsam!«, schrie die Kunstvereinsakademikerpuppe. »Wir sind hier nicht im Expressionismus, Spitzweg! Was Sie da tun, wird Ihnen keinesfalls als Entwaldmüllerung ausgelegt werden! Was Sie da tun, ist nach wie vor unpolitisch und ohne soziale Bedeutung! Was Sie da tun, hat nichts mit Kunst zu tun! Ich beschwöre Sie, Spitzweg! Sie schaden nur sich selbst!« Aber da die Spitzwegpuppe, immer wieder »Farbe! Flüssigkeit! Humor!« ausrufend, nicht davon abließ, die Kunstvereinsakademikerpuppe immer weiter anzuschütten, ergriff sie in Panik schließlich die Flucht; das heißt: Spitzweg schüttelte die Kunstvereinsakademikerpuppe von der linken Hand und streifte sich in Windeseile eine andere Puppe über, die Clarapuppe.

»Mich dürstet!«, röchelte Ernst, der dem Spitzweg'schen Theaterstück nicht folgen wollte und konnte. Was gingen uns auch die Probleme des Herrn Spitzweg an? »Ich habe entsetzlichen Durst!« So schnell konnte ich oben gar keine Flüssigkeit in meinen Mann hineinschütten, wie sie unten wieder herauskam.

Die Spitzwegpuppe erzählte der Clarapuppe, wie schrecklich sie, Clara, ihm, Spitzweg, fehle. Seit Clara gestorben war, sei auch Spitzweg nicht mehr so richtig auf der Welt, erzählte die eine Puppe der anderen, er trage die Gedanken an sie wie eine Urne im Kopf herum. Die Spitzwegpuppe flehte die Clarapuppe an, sich nicht mehr von ihrem Vater tyrannisieren zu lassen, sondern mit nach Triest zu kommen, wo alle Menschen glücklich sind. Und Spitzweg wollte Clara so gerne noch einmal zeichnen, erzählte die eine Puppe der anderen. Ihm sei da ein recht nettes Motiv eingefallen, *Sennerin mit Kopflast*, und Clara wäre das ideale Modell dafür. Aber die Clarapuppe erwiderte, Clara werde weder mit Carl nach Triest kommen, noch werde sie sich von ihm zeichnen lassen. Clara sei gekommen, um Carl ein Geständnis zu machen. »Die Wahrheit ist«, erzählte die Clarapuppe der Spitzwegpuppe, »dass mein Vater mich gar nicht genötigt hat, den Attenhauser zu heiraten. Meinem Vater war ganz egal, wen ich heirate. Sofort nach dem Bekanntwerden meines Geschlechts anlässlich meiner Geburt ist mein Vater maßlos von mir enttäuscht gewesen, und er hat diese Enttäuschung bis heute beibehalten. Ich habe die Geschichte mit dem Vater erfunden, weil ich dich nicht verletzen wollte. Du hast etwas an dir, das man partout nicht zu verletzen wagt, Carl, obwohl es die Verletzung partout herausfordert. Ich habe den Attenhauser aus freien Stücken geheiratet. Als ich dir damals gesagt habe, dass mir der Attenhauser gleichgültig sei, habe ich dich nicht belogen. Ich habe ihn nie geliebt. Wichtig am Attenhauser war nur, dass er nicht du war.

Ich bin gekommen, um dich zu bitten, mich in Frieden zu lassen und mich dir aus dem Kopf zu schlagen. Die Wahrheit ist: Ich habe dich nicht ertragen, weder als Maler noch als Mensch. Es tut mir leid, Carl! Ich wollte weder dein Modell noch deine Frau sein. Ich habe deinen Cyranismus und deine Donquichotterien nicht ertragen. Cyrano, Don Quichotte und du: das Triumvirat der Leidensfreunde! Cyrano de Bergerac und Don Quichotte sind Gestalten, die am Ende weder Hochachtung, noch Respekt, noch Mitgefühl finden, sondern Kopfschütteln erzeugen, Carl! Die Faszination verliert sich schnell, und lange bleibt der Überdruss. Und du bist wie deine Selbstpeinigungsidole! Ich habe dir das alles nicht mehr geschrieben, weil ich ja gestorben bin. Aber du hast mich nicht in Frieden, du hast mich auch als Tote nicht tot sein lassen! Als du von meinem Tod erfahren hast, hast du Partezettel drucken lassen, noch bevor der Attenhauser Partezettel hat drucken lassen können, und du hast deine Konkurrenzpartezettel Moritz von Schwind geschickt, Eduard Schleich dem Älteren, Kaspar Braun, Christian Morgenstern dem Älteren, August Piepenhagen, Hyazinth Holland. *Ein gutes Herz hat aufgehört zu schlagen*. Ich hätte mich im Grab umgedreht, wenn das möglich gewesen wäre.

Nach und nach ist mir alles an dir auf die Nerven gegangen, Carl, ohne dass du etwas bemerkt hättest. Ich habe in deiner Umklammerung nur noch daran gedacht, wie ich von dir wegkommen könnte. Wie schwer habe ich an meinem schlechten Gewissen getragen! So ein guter Mensch, der Carl, habe ich gedacht. Wie kann ich ihm so weh tun? Warum bin ich so ein schlechter Mensch?, habe ich mich gefragt. Da ist mir der Attenhauser zugelaufen, und ich habe gleich beschlossen, ihn nicht zu mögen und sofort zu heiraten. Die Wahrheit ist: Mich hat vor deinem Triester Geschwätz geekelt, Carl, vor deiner Schildkrötensuppenmanie und vor deinen idiotischen Mundartliebesgedichten. Du bist nicht der adriatische Charakter, den du dir einbildest. Die Adria und du, ihr passt nicht zusammen! Am Meer machst du dich nur lächerlich! Mich hat vor deiner Hypochondrie geekelt, vor deinen Wärmeflaschen, Schlafröcken, Zipfelmützen, vor deiner Alpinklaustrophobie und deinen Hustenanfällen. Mir sind deine stereotypen Früchtegroßhandelserzählungen auf die Nerven gegangen – und dein Familiensinn. In jedem zweiten Satz von dir ist mindestens einmal das Wort *Familie* vorgekommen, als Adjektiv oder Verbum oder Substantiv oder Kompositum, gebogen und gebeugt und in den Superlativ gehoben. Großfamilie. Kleinfamilie. Mittelklassefamilie. Tierfamilie. Familienmensch. Familienpackung. Familienoberhaupt. Ich habe Familie. Du hast Familie. Er, sie, es hat Familie. Familienzusammenführung. Familienglück: Das bleibt alles in der Familie! Dreipersonenfamilie, Zweipersonenfamilie, Einpersonenfamilie Spitzweg.

Bei der Hochzeit deines Bruders Eduard in Triest, dessen Trauzeuge du gewesen bist, hätte man meinen können, du seiest der Bräutigam und er sei der Trauzeuge: So hast du dich in den Vordergrund gedrängt! Du hast das Jawort gegeben, obwohl du gar nicht gefragt worden bist. Kein Wunder, dass dich Lucia nie wieder eingeladen hat. Du hast dich unter die unverheirateten Frauen geschlichen, im entscheidenden Augenblick alle weggeboxt und gierig den Brautstrauß aufgefangen. Aber das hat dir natürlich nichts gebracht, außer dass du dich bei allen ledigen Frauen und Mädchen Triests unmöglich gemacht hast.

Tatsächlich bist du immer der einsamste aller einsamen Menschen gewesen, die Einsamkeit selbst, die absolute Isolation: absichtlich hartnäckig einsam. Kaum in Gesellschaft, hast du dich einfach in Manieren aufgelöst. In Wahrheit ist jede Gemeinschaft oder gar Lebensgemeinschaft mit dir auszuschließen, Carl. Erlöst man dich aus deiner Einsamkeit, vernichtet man dich. Wäre ich deine Frau geworden, wärst du unter Garantie ein sogenannter vorbildlicher Ehemann geworden, aber du hättest mich in deinen Einsamkeitstreibsand hineingezogen. Ich habe es gehasst, dir Modell zu stehen. Während des Modellstehens habe ich immer schon gewusst, wohin das führt: Entweder zu einem Beischlaf – oder zu einem Hustenanfall. Aber das Allerschlimmste an dir, Carl, war, dass du immer so alt gewesen bist, so schrecklich alt. Du warst wahrscheinlich schon als Apothekerlehrling alt. Wahrscheinlich bist du schon als alter Mann zur Welt gekommen: ein steinalter Säugling. Jedenfalls warst du immer dreißig Jahre älter als du selbst: Einerseits lebenslänglich ein unmündiges Kind, andererseits lebenslänglich ein entmündigter Greis!«

Da griff die Spitzwegpuppe abermals zu Farbe, Flüssigkeit, Humor, überschüttete die Clarapuppe, die die Flucht ergriff. Und kaum war sie aus der Szene verschwunden, trat die Puppe meines Mannes auf. Während ich nicht aus noch ein wusste und mein armer Mann austrocknete, sagte die Puppe meines Mannes: »Guten Morgen, Meister Spitzweg! Ich hoffe, Sie sind zufrieden und fühlen sich bei uns wohl! Was ich Sie, bevor wir uns ans Eröffnen machen, noch fragen wollte, Meister Spitzweg: Sind Sie nun eine bedeutende Persönlichkeit oder nicht? Wissen Sie, ich frage nur wegen der Messinggedenktafel. Messinggedenktafeln sind nur in Zusammenhang mit bedeutenden Persönlichkeiten sinnvoll. Bedeutende Persönlichkeiten sind Menschen, die sich mehrheitsfähig und quotenbringend ausschlachten lassen. Sie hätten gegebenenfalls doch nichts gegen Ihre Ausschlachtung, Meister Spitzweg? Dafür bekommen Sie von uns den Panoramablick. Ausschlachterei zur schönen Aussicht. Sofern Sie uns gewährleisten, dass Sie eine bedeutende Persönlichkeit sind, nehmen wir Sie gerne, Spitzweg! Ein bisschen exzentrisch sind Sie ja! Ein bisschen wahnsinnig! Sein Leben lang Tag für Tag vierundzwanzig Stunden mit sich selbst zusammen sein müssen als sein eigener Herr und eigener Diener, da ist das Überschnappen doch ganz normal, Spitzweg, was meinen Sie? Es geht doch nur ums Image. Man müsste bloß Ihr Image ein wenig radikalisieren, Spitzweg, dann wären Sie schon messinggedenktafeltauglich! Der Quotient aus Output zu Input soll ein Maximum werden, Meister Spitzweg! Produktivität! Spending well!«

So wie mein armer Mann musste auch die Puppe meines armen Mannes plötzlich heftig erbrechen, und beide klagten über eine schreckliche Übelkeit. Beide packte die panische Angst, zu vertrocknen. Die Puppe meines Mannes äffte meinen Mann nach und plapperte alles nach, kaum dass mein Mann es gesagt hatte. »Ich trockne aus, Irmgard!«, jammerte mein Mann. »Ich trockne aus, Irmgard!«, jammerte auch seine Puppe. »Ich verdorre, ich versteppe, ich verwüste!«, jammerte mein Mann, und seine Puppe wiederholte: »Ich verdorre, ich versteppe, ich verwüste. Es ist etwas in mir, das alle meine Säfte aus mir hinaustreibt. Es ist, als müsste ich zu Staub zerfallen. Sagen Sie mir, was habe ich bloß, Spitzweg, was soll ich tun?«

Ich wollte den Arzt rufen. Der Arzt hätte ein Rezept geschrieben und mich damit zum Apotheker geschickt. Zumindest aber hätte er uns sagen können, was wir tun sollen, abgesehen davon, die Eröffnungszeremonie zu verschieben. »Die Eröffnung wird nicht verschoben!«, röchelte Ernst mit letzter Kraft. »Die Eröffnung darf nicht verschoben werden. Erst was eröffnet ist, ist!« Aber wäre ich zum Arzt gegangen, hätte ich meinen armen Mann hier mit dem wahnsinnig gewordenen Spitzweg alleine lassen müssen. Ich war so verzweifelt! Ich hatte solche Angst!

»Vibrio biovar eltor!« Die Spitzwegpuppe, die so lange geschwiegen und den Sermon der anderen Puppen über sich hatte ergehen lassen, meldete sich nun zu Wort. »Gemeiner Gallenbrechdurchfall, würde ich sagen. Ist der Erreger durch orale Aufnahme in den menschlichen Körper gelangt, passiert er den Magen, ohne dass ihm die Verdauungssäfte und Säuren etwas anhaben können. Der Vibrio biovar eltor erreicht den Dünndarm, wo er sein ideales Biotop vorfindet. Effektivität, Effizienz, Produktivität. Krankheit als Weg! Rasch vermehrt er sich, und binnen kürzester Zeit ist die Population explosionsartig angewachsen. Die Bakterien rufen die Durchfälle hervor, die den raschen Wasserverlust des Körpers, oft mehrere Liter in der Stunde, bedingen. Diese starke Dehydrierung wird durch ein von den Cholerabakterien produziertes Toxin verursacht, Bayerlacher. Die erste Sofortbehandlungsmaßnahme wäre die adäquate Rehydration, also ausreichende Flüssigkeitszufuhr, Zufuhr mit Salzen und Zucker angereicherten Wassers. Aber die Frage ist: Wo ist denn noch sauberes Wasser, und wie wäre unsauberes Wasser zu waschen, damit es sauber wird? Wir leben in einer Zeit, in der Wasser nicht gewaschen werden kann. Welches Wasser ist denn noch nicht bakterienverseucht? Welchen Flüssigkeiten können wir noch trauen? Welche Farben sind denn noch farbecht? Welche Säfte werden denn von den Experten noch gutgeheißen?

Der Grundmechanismus der Erkrankung ist die Diarrhöe, die Ihnen in einer sehr kurzen Zeitspanne gefährlich viel Salze und Mineralstoffe entzieht, Bayerlacher! Die Azotämie, also der Stickstoffgehalt Ihres Blutes, steigt zusehends und kann sehr hohe Werte erreichen, ehe das Ende hereinbricht. In schweren Fällen wie dem Ihren erreicht die Symptomatik in fünf bis zwölf Stunden ihren Höhepunkt. Schon nach wenigen Stunden kann der Tod eintreten, welcher unter solchen Umständen als Erlösung empfunden wird, Bayerlacher. Todesursache ist meist

Schock, Azidose oder Niereninsuffizienz. Das Begräbnis funktioniert ganz normal. Ein Choleratoter wird beigesetzt, wie ein Lungenembolietoter oder ein Bronchitistoter beigesetzt wird. In diesem Raum ist das Unwesen, Bayerlacher! Es ist unsichtbar und unhörbar und unfassbar. Es hat keine Gestalt und kein Gewicht und es hat keinen Geruch. Aber es ist da, und es ist allmächtig. In jeder Ritze und in jedem Winkel und sogar auf der Panoramaglaswand ist das schreckliche Unwesen: Sozusagen eine bedeutende Persönlichkeit, ein Former des Weltgeschehens. Durch ganz Europa hat mich das Unwesen gejagt. Durch mein ganzes Leben hat es mich gejagt. Jetzt ist es offenbar einfach da. In Murnau! In Murnau!«

Spitzweg, das war uns nun klargeworden, war der falsche Mann. Aber er würde das Projekt der Moderne nicht verhindern können. Wir würden einen anderen für die Messinggedenktafel finden. Das schwor ich dem armen, armen Ernstl, der totenbleich und halb ohnmächtig in meinen Armen lag. So wie unser Hotel eröffnet werden wird, wird noch nie ein Hotel eröffnet worden sein: Das versprach ich ihm, auch wenn ich keine Hoffnung mehr hatte, dass mein Ernstl die Eröffnung noch erleben würde. Ich prophezeite ihm, dass er eines Tages noch Oberbürgermeister von Murnau würde. Aber das tat ich nur ihm zuliebe.

Das Worst-case-Szenario war Wirklichkeit geworden, wir befanden uns in einer Lose-lose-Situation. Das Elend war vollkommen. Spitzweg schickte sich an abzureisen. »Bemühen Sie sich nicht, Herr Wirt«, sagte er, als ob irgendjemand hier im Raum dieser Bestie Hilfe angetragen hätte, »ich werde meine Koffer selber schleppen. Ich habe Sie lange genug belästigt. Ich bin gewohnt, auf mich allein gestellt zu sein. Die Rechnung können Sie mir nachschicken.«

Bei der Tür drehte sich Spitzweg, die Schnalle in der Hand, noch einmal um. »Was ich zum Abschied noch sagen wollte: Sie beide sollten jetzt eigentlich ohnmächtig werden. Flüssigkeitsverlust führt zu Ohnmacht, ebenso der Schock. Was Sie jetzt gerade erleiden, ist ein Schock. Ihre Lebensrolle schreibt Ihnen jetzt zwingend vor, in Ohnmacht zu fallen!«, erklärte Spitzweg und wurde bei diesen Worten plötzlich von einem Hustenanfall gepackt, der unvergleichlich schlimmer war als alle seine Anfälle, die ich in den letzten Tagen miterlebt hatte. Spitzweg griff sich an die Brust, rang nach Luft, keuchte, stürzte zu Boden, und seine geröchelten Worte »Farbe! Flüssigkeit! Humor!« gingen in seinem ohrenbetäubenden Husten unter. Dieser Spitzweg'sche Hustenorkan war das Letzte, was ich wahrnahm, bevor ich das Bewusstsein verlor.

Die Bewegung zwischen den Schritten
Drei Tage ausserhalb der Welt

1. Tag

Wegen dichten Nebels über Zürich konnte die Maschine nicht in Kloten landen und musste vom Tower nach Innsbruck umgeleitet werden. Wendel Armbruster jun. stand Todesängste aus und hätte sich beinahe übergeben, als das Flugzeug sich hin- und herschaukelnd zwischen die bedrohlichen Berge hineingeschwindelt hatte und endlich am Rollfeld von Kranebitten aufsetzte.

Wie geplant wurde er zur Weiterreise von einem Chauffeur im Maserati abgeholt. Es gab aber kaum ein Weiterkommen, denn die Autobahn war vollgestopft mit Leichenwagen. Jedenfalls hielt Armbruster all die Wagen mit den Särgen auf dem Dach für solche. Im Schritttempo bis Telfs, nach Stams, nach Imst, nach Landeck, und dann in dieses unendliche schwarze Loch hinein, in den fürchterlichen Arlbergtunnel, fünf Kilometer, zehn Kilometer, fünfzehn Kilometer. Panikattacke. Panikattacke. PANIKATTACKE!!! Ich will hier raus! Wendel hatte schon von österreichischen Tunnelunglücken und Tunnelkatastrophen gelesen, aber damals nicht für möglich gehalten, selbst jemals durch einen solchen zu müssen. Solche Tunnels und solche Leichenwagenstaus gab es in Baltimore nicht. Musste sein Vater ausgerechnet beim Skilaufen verunglücken? Hätte Wendel Armbruster sen. nicht – was weiß ich: – auf Ischia urlauben und dort tödlich verunfallen können? Mandolinen um Mitternacht! Von dort hätte Wendel Armbruster jun. die Leiche seines alten Herrn lieber abgeholt und in die States zurückgebracht.

Kaum aus dem einen schrecklichen Arlbergtunnel heraußen, eine kleine Rechtskurve und schon wieder in einen anderen Arlbergtunnel hinein, dieser im Berginneren sozusagen steil bergaufführend, im Unglücksfall lauert der Kamineffekt. Endlich wieder unter freiem Himmel führten Serpentinen weiter aufwärts, und es war mittlerweile stockdunkel und neblig geworden. Wendel Armbruster konnte nur den Schatten gespenstischer Gebirgsriesen ausmachen und sah, dass sich nach dem zweiten Tunnel plötzlich überall gewaltige Schneemassen türmten, denn der Schnee schimmerte im fahlen Mondlicht, das sich da und dort durch die Nebelbänke kämpfte. Die weißen Gipfel der Riesen leuchteten noch in der Dunkelheit. Von der Straße abgesehen keinerlei Anzeichen von Zivilisation oder Leben. Überall war anbrechender Frühling gewesen, hier ist tiefster Winter. Die Schrecken des Eises und der Finsternis. Wo war er? Hier fliegen die Krähen rückwärts herein, dachte Wendel. Nein, hier fliegen die Krähen gar nicht herein. Die würden an den Felswänden zerschellen. Ich will hier weg!, dachte er. Drehen wir um! Ich bleibe nicht eine Minute auf diesem Berg außerhalb der Welt!

»Wir sind gleich da!«, meldet der Chauffeur. »Da vorne kommt schon Zürs.« Ein Ort wie jenseits von Zeit und Raum, eine Oase im weißen Nichts. »Dann sind es nur noch vier Kilometer nach Lech. Man hat im besten Haus am Platz für Sie reserviert, Mr. Armbruster, das *Kristiania!* Da steigen Könige und Staatsoberhäupter ab! Da wird es Ihnen gefallen!« Hinter dem Maserati ein Postbus. In dem saß Mrs. Pamela Pigget aus London, hatte einen Reiseführer auf dem Schoß liegen und lernte Deutsch. *Kaspressknödel, Käsespätzle, Hüttenzauber.* Sie war mit derselben Maschine wie Mr. Armbruster in Innsbruck gelandet. Drei Reihen hinter ihm war sie gesessen und hatte ihn heimlich beobachtet. Zwar kannte sie ihn nicht, aber sie wusste, um wen es sich bei Wendel Armbruster jun. handelte. Umgekehrt war das nicht der Fall. Der Zug brachte sie bis Stuben am Arlberg. Dort war Endstation, und Pamela musste für die letzten Kilometer in den Bus umsteigen. Aber nun kamen Wendel Armbruster jun. und Mrs. Pigget gleichzeitig im *Kristiania* an. Did you have a pleasant journey? Silvana Settembrini, die Hotelmanagerin, kondolierte beiden zur Begrüßung diskret, und sie bekamen auch zwei Zimmer nebeneinander, als gehörten sie zusammen. Auf den Zimmern warteten zum Empfang gekühlter Champagner, ein Teller mit geschnittenen Ananasscheiben, Orangenscheiben, Kiwischeiben, Melonenscheiben, in heiße Schokolade getauchte Erdbeeren.

Das Deutschlernen im Bus hätte sich Mrs. Pigget getrost sparen können: Beim Nobelabendessen in der Bauernstube hört man ausschließlich Englisch, und es gibt auch weder Kaspressknödelsuppe noch Käsespätzle, sondern Calamariterrine und King Crab Tatar mit Balsamicolinsen. Als Hauptgang Stör. Das Abendessen wird inszeniert: Es ist ein richtiges kleines Gastronomietheaterstück. So viele Personen an einem Tisch sitzen, so viele Kellner kommen auch, nehmen so synchron wie bei einem Parallelslalom die Servietten aus den silbernen Serviettenringen, falten sie auf und legen sie locker auf den Schoß des Gastes. Genauso parallel und synchron wird nun Gang für Gang serviert und abserviert, der Hauptgang unter einer goldenen Käseglocke. Allez hopp, voilà der Stör. Nur der Trommelwirbel fehlt bei der feierlichen Enthüllung. Mr. Armbruster und Mrs. Pigget sitzen zwar jeweils allein an ihrem Tisch. Die Tische stehen aber nebeneinander. Also bekommen auch sie die Parallelbehandlung. Und sie gehören ja irgendwie zusammen.

»A little more bread?«

»Yes, please.«

»You're welcome!«

Gedämpftes Licht. Goldene Stehlampen mit karminroten Samtschirmen vor dem Fenster, Kerzen in wuchtigen Glasbehältern, holzvertäfelte Wände, Rosen- und Nelkenbouquets, kaum hörbares Klaviergeklimper. Die Weinkarte ist ein Buch mit circa vierhundert Seiten, wiegt fünfundzwanzig Kilo, und hat man sie einmal in der Hand, weiß man nicht, wo man sie abstellen soll. Jedenfalls geht es Wendel Armbruster so. Nach langem Grübeln hätte er gern ein Viertel Zweigelt, egal welchen.

»Ja also, da hätten wir: fruchtig, barrique, trocken, halbtrocken, aber im Abgang doch …«

»E-gal! It doesn't matter!«

Wendel ist müde und entnervt. Beim Weineinschenken dürfte es sich in Österreich um eine eigene Wissenschaft handeln, die an chemische Experimente im Labor erinnert. Man braucht zwei Gläser, schüttet ein paar Tropfen hin und her, bis beide Gläser angepatzt sind. Eines der beiden wird dann auf den Tisch gestellt und nach einer Pause von ein paar Sekunden halb voll geschenkt.

Armbruster hält die Prozedur für reinen Unsinn, sagt aber nichts, um nicht für einen neureichen amerikanischen Banausen gehalten zu werden, der keinen Sinn für Küche, Keller und Kultur hat.

»Excuse me, Sir, where do you come from?«

»Baltimore.«

»I come from London. Since my childhood, this is the first time in my life I see snow. It's so romantic!«

»Well.«

An der Wand ein echter, wuchtiger Egger-Lienz: Eine Szene aus dem harten Landleben: Bauernknechte und eine Magd rund um einen Holztisch hockend, stumpf ins Leere stierend, ihre Gerstensuppe löffelnd. (Nicht, dass Wendel Armbruster Egger-Lienz irgendetwas sagen würde.) Alle fünf Sekunden huscht irgendwer vom Servierpersonal mit einem hell gesungenen »Good appetite!« in C-Dur vorbei. Zwischendurch ein Gruß aus der Küche: Eine Auster. »A greeting from the kitchen. Enjoy it!«

Kellner ist sicher nicht der korrekte Ausdruck für diese Burgschauspieler: In Anlehnung an den Kammerschauspieler wäre der Kammerkellner sicher angemessen. In der Seitentasche des Jacketts des Kammerkellners stecken weiße Handschuhe. Er habe noch keine Gelegenheit gehabt, sie anzuziehen, antwortet er Pamela, die neugierig nach der Bewandtnis gefragt hat. Einmal angezogen müsse man sie auch fünf-, sechsmal pro Abendessen wechseln, im Grund nach jedem Weineinschenken. »Meinetwegen muss er die Handschuhe nicht anziehen«, raunzt Wendel und denkt: Ich passe nicht hierher. Schnell erledigen, was zu erledigen ist, und dann: Ab!

»Gruß aus der Küche war recht?«

Ja, aber Sie hätte ihn sich sparen können. Unser Essen dauert jetzt schon zwei Stunden, und wir sind noch nicht einmal bei der Vorspeise. Sagen Sie dem Koch bitte, er soll nicht grüßen, sondern kochen! Das alles sagt Mr. Armbruster aber nicht, sondern denkt es bloß. Schon wieder hat er schmutzige Fingernägel. Immer in den unpassendsten Situationen. Immerhin passen sie zu Egger-Lienz. Never mind! Prinz Harry hat jetzt auch schmutzige Fingernägel in Kabul. Alles für das Empire. Lieber wäre er wahrscheinlich ebenfalls hier in Lech auf ein Schwätzchen mit den holländischen Königskollegen und ließe sich vom Kellner die Serviette auf den Schoß legen. Da, ein Feuerwerk über dem nächtlichen Lech, und die Lichter neben dem Feuerwerk, die in der Finsternis den Berg hinaufrollen, das sind die Pistenraupen.

Wenigstens die Pistenraupen hätten den armen Wendel Armbruster sen. bemerken müssen, wie er da mitten in der Nacht hoch oben im abgeschalteten Sessellift saß. Aber es hat ihn niemand gesehen, als er in den Lift stieg als letzter Passagier. Das war schon die Kontrollfahrt. Leider hat der Liftwart nicht so genau geschaut und ihn übersehen. Und schaltete den Lift ab. Der Lift blieb stehen, und Wendel Armbruster sen. hing bewegungslos in fünfzehn Metern Höhe in der Luft. Er schrie um

Hilfe, aber niemand hörte ihn. Der Sessellift hat zwar beheizte Sitze, aber die funktionieren natürlich nur, solang der Lift fährt. Jetzt wurde es kalt. Eiskalt. Schlimme Sache.

»Ich kann das alles eh nicht essen. Mich sticht wieder einmal die Zahnprothese. Gibt es hier ein Krankenhaus? Gibt es ein Zahnambulatorium hier im Gebirgsgefängnis?«

»Es gibt den Zahnarzt Dr. Miomir…«

»Ich will nicht zu Dr. Miomir. Ein Arzt ohne Krankenhaus ist kein Arzt.«

»Ich möchte nicht so viel Geld haben, dass ich für ein Abendessen vier Stunden brauchen muss. Ich möchte den Teller voll haben und wissen, was ich esse, ohne dass es mir der Kammerkellner erklärt. Ich möchte nicht, dass er nach jedem Gang mit dem Silberbröselentferner kommt. Ich möchte mir selbst nachschenken, wenn mir danach ist. Ich möchte am Ende des Essens satt sein.«

»Sie müssen sich in einen Genfer Bankier hineindenken«, sagt Pamela, »in einen Juwelier aus Strasbourg oder Mailand, in einen englischen Lord, in einen Großindustriellen aus Boston oder Baltimore. Wenn solche Leute ankommen, erwarten sie ganz einfach, dass auf ihrem Zimmer Champagner wartet und zwischen den Gängen ein Gruß aus der Küche kommt.«

»Ja, aber könnte die Küche nicht gleich in Form eines Grilltellers grüßen? Und Champagner ist doch sauer und stößt auf.«

»Naja, aber wenn man Champagner trinkt, muss das, was man vorher gemacht hat, ein Sieg gewesen sein.«

»Das spricht gegen Siege.« Mir würde der Champagner auch nicht schmecken, wenn ich Großindustrieller aus Baltimore wäre. Was trinkt man nach einer Zwangsneurose?

2. Tag

Du liebe Zeit, es schneit, es schneit! Es fetzt! Schneeflocken von oben, Schneeflocken von unten, von links, von rechts. Alles weiß: weiße Berge, weißer Himmel, weiße Nebel. Irgendwo da draußen vor der Tür hinter dem Weiß muss Lech sein. Den ganzen Winter lang haben wir daheim vergeblich auf eine einzige Schneeflocke gewartet. Immer war da unten eine Art kahler Frühling. Jetzt sind wir Ende März hier heroben auf tausendfünfhundert Meter und werden von Schneemassen förmlich erschlagen.

Das Zimmer ist nicht besonders groß und wirkt wegen der niedrigen Holzdecke und der marineblauen Wandfarbe dunkel. Aber es bietet jeden Luxus von der Badewanne bis zur Wärmeflasche, von den Filzpantoffeln bis zur Schlafmaske. Eine Schlafmaske hatte ich noch nie. Beim Abnehmen blendet der Schnee.

Wir sind eingeschneit.

Wir sind eingesperrt.

Wir sind gefangen und von der Außenwelt abgeschnitten.

Ich stelle mir vor: Die Straße hinunter in die Wirklichkeit musste gesperrt werden, Schneechaos, Lawinengefahr, was weiß ich.

Wir kommen hier nie wieder weg! Die nächste Panikattacke kommt bestimmt. Ich schiebe die Schlafmaske wieder vor die Augen.

»Na, ausgeschlafen?« So entnervt, übermüdet und von der Reise strapaziert wie ich gestern war, sieht man die Dinge freilich ein wenig verzerrt. Pamela sagt, ihr fange der Aufenthalt jetzt doch zu gefallen an. »Wie wär's mit einer Schlittenfahrt? Immerhin befinden wir uns in einem weltberühmten Wintersportort in einer der prächtigsten europäischen Skiregionen in einem der allerbesten österreichischen Hotels. (Und wo auf der Welt gibt es bessere Hotels als in Österreich?) So ein Glück!« Noch ein Luxus, den man erwähnen sollte, ist die hauseigene Taschenbuchedition des *Kristiania.* Welches Hotel kann eine solche Einrichtung noch von sich behaupten, eine solche Errungenschaft noch für sich in Anspruch nehmen? Am Nachtkästchen liegt das Büchlein eines jungen Autors. Laut Klappentext eher ungenau in Norddeutschland geboren, lebt er jetzt in Vorarlberg. Im Vorwort schreibt die Herausgeberin und Hotelmanagerin Silvana Settembrini, ganz genau in Götzis auf die Welt gekommen, dieses Reisetaschenbuch möge den Gast in eine Welt der Poesie entführen, ihn inspirieren und neugierig machen. Es soll keine Selbstbeweihräucherung des Hotels sein, sondern ein Forum für junge Dichter und Denker, die erste Publikationsmöglichkeiten suchen. *Christiania* und zuvor *Kristiania* hieß übrigens bis in die zwanziger Jahre des zwanzigsten Jahrhunderts die norwegische Hauptstadt Oslo. In dieses Kristiania zog Henrik Ibsen, in Skien geboren, wo man nicht bleiben kann. Im Alter des jungen Vorarlberger Hoteldichters hatte er aber schon viele Publikationen hinter sich, etwa den »Peer Gynt«. Gleich einer der ersten Sätze im Büchlein lautet: *Die Poesie ist die Bewegung zwischen den Schritten.* Also so eine Art Adduktorenzerrung.

Die Empfangsdame im Trachtensakko sagt beim Frühstück: »Seems to become a perfect winter day!«

Ja, nur Ski fahren kann man nicht. Keine Fernsicht. Überhaupt keine Sicht auf der Piste. Die allerprächtigste europäische Skiregion nützt nichts bei diesem Wetter. Die meisten englischen und amerikanischen Gäste scheinen ohnehin verkühlt zu sein: »Good morning!« (geträllert) »Did you sleep well? Is your cold getting better?« »Not really!« Da kommt auch schon Madonna zum Frühstück. »Good morning! Good morning!« Sie trägt Fuchsfellstiefel, eine ärmellose weiße Bluse mit Stehkragen und darüber einen schulterfreien schwarzen Pullover, wodurch trotz zweier Kleidungsstücke übereinander die beiden Schulterenden, die beiden Armaufhängungsschulterteile frei und nackt bleiben, die aber auf den zweiten Blick doch älter und unknackiger sind als auf den ersten. Egal. Madonna hat eine zarahleandertiefe Stimme vom vielen Undercover-Wodkasaufen und löffelt daher jetzt nur Joghurt und Müsli. Jedes Blatt Wurst, jedes Blatt Käse müsste man ohnehin eigens bestellen, damit es nur ja frisch auf den Tisch kommt. Dieses konsequente Überbedientwerden erschließt einem neue Dimensionen der Lebensunfähigkeit: eine monarchistische Gesamtunbeholfenheit des Existierens.

Der kleine Bruder von Sean Connery Madonna gegenüber bestellt Omelett mit Käse und Schnittlauch (überraschenderweise in akzentfreiem Frankfurtdeutsch), mit Madonna plaudert er aber in akzentfreiem Hollywoodamerikanisch (und redet prinzipiell nur mit einer Weintraube im Mund: alter Filmtrick, der einem auf Anhieb größere Bedeutung gepaart mit größerer Lässigkeit verleiht). Dazu Dreitagebart, Rollkragenpullover, Rolex. Schon beim Frühstück hat er einen Blick aufgesetzt, als müsste Little Sean in den kommenden neunzig Minuten nicht bloß Lech, sondern die ganze Welt retten. Die Frage ist jetzt: Wovor? Die Art, wie er die Serviette vom Mundwinkel entfernt und in zerknülltem Zustand wie nebenbei auf den Tisch legt, verheißt nichts Gutes! Und dann, nach einem Blick aus dem Panoramaglasfenster in die sich vorübergehend lichtende Schneehölle: »It seems to get a little better.« Durchatmen. Welcher Film wird hier gedreht?

Das Personal ist freundlich und zuvorkommend und lächelt ununterbrochen durch seit Anfang November. Es ist nicht auszuhalten, und es muss ein schweres Los und eine schlimme Plage sein, ununterbrochen zuvorkommend sein zu müssen. Und es ist auch unglaubwürdig. Eben ein Film. Es muss schon schrecklich sein, ohne Aussicht auf Erlösung tagein, tagaus so penibel Obst schälen und schneiden zu müssen. Bei Albin Egger-Lienz lächeln die Knechte und Mägde ja auch nicht unentwegt. Egger-Lienz hat zwischen die Knechte und Mägde natürlich keine First-class-Touristen hineingemalt. »Have a nice day! Einen schönen Tag!« (Es schneit. Es schneit. Es schneit.) Woher kommt der Satz? Von H. G. Wells! Diese unheimliche, diese ununterbrochene, diese undurchdringliche und unbezwingbare Freundlichkeitswand, dieses gespenstische Dauerlächeln! Could you please stop smiling just for one single moment. I want to identify you as a human being! Sagen Sie bitte ein einziges Mal: Lech mich doch am Arlberg!

Das muss ich freilich zugeben: Noch nie bin ich in einer so großartig bequemen Hotelhalle gesessen wie im *Kristiania*: So gediegen! So behaglich! So britisch war es in London nirgends! Ich weiß ja nicht, ob der junge Arthur Conan Doyle in seiner Feldkircher Zeit auch einmal einen Abstecher nach Lech gemacht hat. Aber hier in diesem Salon hätte er sich ganz bestimmt wohl gefühlt! Wände in bordeauxrot, Plüschbänke, Plüschfauteuils, darauf goldene Pölsterchen, Kachelofen, Flügel. Ein Augenschmaus. Auf dem Flügel eine Kiste mit Zigarren, ein Strauß rosarote Nelken, zwei Stehlampen, eine rostrote Riesenkerze im Glaskübel mit sieben Dochten, zwei Enden eines Geweihs, ein dicker Band mit Skizzen Leonardo da Vincis. Man kann sich gar nicht sattsehen, und draußen schneit es weiter – cats and dogs. Und das Allerbeste: Am Nachmittag ist niemand hier im Salon, und man hat die ganze Pracht für sich allein. Aus der Wand stecken ausgestopfte Hirsche ihre ausgestopften Köpfe samt Geweih, ausgestopfte Greifvögel sind an den Plafond genagelt. So wie es Tierpräparatoren gibt, sollte es natürlich auch einen Olympiasiegerpräparator geben: Denn die fehlen hier noch, die aus der Wand ragenden ausgestopften Skiolympiasieger.

Am Palmsonntagmorgen fahren die Menschen mit Skiern auf der Straße vom Hotel durch den Ort zum Sessellift – oder in die Kirche. Kein besonderes, aber doch ein unglaubliches Bild: In einer der leeren Bankreihen der alten Lecher Kirche (es gibt eine neue, moderne, beheizte daneben) kniet eine Skifahrerin mit Skischuhen und Anorak und Skihelm und UVEX-Brille ins

Gebet versunken. Pamela? Vergib uns unsere Schuld, wie auch wir vergeben unseren Schuldigern, und führe uns nicht in Versuchung, sondern erlöse uns von dem Bösen. Irgendwo hier müssen die Leichen sein. Tritt man aus der Kirche heraus, fällt der Blick auf ein Grab: *Der Tod ist nicht das Ende. Germana Muxel 1885–1971.* Ein alter Kirchfriedhof, die Gräber begraben unter meterhohem Schnee, gleich hinter der Friedhofsmauer führt der Vierersessellift den Hang hinauf ins weiße Nichts. Der verhängnisvolle Sessellift!

Lech ist ein Loch, man sieht keinen Weg hinaus- und hinabführen. Rundherum ist der Arlberg, und er hat viele Gipfel. Welcher von all diesen Arlbergen ist jetzt der Arlberg? Der Omeshorn? Der Rüfikopf? Der Hasenfluh? Das Karhorn? Einmal schaut man zum majestätischen Berg hin, und er ist da. Einen Augenblick später schaut man wieder hin, und er ist weg. Kein Berg mehr, nur noch eine dicke Nebelwand. Gibt es das? Sehr gut sind die Kässpätzle im Restaurant. An den holzvertäfelten Wänden hängen gerahmte Schwarz-Weiß-Fotografien stolzer Skifahrer aus den zwanziger Jahren: Auf Holzbrettern stehen diese Pioniere auf der Piste und tragen Kniestrümpfe, Pumphose, weißes Hemd, Krawatte, graues Sakko, Gilet, Baskenmütze, und aus dem Mund hängt eine Pfeife. Ein anderes Bild zeigt, was für ein kleines Dorf Lech ohne Hotels war. Jetzt ist es dasselbe kleine Dorf mit Hotels und dem Spar Filomena und einer Swarovski-Filiale. Auf der Fassade des Gasthofs Post steht folgender Merksatz: »Es wird kein Ding so schön gemacht,/ es kommt ein Spötter, der's verlacht./ Wärst du früher hergekommen,/ hätt ich Rat von dir genommen;/ drum gehe hin und schweige still,/ es baut ein jeder wie er will.« Man war also offenbar auf meine Ankunft vorbereitet.

Am Nachmittag klart es ein wenig auf. Also zeigen wir Sportsgeist (der aber eigentlich niemanden wirklich interessiert) und erklimmen wie vor uns der Bundeskanzler beim Europaforum den Sessellift auf den Schlegelkopf bis zur Mittelstation und fahren mit Skiern wieder hinunter nach Lech, was zehn Minuten dauert. Unten angekommen hören wir aus dem Mund deutscher Touristen von Sturmböen auf den Gipfeln, dazu kommt der eben erlebte Nachmittagsgatsch am Zielhang, Fußbrecherschnee. Also schnallen wir die Ski ab, entziehen uns wie vor uns die Außenministerin den widrigen Wetterverhältnissen und entschließen uns wie die EU-Kommissarin zu einem Spaziergang. Das Astronautige beim Skifahren fällt mir zusehends auf die Nerven. Ich komme vom Berg auf Skiern zwar wieder herunter: Aber es ist unbezahlte Arbeit; sie bereitet mir wenig Freude. Ein wirklich erhebendes Freiheitsgefühl stellt sich erst ein, wenn man die klobigen Skischuhe wieder auszieht und es aus diesen beiden Privathochöfen munter ins Schneegestöber dampft. Im eingeschneiten stummen Verkäufer die Sonntagszeitung mit der Schlagzeile in Riesenlettern: *Warum wollte die Freundin des Skistars Selbstmord begehen?* Ist die Pistensau und Quizsau auch eine Privatsau? Genau die richtige Geschichte für einen Skiurlaub, wenn man vor lauter Schneefall nicht Skifahren kann. Wie gesagt: Es muss nicht immer ein poetischer Akt sein, der zu einer Adduktorenzerrung führt. Im Hotelwhirlpool Tony Curtis, Roger Moore, Jason King und Ed Straker.

»Hello, good evening! Did you have a nice day?«

»Yes. A lazy one.«

»Did you ski?«

»Yes. We did. For a moment.«

Beim zweiten Abendessen scheint der eine Bauernknecht bei Egger-Lienz im Gemälde links außen noch tiefer in den wuchtigen Esstisch hineingesunken zu sein, als der Kammerkellner mit seinem Brotbauchladen an den Tisch kommt und sämtliche Brotsorten beschreibt. Zu diesem Abendessen waren nach Garnelenterrine mit Mangostückchen, serviert auf der Granitsteinplatte, und dem Kartoffelcremesüppchen, eingeschenkt aus dem Silberkännchen, Bison mit Bärlauchgnocchi angekündigt. Ich hatte den ganzen Tag die Befürchtung, bei »Bärlauchgnocchi« könnte es sich nicht um einen Plural, sondern einen Dual handeln, also nicht um ein paar, sondern um ein Paar Bärlauchgnocchi, um zwei Mikroknödelchen, und der Bison könnte das Dinner überleben, indem man ihm nur eine Gewebeprobe entnimmt, die dann feierlich geschmückt auf meinem Teller endet. Aber da habe ich der Küche Unrecht getan: Der arme Bison hat sich schon irreversibel aufopfern müssen, und beim Zählen der Gnocchi kam ich bis zur Zahl vier.

Abends ist der Salon in rötliches Licht getaucht, gediegen, urgemütlich. Diesmal wähle ich den Lederohrensessel, bestelle ein Glas Portwein, schlage ein Bein über das andere, lese, beobachte aus den Augenwinkeln zwischendurch die übrigen Gäste. Nach und nach füllt sich der Salon. Auf der Bank schräg gegenüber zwei Paare, die miteinander Karten spielen. Einer der Herren fordert den Kammerkellner zu manifesterer Musikberieselung auf, der aber bedauert mit einer entschuldigenden Geste, er habe seine Direktiven. Die Männer bestellen Zigarren. Der Kammerkellner – jetzt trägt er die weißen Handschuhe – zündet sie ihnen mit einer Art Heizpistole an, dreht sie, überreicht sie den Rauchern gleichmäßig brennend.

Ein Hausgast studiert die *Harold Tribune*, der nächste das *Deutsche Handelsblatt.* Man möchte ja wissen, wie sich sein Vermögen draußen in der Welt in den letzten vierundzwanzig Stunden entwickelt hat. Das Hotel besorgt jedem Gast jeden Tag die Zeitung, die er gerne hätte, und hängt sie in der Früh in einem Plastiksäckchen verstaut an die Zimmertür. (Ich wollte keine. Bei allen meinen Urlauben war das Erholsamste immer der Verzicht auf Zeitungen.) Ein anderes Paar mit schwäbischer Intonation spricht über Beziehungsprobleme, aber nicht über seine eigenen. Fraglich, ob die beiden überhaupt ein Paar sind. Eher wirken sie wie beim Testurlaub nach dem Kennenlernen über eine Partneragentur. *Er, Unternehmer, vermögend, einfühlsam, kinderliebend und humorvoll, sucht nach großer Enttäuschung Sie, aufgeschlossen, tolerant, kuschelig, treu und ehrlich, gerne mollig oder älter, für gemeinsame Unternehmungen unter »Winter in Lech zu zweit«.* »Wichtig für mich ist, dass ich es vom Gefühl her richtig mache«: Solche Satzfetzen. »Alles in Ordnung? Everything's fine?«

3. Tag

Es schneit und schneit und schneit. Wieder sind sämtliche Arlberge verschwunden. Nur die Verwegensten der Verwegenen wagen sich auf die Piste. Ich hingegen werde von Tag zu Tag müder und müder. Ist es die Luft? Die Höhe? Der Schnee? Man könnte sich gleich nach dem Frühstück wieder niederlegen. Außer dem bordeauxroten gibt es im *Kristiania* auch einen moosgrünen Salon: das Golfer- und Skifahrerstüberl mit Skifahrerpolsterbänken und Golferaschenbechern, unzähligen Medaillen, Plaketten und Pokalen in einer Vitrine. Hier lasse ich mich jetzt unverwegen nieder, schaue dann und wann den Schneeflocken beim Fallen zu und blättere in einem Bildband mit den gesammelten Arbeiten von Vincent van Gogh, der da am Tischchen liegt, und ich schmökere ein wenig in seiner Vita. Alle großen Entscheidungen seines Lebens hat van Gogh in der Zeit um die Weihnachtsfeiertage getroffen: den Bruch mit seinen Eltern oder den Entschluss zur Brautschau. Lange hat er nach einer Frau nicht suchen müssen; das Schicksal meinte es gut mit van Gogh und führte ihm bald eine zu: Er traf sie in einem Bordell, wo sie als Prostituierte arbeitete. Van Gogh störte das gar nicht. Hauptsache »ein Mitmenschlein neben sich im Bett, wenn man aufwacht«.

Draußen schneit es unvermindert weiter, an eine Abreise ist nicht zu denken. Selbst der Lecher Kirchturm ist jetzt kaum noch zu sehen. Der Hoteldiener schaufelt Schnee: eine Sisyphosarbeit. Pamela kommt, schallend lachend. Sie will mir etwas zeigen: Im Skizimmer im Keller schaut einer der vielen Hirschköpfe aus der Wand, da allerdings kein echter, toter, ausgestopfter, sondern aus Kunststoff. Wenn man auf den Kunststoffhirschkopfschalter neben dem Kunststoffhirschkopf drückt, beginnt der Kunststoffhirschkopf in der Wand mit den Ohren zu wackeln. Er öffnet seine Schnauze und singt inbrünstig *Old McDonald had a farm, iaiaooh!*

Beim dritten Abendessen ist der Bauernknecht von Egger-Lienz nun endgültig zusammengebrochen, der arme Hund! Die Bauernmagd schaut verzweifelt, nein, bloß frustriert, sie hat es ja kommen sehen. Die Serviette wird mit der Silberzange serviert. Der Koch grüßt unbekannterweise unbeirrt weiter, diesmal mittels Karotten-Ingwer-Terrine.

Hatten Sie einen schönen Tag? (Die Amerikaner schätzen solche Fragen: Zuwendung! Streicheleinheit! Soziales Edelaufgehobensein!)

Nein, es hat ja die ganze Zeit geschneit. Wir mussten untätig herumsitzen und warten, dass die Zeit vergeht. Sauna ging auch nicht, wegen der Tage meiner Frau.

Oh!

Nein, Witzchen. Wir hatten einen guten Tag. Thanks a lot. So. Weiter. Man fühlt sich ein bisschen wie ein Ballbub nach dem Wimbledon-Finale, wenn der Herzog von Kent sich bei der Parade nach dem Wohlbefinden erkundigt. Mitgespielt hat man zwar nicht. Aber immerhin hat man keinen Tennisball aufs Hirn bekommen. Angesichts einer solchen royalistischen Ehre kann man den hohen Herrn ja auch nicht anfahren: Get lost, smalltalker!

Im Salon klimpert der Klavierspieler Gershwin und *Westside Story*, *My Fair Lady*, *Hello Dolly* und *Ich hab getanzt heut Nacht, die ganze Nacht heut Nacht*, *Sound of Silence* und *Bei mir bist du scheen*. Da kommt mir die Idee, die Geschichte meines Lieblingsfilms *Avanti* von Billy Wilder von Ischia auf den Arlberg nach Lech zu verlegen. Aus dem raffinierten Hotelmanager Carlucci mache ich also die fleißige und umsichtige Managerin Silvana Settembrini, die sich vorzüglich um das Wohl ihrer Gäste kümmert, auch um das von Wendel Armbruster jun. aus Baltimore, den ein trauriger Anlass nach Lech geführt hat, nämlich die Leiche seines Vaters Wendel Armbruster sen. zurück in die Heimat zu holen, der hier seit zwanzig Jahren seinen Winterurlaub verbracht hatte, jedes Jahr von 15. Februar bis zum 15. März, und der heuer bei einem tragischen Skiunglück ums Leben gekommen ist. Er ist nicht mit einem anderen Skifahrer kollidiert, gestürzt, in eine Schlucht gepurzelt, gegen einen Baum geprallt, sondern über Nacht ganz einfach im Sessellift vergessen worden und erfroren. »Ich reise ab!«, hat er langsam erfrierend hoch über der Piste in tiefster Frostnacht schaukelnd genuschelt, und in einem metaphysischen Sinn hat das ja auch gestimmt. Wendel Armbruster sen. ist aber nicht allein erfroren, sondern gemeinsam mit Kate Pigget, die neben ihm im Sessellift war und im *Kristiania* im Zimmer neben ihm. Denn sie war seine heimliche Geliebte, und sie haben seit zehn Jahren ihren Geheimurlaub hier verbracht. Kate Piggets Leiche wird nun von ihrer Tochter Pamela abgeholt, die ihr Zimmer nach alter Tradition neben dem von Wendel Armbruster jun. hat, der von der Vorgeschichte keine Ahnung hat und den sie nun über das Verhältnis ihrer Eltern aufklären muss. So nebenbei kommt sich die Filialgeneration ebenfalls näher und näher. Sie unternehmen eine Kutschenfahrt durch den Ort, eine Schlittenfahrt, sie gehen in die Sauna, in den Whirlpool und wagen sich sogar einmal auf die Piste.

Zunächst aber müssen – mit Silvana Settembrinis Hilfe – Särge bestellt, Formalitäten erledigt, Formulare ausgefüllt und natürlich die Leichen – sie sind in der alten Kirche aufgebahrt – identifiziert und mit Blumen geschmückt werden: Lech ist vor ein paar Jahren einmal zum schönsten Blumendorf Österreichs gewählt worden, also wird es diesbezüglich keine Schwierigkeiten geben. Andere Schwierigkeiten und Komplikationen ergeben sich aber schon: Über Nacht sind die Leichen nämlich aus der Kirche gestohlen worden. Wendel Armbruster jun. verdächtigt zunächst die kitschig-romantische Pamela, die die beiden Toten am liebsten Seite an Seite hier in Lech bestatten lassen würde, wo sie zu Lebzeiten glücklich gewesen waren. Doch dann melden sich bei der Hotelmanagerin Settembrini zwei mafiöse Laufbürschlein, nennen wir sie Petzi und Koli, im Namen eines Vorarlberger Geschäftsmannes, der im Gegenzug für die Leichen gerne einen guten Job in den States hätte. Denn, lässt der Geschäftemacher wissen, *the world in Vorarlberg is too small.* Und als Zeichen seines guten Willens *promise I, that I will English learn.* Jedenfalls kostet es Armbruster eine schöne Stange Geld, bis er die Leichen seines Vaters und dessen Geliebter wieder zu Gesicht bekommt. Aber Geld hat er ja. Nur hilft ihm alles Geld nicht, aus Lech wieder fortzukommen. Denn vor lauter Neuschnee und Lawinengefahr musste die Straße von Lech hinunter in die Außenwelt gesperrt werden. Ob tot oder lebendig, niemand kommt bis auf Weiteres nach Lech hinein oder aus Lech heraus. Lech ist zugeschneit. Lech ist von der Außenwelt abgeschnitten. Immerhin günstige Voraussetzungen für eine Liebesgeschichte. *Unternehmer, vermögend, sucht Mitmenschlein …;* Allerdings auch günstige Voraussetzungen für ein tragisches Ende. Mal sehen.

Der Portwein ist ausgetrunken, die Zigarre ausgeraucht. Der Klavierspieler im Salon packt seine Noten zusammen. Es ist schon fast Mitternacht. Man könnte schlafen gehen. Pamela ist schon auf ihrem Zimmer und wartet, ob Wendel vielleicht anklopft, mit einer Flasche Champagner oder wenigstens mit einem Teller frischer Ananas. Aber einmal möchte Wendel noch kurz vor die Tür hinaustreten, um nachzuschauen, ob es noch immer schneit. Es schneit noch immer. Wunderschöne Flocken aus der Finsternis. Kurzentschlossen die Pelzjacke angezogen, die Pelzmütze aufgesetzt, hinaus in die Nacht, ein Spaziergang durch das Schneegestöber. Wenn schon Winter, dann richtig. Kann es überhaupt etwas Romantischeres geben als ein tief verschneites Alpendorf im Hochgebirge im fahlen Schein der Straßenlaternen, auf das es in dichten Flocken ohne Ende weiterschneit? Diese Straßenlampen könnten aus dem Altlondon Arthur Conan Doyles stammen. Seems to be a perfect winter night. Jetzt nach Mitternacht trifft man kaum noch Leute auf der Straße, auch keine Pistenraupenaugen in der Finsternis. Das Schneetreiben wird heftiger. Wendel klopft sich seine zugeschneite Pelzjacke ab. Wie kleine weiße Feuerwerke in der Nacht sehen jetzt die Bäume aus. Delicious.

Everything's right? Enjoy it! Zu Wendels Überraschung ist es gar nicht kalt. Er geht mit festem Schritt. Der Schnee knirscht unter seinen Schuhen. Die Schneeflocken kommen von überall, auch die Straße ist jetzt zugeschneit. Die Schneedecke wächst und wächst. Es braucht schon Kraft, da durchzuschreiten. In der Meinung, alle Wege führten nach Lech, hat Wendel einen anderen Weg als in den Tagen zuvor gewählt. Er wollte zum Abschluss neue Bilder in seinen Kopf einspeisen. Er hat schon umgedreht und sollte eigentlich längst auf dem Rückweg sein. Aber irgendetwas kann nicht stimmen. Die Lichter des Dorfes werden statt größer und stärker kleiner und schwächer. Wendel wendet sich um und macht abermals kehrt, aber das ändert gar nichts. Überdies kommt es ihm vor, als führte ihn sein Weg nun nach oben. Aber er sieht nichts mehr, wohin er auch schaut. Die Pelzjacke ist wieder zugeschneit. Wendel klopft sie nicht mehr ab, es hätte keinen Sinn. Machen Sie das Beste draus! Everything's o.k.? Everything's fine. Obwohl ihm warm ist, kommt es Wendel vor, als wüchsen ihm Frostflecken im Gesicht. Wendel frohlockt, so stellt er sich das Leben vor: Extrem. Der Augenblick der Wahrheit. Enjoy it! Nur schwinden allmählich seine Kräfte. Das Atmen fällt immer schwerer.

Letzten Winter hat die Zeitungen monatelang der Fall eines

jungen Mädchens beschäftigt, das nach einem Streit mit ihrem Freund das Haus verließ, nicht mehr zurückkam und monatelang verschwunden und verschollen blieb. Es gab Gerüchte, Verdacht und schlimmste Befürchtungen. Die Eltern waren verzweifelt. Die Polizei tappte im Dunkeln. Suchtrupps hatten keinen Erfolg. Von dem Mädchen fehlte jede Spur. Erst am Winterende gab die Schneeschmelze schließlich seine Leiche frei, die unter dem dicken Schneepanzer verborgen gewesen war. Das Mädchen musste auf freiem Feld gestürzt sein und konnte sich alleine nicht retten. So war es über Nacht erfroren, zugeschneit und unsichtbar geworden.

Der Schnee peitscht Wendel ins Gesicht. Delicious. Delicious. Er würde sich gerne niedersetzen. Kann man erfrieren, obwohl einem heiß ist? Noch ist Wendel nicht völlig zugeschneit. Noch spürt er in seinem Hosensack jenen Zimmerschlüssel mit dem handgefertigten Zimmerschlüsselanhänger aus massivem Silber, für den ein Deposit von zweihundertachtzig Euro eingehoben worden war, aber er glaubt jetzt nicht mehr daran, dass er noch einmal in die Lage kommen wird, das Deposit wieder ausgefolgt zu bekommen. Macht nichts, never mind. Der Tod ist nicht das Ende. Marvellous! Jetzt ist er im Schnee versunken. Noch ganz im Schnee setzt er mühsam und mechanisch langsam, langsam ein Bein vor das andere, er geht nirgendwohin. Da ist ihm, als hörte doch allmählich die Bewegung zwischen den Schritten auf.

Österreichs schönste Bluttaten

1.

Es sind grauenvolle Bilder, die dieser Siebenjährige Freitag früh im Schlafzimmer seiner Eltern in einem Reihenhaus im Klagenfurter Stadtteil Feschnig zu sehen bekam – Bilder, die ihn sein ganzes Leben lang nicht loslassen werden. Er wollte Mama und Papa wecken und fand beide blutüberströmt in ihren Betten. Der Bub griff zum Telefon und alarmierte die Polizei: »Der Papa liegt im Blut«, stammelte er. Sein Papa Walter (38) hatte Mama Andrea (39) mit einem fünfzehn Zentimeter langen Küchenmesser hingerichtet. Und danach sich selbst.

»Es ist furchtbar. Wir können das alles gar nicht glauben. Es war eine so harmonische, eine so anständige Familie«, sagen die langjährigen Nachbarn dem akribisch mitschreibenden Kriminalassistenten Wunderbaldinger bei der ersten Einvernahme am Tatort. Was dieses Drama ausgelöst hat, blieb ihnen allen verborgen. Chefermittler Johann Sichalich, eben erst von Emilio Sapperlotti, eigentlich Emil August Wagenheber, einem österreichischen Kochschriftsteller, zum Fischessen im knapp zwei Autostunden entfernten adriatischen Küstenort Grado eingeladen und eiligst an den Tatort berufen, zum Hergang der Tragödie: »Wie es aussieht, hat Walter K. mit einem fünfzehn Zentimeter langen Küchenmesser auf seine Frau Andrea mehrmals eingestochen und sich anschließend die Pulsadern aufgeschnitten. Schade um die Scampi busara!«

So geschehen in der Nacht zum Freitag, als der gemeinsame Sohn des Unternehmer-Ehepaars ein paar Meter weiter seelenruhig schlief. Als der Bub gegen fünf Uhr früh aufwachte und seine Eltern wecken wollte, brach für ihn eine Welt zusammen. Er fand seine Mutter blutüberströmt auf dem Boden liegend, die Leiche seines Vaters lag auf dem Bett. Der Siebenjährige versuchte noch mit seinen Eltern zu sprechen – vergeblich. Er lief zum Telefon und alarmierte Polizei und Rettung: »Der Papa liegt im Blut«, rief er. Während die Ermittler ihre Arbeit aufnahmen, kam der Bub bei einer Nachbarin unter. Er steht unter schwerem Schock und wird von einer Tante und einigen Psychologen betreut. »Mama und Papa sind tot!«, stammelte er nur immer wieder, während versucht wurde, ihn mit Computerspielen ein wenig abzulenken.

Über das Motiv von Walter K. herrscht großes Rätselraten. Dass er mit seiner Fleischhauerfirma aus der Markthalle ausziehen musste, war Nachbarn zufolge sicher nicht der Grund. »Er hatte ja schon eine neue Lagerhalle gefunden und alles geplant. Es gab keine finanziellen Probleme.« Wunderbaldinger sah Ziervogel ungläubig an und kratzte sich am Hinterkopf, genau über dem Kleinhirn. Doch womöglich kam Walter K. mit seiner Krankheit nicht mehr klar. Vor zehn Jahren bekam der Achtunddreißigjährige eine neue Niere und musste seitdem eine Unmenge an Medikamenten nehmen. »Zuletzt ging es ihm sichtlich schlechter. Er blieb zu Hause und musste ständig erbrechen. Aber mir wäre nie aufgefallen, dass er depressiv gewesen war«, so ein guter Freund des achtunddreißigjährigen gebürtigen Steirers.

Diese Bluttat widmeten Ihnen die Neue Sonnenzeitung und Euromillionen (»Toitoitoi. Glaub ans Glück«)

»Fall gelöst.« Wunderbaldinger und Ziervogel, Dr. Waldemar Umschaden und Chefermittler Sichalich klatschten ab. Gut gelaunt bestieg Sichalich seinen alten Honda, schaltete den Auto-CD-Player ein, in den er sein Lieblingslied, die österreichische Bundeshymne, eingelegt hatte, und er grölte auf der Fahrt vollmundig mit: »Heimat bist du großer Söhne. Volk begnadet für das Schöne.« Er war so richtig in Länderspielstimmung. Unterwegs riss er sich noch eine Frau auf und nahm sie mit nach Hause, denn vor dem Einschlafen wollte er noch beischlafen. Gerade als Sichalich sich anschickte, in die Frau zu dringen, klingelte in der Finsternis das Telefon. Er hob ab, nickte ein paar Mal wortlos, fragte »wo?« und »wann?« und sprang mit den Worten »Ich komme schon« aus dem Bett heraus, warf sich das Sakko über und ließ die fremde Frau alleine in seiner Wohnung zurück. »Ich bin schon unterwegs. In einer Viertelstunde bin ich da!«

Merke:
1. Die meisten Morde passieren innerhalb der Familie. Entweder bringt der Mann die Frau um oder die Frau den Mann. Manchmal werden die Kinder, falls es welche gibt, mitumgebracht, manchmal werden sie übrig gelassen. In beiden Fällen spricht man von einer Tragödie.
2. Meistens ist die Tatwaffe bei solchen Morden innerhalb der Familie ein Küchenmesser, vor allem dann, wenn im Haushalt keine Schusswaffen vorhanden sind. Die Tatwaffe erkennt man bei den Ermittlungen sehr leicht, weil sie gewöhnlich noch blutverschmiert ist. Fünfzehn Zentimeter sind für ein Küchenmesser nicht besonders viel, reichen für tödliche Verletzungen aber komfortabel aus. Für ein Küchenmesser benötigt man keinen Waffenschein.
3. In ein und demselben Mordbericht der Zeitung wird ein- und dasselbe Gräuel immer zweimal berichtet, einmal davon fett gedruckt, damit man es sich besser merkt.
4. Computerspiele lenken ein wenig ab, wenn der Papa gerade die Mama und dann sich selbst abgekragelt hat. Menschen, die ständig erbrechen müssen, sieht man es auf den ersten Blick gar nicht an, wie depressiv sie sind.
5. Kriminologen bekommen vor allem deswegen psychische Probleme, weil sie beim Koitus immer unterbrochen werden.
6. Die Familie ist die Keimzelle des Staates.

2.

Kaltblütiges Verbrechen in einem Wald bei Pischeldorf. Schwammerlsucher fand Toten im Unterholz. Identität des rund fünfzigjährigen Mordopfers vorerst ungeklärt.

Ein eiskalter Auftragsmord, ein Sexualverbrechen, ein brandheißes Eifersuchtsdrama? Fragen über Fragen, die seit gestern Nachmittag Kriminalisten und Justiz beschäftigen, vor allem Harry Wunderbaldinger und Josef Krafl, für den alles noch viel schwerer war, seit er nicht mehr rauchte. Ohne Rauchen hat das Leben keinen Sinn. Über diesen Verlust kommt man nie hinweg.

»Und wer sind Sie?«

»Scampi. Arturio Scampi. Buona sera! Ich bin der Schwammerlsucher. Ich habe die Leiche gefunden!«

»Gut, erzählen Sie!«

»Es war kurz nach 14 Uhr. Ich suchte nach Parasolen. Plötzlich sah ich, wie von einer kleinen Waldlichtung Schleifspuren ins Dickicht führen. Nach rund zwanzig Metern sah ich einen toten Mann«, schildert der siebenundvierzigjährige Italiener Arturio Scampi seine grauenhafte Entdeckung. Scampi ist hauptberuflich Rezeptionist in der Villa Marin in Grado, macht aber seit Jahren Urlaub in Reifnitz am Wörthersee und spricht daher ausgezeichnetes Deutsch mit italienischem Akzent. Über Handy schlug der leidenschaftliche Schwammerlsucher sofort Alarm. Wenig später trafen Beamte der Polizeiinspektion Pischeldorf, Kriminalisten der Tatortgruppe und der »Gruppe Gewalt« bei der Polizei-Kriminalabteilung (Leitung: Chefinspektor Johann Sichalich) sowie die Staatsanwältin Dr. Zoe Zaradnitschek (die mit den unfassbar langen Beinen!) und Journalrichter Alfred Pasterk in dem Wald in Portendorf ein.

An der Waldlichtung, geprägt von einer Futterraufe und vier alten Eichen, fanden Kriminaltechniker (allen voran Hannes Demandtke, der Mann fürs Kleinkarierte) drei Patronenhülsen vom Kaliber neun Millimeter. Der Tote war unbekleidet. »Er dürfte aus nächster Nähe von vorne erschossen worden sein«, protzte Wunderbaldinger, aber Sichalich ließ sich nicht in die Karten blicken und schwieg eisern. Also, eigentlich weniger eisern als angeekelt. Oder nichtssagend. Ja, Sichalich schwieg ein nichtssagendes Schweigen. Aber jetzt zurück zum Eingemachten. Die Tat dürfte sich in der Nacht davor ereignet haben. Ein Jäger hatte in dieser Gegend Schüsse gehört. Sichalich war ein wenig angefressen, weil sein Freund Gabriel Gutmann von der *Feinen Zeitung* vermutlich wegen des schlechten Wetters (so einen verregneten Sommer hatten wir schon lange nicht!) nicht selbst zum Tatort gekommen war, sondern bloß seinen Redaktionsassistenten Kevin Tschinderle geschickt hatte. Das würde beim nächsten Grillabend ein Nachspiel haben! Sichalich verzichtete also auf ein eindrucksvolles Solo, sondern diktierte Tschinderle in den Notizblock: »Schreiben Sie: Die Beamten treten bei ihren Ermittlungen derzeit noch auf der Stelle. Wer der Tote ist und woher er kommt, ist vorerst noch ungeklärt. Mehr Aufschlüsse für unsere Ermittlungen erwarten wir uns von der gerichtsmedizinischen Obduktion, die um 20 Uhr auf der Prosektur des LKH Klagenfurt unter der Leitung von Prof. Dr. Gustav Waldemar Umschaden beginnen wird. So, und jetzt Platz da für die Spurensicherung. Fingerabdrücke im Wald bei Regen: Das wird schwierig!« »Vordergründig müssen wir alles daran setzen, die Identität des Toten zu klären«, ergänzte Staatsanwältin Dr. Zoe Zaradnitschek (die mit den unfassbar langen Beinen). Damit war Tschinderle abgewimmelt.

»Fest steht«, schrieb Kevin Tschinderle anderentags in der *Feinen*, »dass das Mordopfer regelrecht hingerichtet wurde. Fest steht auch, dass der oder die Täter das Opfer mit dem Auto zum Tatort gefahren haben und es im Wald töteten. Gemeldet hat sich ein Zeuge, der drei Schüsse gehört haben will. Gefordert waren vorerst vor allem die Kriminaltechniker und die Hundeführer. Neben der Sicherung von DNA-Spuren ging es darum, Fuß- oder

Reifenabdrücke im völlig aufgeweichten Wald und Wiesenboden zu lokalisieren.« Sichalich schlug die Zeitung mit einem Stoßseufzer zu. Er wartete schon über eine Stunde vergeblich auf einen Anruf von Staatsanwältin Dr. Zoe Zaradnitschek (die mit den unfassbar langen Beinen), die versprochen hatte, sich zu melden, um sich auf einen Kaffee mit ihm zu treffen. Und wer weiß, ob es bei dem Kaffee bleiben würde? Endlich klingelte das Handy. Seit den letzten Weihnachten hatte Sichalich als Signation »Little Drummer Boy« eingespeichert. Wie oft hatte er sich schon vorgenommen, eine andere Signation einzuprogrammieren, aber immer kam ihm etwas dazwischen: Ein Mord, eine Frau, ein Essen mit Sapperlotti. Sapperlotti führte ja alle möglichen berühmten Kriminalkommissare zum Essen aus, zunächst im oberitalienischen Raum, dann auch in Istrien und Dalmatien, außerdem in Ligurien, an der Côte d'Azur und in der Provence. Immer wenn er mit einem Kriminalkommissar genug gegessen hatte, schrieb er ein Buch darüber, und der Kommissar fand sich schmatzend am Umschlag wieder. Das war ein tolles Geschäft. Nach den Anrufen hatte Sichalich seinen Vorsatz, die Handysignation zu ändern, regelmäßig wieder vergessen. Jetzt war der Sommer bald vorbei, und noch immer ertönte »Little Drummer Boy«. Sichalich hob erwartungsfroh ab. Es war aber nicht Zoe. Auch Sapperlotti war es nicht. Nicht einmal Gutmann, Tschinderle oder Dr. Waldemar Umschaden von der Prosektur mit dem Ergebnis der Obduktion. Nein, es war Wunderbaldinger, der kleine Kommissariatsstreber. »Chef, kommen Sie schnell!«

»Bin schon unterwegs«, knurrte Sichalich und hätte sich bei diesem Sauwetter jetzt gerne seinen Dufflecoat übergeworfen. Aber der harrte noch seiner Abholung in der chemischen Reinigung. »Verdammt!«, zischte Sichalich.

Merke:

1. Die meisten Morde außerhalb der Familie sind sogenannte professionelle Verbrechen. Man weiß nie so genau, wer eigent-

lich wen umgebracht hat. In diesen Fällen schlägt die große Stunde der Gerichtsmedizin.
2. Ganz selten ist die Tatwaffe bei professionellen Morden ein Küchenmesser. Gewöhnlich werden Schusswaffen zum Einsatz gebracht. Das Opfer ist auch dann nackt, wenn es sich um einen Mann handelt und kein Sexualverbrechen vorliegt, weil der Täter es zum Ausziehen gezwungen hat, die Bekleidung in einen Plastiksack verstaut und mitgenommen hat.

Frauen in Waldlichtungen werden auch gerne mit Benzin übergossen und angezündet. Dann bleiben nur die Goldohrringe am Waldesboden übrig. So sind sie schwer zu identifizieren: die Frauen, nicht die Goldohrringe.
3. Für Italiener gibt es nichts Schöneres, als die Wälder ihrer nördlichen Nachbarn flächendeckend von Pilzen zu befreien. Aber auch ihr Urlaub ist vermiest, wenn sie statt Pilzen Leichen finden.

Was man sonst noch wissen muss:
Die »Gruppe Gewalt« besteht aus:

Johann Sichalich, Oberinspektor. Leiter der »Gruppe Gewalt«. Sein Credo: Detektive werden einmal pro Fall zusammengeschlagen und blutig geprügelt; Kommissare nicht. Deswegen ist es besser, Kommissar zu sein. In seinem Büro ist er nur selten, und wenn, dann sitzt er nur untätig herum und trinkt Kaffee.

Sein Hobby ist die Oper, weil es da am Ende einen Toten gibt. Seine Lieblingsoper heißt »Don Giovanni«: Da passiert der Mord schon am Anfang, und ohne dass die »Gruppe Gewalt« einschreiten muss, holt am Ende das Mordopfer den Mörder in die Hölle: die ideale Lösung eines Falles. Schreibt auf Vermittlung von Gutmann Opernkritiken für die *Feine*. Dafür braucht er auch den Schreibtisch im Büro. Sein liebstes Kleidungsstück ist ein Burberry-Dufflecoat (samt Burberry-Kappe), den er trägt, sooft es geht. Trotzdem psychische Probleme, regelmäßig depressive Verstimmungen.

Josef Krafl, 1. Assistent. Seit er nicht mehr raucht (seit drei Monaten), ist für ihn eine Welt zusammengebrochen. Auf Anraten seines Analytikers führt er ein Nichtrauchertagebuch: Das ist härter als alle Cioran-Aphorismenbände zusammen. Defaitismus at its best! Legendär die Eintragung: »I hate myself and want to smoke.«

Harry Wunderbaldinger, 2. Assistent und besonders strebsam. Eines Tages möchte er Chefermittler anstelle des Chefermittlers werden. Aus bloßen Karrieregründen bastelt er insgeheim an der neuen Imagekampagne »Die Gruppe Gewalt – Ihr Sicherheitspartner«. Er hat dem Polizeipräsidenten auch schon vorgeschlagen, die Bundespolizeidirektion in »Erlebnisdirektion« umzutaufen, vorerst aber ohne Erfolg. Betritt er das Büro, grüßt er seine Kollegen mit »Hallo Sicherheitspartner!«, wird dafür aber immer ausgelacht.

Hannes Demandtke, kriminalistischer Kleinarbeiter im Innendienst. Die Telefonnummer, die er noch nicht herausgefunden hat, muss erst erfunden werden. Es gibt ihn zwar, er ist aber so unwichtig, dass wir ihm nie wieder begegnen werden.

Jasmin Haberer, Sekretärin. Sie würde Johann Sichalich insgeheim gern mit dem Mund bedienen und hasst Dr. Zoe Zaradnitschek (die Staatsanwältin mit den unfassbar langen Beinen). Wenn eines Tages die Leiche der Staatsanwältin mit Würgemalen am Hals gefunden wird, braucht man gar nicht erst zu ermitteln, sondern kann gleich Jasmin Haberer in den Kerker werfen. Allerdings bräuchte man dann eine neue Sekretärin.

Prof. Dr. Gustav Waldemar Umschaden, Gerichtsmediziner: Er trägt einen Bart und glaubt nicht an Weltverbesserung. Privat spaziert er gerne auf Friedhöfen. Hat null Humor und liest am liebsten Peter Handke.

Dr. Zoe Zaradnitschek, die Staatsanwältin mit den unfassbar langen Beinen. High Heels von Pirandello in Udine (verwechselt Pirandello gerne mit Pitarello). Laszív und unnahbar. Ihr Beruf ist rein zufällig ihr Beruf. Hätte auch Domina werden können. Würde Sichalich niemals mit dem Mund bedienen. Als Einzige hier keinerlei psychische Probleme. Vielleicht nicht einmal eine Psyche.

Dr. Walter Emmerich Ziervogel, Polizeipräsident. Bruder des Landeshauptmannstellvertreters. Sonst keine besonderen Fähigkeiten und Kennzeichen. (*Polizeipräsident:* Er ist dazu da, die Ermittlungen in einem Mordfall zu behindern, den Kommissar zu sich ins Büro zu zitieren, sich einen Mörder zu wünschen. Der Kommissar soll einen bringen, den der Präsident brauchen kann, und den richtigen Täter unbehelligt lassen. Der Kommissar hält sich natürlich nicht an die Vorgabe und überführt und verhaftet den wahren Mörder. Sobald der Fall gelöst ist, kommt der Präsident nicht mehr vor und hat nichts mehr zu sagen. Im Film wird er meistens von Schauspielern dargestellt, die eh schon Krebs, aber noch nicht genügend Pensionszeiten haben. Ansprachen beim Polizeiball. Keine große Rolle.)

3.

»Ich möchte Ihnen ein paar Fragen stellen«, sagte Sichalich der Nebenerwerbslandwirtin Maria Elend, die gemeinsam mit ihrem Mann Franz und Wunderbaldinger vor ihrer Tenne nahe der Jauntalbrücke bereits auf sein Eintreffen gewartet hatte.

»Aber sicher, Herr Inspektor! Kommen Sie herein! Darf ich Ihnen etwas anbieten?«

»Wenn Sie Kastanienreis haben?«

»Äh, was?«

»Kastanienreis. Zunächst schälen Sie circa dreißig Dekagramm Kastanien und kochen sie im Salzwasser circa fünfundvierzig Minuten. Danach pürieren Sie sie mit etwas Sud und Butter im Mixer. Das Kastanienpüree wird mit Sahne, Rum und Staubzucker verrührt, die Masse durch ein umgedrehtes

Reibeisen auf einen Teller gedrückt und mit gezuckerter, steif geschlagener Sahne serviert. Als Dekoration eignet sich eine Amarenakirsche am Gipfel des Kastanienreisbergs, aber auch Erdbeerstückchen oder Kiwicarpaccio am Fuß des Berges.«

»Das ist mir jetzt äußerst peinlich, Herr Kommissar, aber ich fürchte, Kastanienreis habe ich nicht.«

»Nein? Wie wäre es dann mit Kastanien-Nougat-Creme? Stanitzel mit Kastaniensahne? Kastaniencharlotte? Kastanienkipferl? Glasierte Kokoskastanienkugeln? Kastanienroulade? Kastanienschaum? Kastanienmousse auf Früchtemark? Kastanienparfait? Kastanienkrapfen? Kastanienkoch? Kastaniencrêpes? Kastanienschmarren? Kastanienpudding? Kastanienknödel? Kastanienschlutzkrapfen? Kastaniennocken? Kastaniensüppchen mit Majoran? Kastanienreissuppe?«

»Herr Inspektor, kommen wir zum eigentlichen Grund Ihres Besuchs! Es ist furchtbar, was hier geschehen ist. Mein Mann hat um sechs Uhr früh von unserer Tenne aus ein Moped gesehen, das am Brückenaufgang geparkt war. Da ist er bereits stutzig geworden.«

Kevin Tschinderle, die Kompetenz selbst, war natürlich auch schon da, fiel Maria Elend ins Wort und informierte Sichalich:

»Als der Nebenerwerbslandwirt seine Tiere fütterte, bemerkte er, dass Gegenstände oben auf der Brücke lagen. Franz Elend ahnte Schlimmes, eilte zur Brücke und hielt Nachschau…«

»Tschinderle, lassen Sie Herrn Elend die dramatischen Minuten doch selber schildern! Bitte, Herr Elend! Aber sprechen Sie in der Mitvergangenheit, wie es Tschinderle ihnen vorgemacht hat!«

»Wegen des dichten Nebels konnte ich vorerst nur einen Leichnam unter der Brücke erkennen. Meine Frau hat gegen sechs Uhr fünfzehn die Polizei verständigt, die nach zehn Minuten eintraf. Wir haben auch gleich das Kennzeichen des geparkten Mopeds durchgegeben …«

Aber Tschinderle ließ nicht locker, denn er wollte schließlich in der Redaktion Karriere machen: »Die Eheleute gingen gemeinsam auf die Brücke hinauf, um nachzusehen, was dort liegt. Sie fanden einen zerknüllten, von einem Schreibblock abgerissenen Zettel mit Abschiedsworten, die ein Mädchen unterzeichnet hatte: ›Liebe Mama! Pass auf meine Geschwister gut auf und führe eine glückliche Ehe! Ich möchte im Familiengrab der Mutter begraben werden.‹ Bei den Toten handelt es sich um eine Schülerin (17) und einen Schüler (19) aus Völkermarkt. Sie waren in der Nacht zum Mittwoch von der Brücke gesprungen.«

Sichalich trat auf die Brücke und schaute in die Tiefe. »Mir ist schlecht!«, sagte er. Immerhin handelte es sich bei der Jauntalbrücke um eine der höchsten Brücken Europas. Am östlichen Teil der Jauntalbrücke – links vom Bungeejumping-Seil – spielte sich das Todesdrama ab. »Warum baut man bloß ausgerechnet hier eine der höchsten Brücken Europas? Und warum baut man auf einer der höchsten Brücken Europas so niedrige Geländer, dass man darüberklettern kann?« Fragen über Fragen. Auch Wunderbaldinger war schlecht. Und Krafl. Seelisch aufgewühlt biss er so heftig an seiner ekelhaft schmeckenden Nicorette-Plastikzigarette herum, dass das Plastik barst. »Sicher Nichtraucher! Und dann passiert das!«

»Vermutlich sind die beiden jungen Menschen Hand in Hand in den Tod gesprungen«, sagte Maria Elend mit Tränen in den Augen. »Vor fünfundzwanzig Jahren habe ich auf diesen kleinen Bauernhof geheiratet. Seit ich hier lebe, musste ich bereits sechs Mal diese schrecklichen Selbstmorde miterleben. Bis auf eine Frau, die ihr Auto auf dem Bungeejumping-Parkplatz parkte, sind alle mit einem Moped gekommen.«

»Das ist wurscht«, raunzte Krafl und erntete für diese Taktlosigkeit einen so bitterbösen Blick Sichalichs, dass er sich postwendend korrigierte: »Für die Ermittlungen unerheblich.« Aber Tschinderle schrieb alles mit. Man weiß ja nie.

Sichalich kratzte sich am Kinn, überlegte hin und her und meinte: »Wir könnten die Mitschüler befragen. Die Klassenlehrer. Den Schuldirektor …«

»Aber Sicherheitspartner, es sind gerade Schulferien!«, gab Wunderbaldinger zu bedenken. »Wir werden niemanden antreffen.«

»Schüler, die sich während der Schulferien umbringen? Sehr verdächtig!«

»Vielleicht hatten sie eine Nachprüfung? Schüler-Gerber-Syndrom. Oder es gab außerschulische Gründe. Die Schule ist ja heute nicht mehr das, was sie einmal war. Liebeskummer? Werther-Syndrom. Soziale Unterschiede. Verfeindete Familien. Romeo-und-Julia-Syndrom. Ach, wenn wir die Literatur nicht hätten, Chef! Aber was weiß man?

»Meinen Sie, Wunderbaldinger? Fremdverschulden ist auszuschließen?«

»Fremdverschulden ist auszuschließen!«

»Aber jetzt frage ich Sie, Wunderbaldinger: Wenn Sie sich umbringen wollen und einen Abschiedsbrief schreiben: Würden Sie den Abschiedsbrief zerknüllen, nachdem Sie ihn geschrieben haben? Was wollte uns das Opfer mit dem Zerknüllen des Abschiedsbriefes sagen?«

»Eine der Fragen, die wir niemals werden beantworten können, Sicherheitspartner!«

»Wahrscheinlich haben Sie recht, Wunderbaldinger. Wir werden die traurige Realität zur Kenntnis nehmen müssen. Was bleibt uns noch zu tun?«

»Die Angehörigen verständigen. Und betreuen.«

»Richtig. Auch das noch. Wer geht?«

Krafl drehte sich weg. Er war zu nervös.

Wunderbaldinger winkte ab. Ihm war zu schlecht.

Sichalich selbst war auch zu schlecht.

Sie alle standen da und dachten lange nach. Schließlich hatte ausgerechnet Maria Elend die rettende Idee (aber sie hatte ja auch schon genügend Erfahrung): »Wie wär's mit dem Kriseninterventionsteam des Roten Kreuzes?«

»Richtig. Genau. Die sollen das machen. Die können das.« Die Erleichterung bei den Kriminalisten war förmlich greifbar.

»Wie heißt noch schnell die Leiterin?«

»Znirchtl. Dr. Merzedes Znirchtl. Unglaublich einfühlsame Frau.«

»Rufen Sie sie an, Wunderbaldinger! Sie soll sich um die psychologische Betreuung kümmern und die Angehörigen auch zum Unglücksort begleiten. Kerzen und Blumen nicht vergessen! Sagen Sie der Znirchtl, ich lade sie dafür einmal zum Essen ein.«

»Wird erledigt, Sicherheitspartner!«

Kevin Tschinderle hatte sich von hinten an Sichalich herangemacht und nützte das nun entstandene Schweigen, um den Inspektor zu fragen, ob man schon etwas über die Hintergründe der Verzweiflungstat wisse. Sichalich musterte Tschinderle abschätzig von der Seite, dann flüsterte er dem Redaktionsassistenten ins Ohr: »Seitens der Polizei gibt es keine Auskünfte. Es wurde eine Nachrichtensperre verhängt!«

Wunderbaldinger und Krafl grinsten.

»Bedauerlich!«, räusperte sich Tschinderle, »sehr bedauerlich! Dann schreibe ich das halt so.«

Merke:

1. Niedrige Literatur handelt von Mord. Hohe Literatur von Selbstmord.
2. Zu den wichtigsten Requisiten von Trauerarbeit gehören Blumen und Kerzen. Allerdings ist Trauerarbeit mit oder ohne Kerzen und Blumen ein verflucht harter Job, und die Arbeitsbedingungen sind fatal.
3. Das psychologische Kriseninterventionsteam macht alles wieder gut.

Einer der Lieblingssätze von Polizeibeamten lautet: »Fremdverschulden ist auszuschließen.« Berühmt wird man so zwar nicht. Aber man kommt bald wieder in die warme Stube.
4. Kommissare sprechen dauernd Einladungen zu Essen aus, die sie dann nie einhalten. Bei den diesbezüglichen Opfern handelt es sich gewöhnlich um gutherzige, akademisch gebildete Frauen mit kurzen Beinen.

4.

Sichalich saß in seinem Büro und las die Zeitung. Kevin Tschinderle hatte die Nachrichtensperre so umgangen, dass er ganz einfach ausführlich über den anderen Fall, den Waldlichtungsmord neben der Autobahn, schrieb. Als Titel hatte er gewählt: »Jetzt Armenbegräbnis. Europol: Jagd auf die Killer«

»Wer ist das Mordopfer von Reigersdorf? Darauf wissen Kriminalisten noch immer keine Antwort und setzen jetzt auf die Europol – in allen Nachbarstaaten wird fieberhaft recherchiert.

›Erst wenn wir wissen, wer das förmlich hingerichtete Mordopfer ist, können wir die Tat aufklären‹, beschreiben die Kriminalisten ihre Lage. Fest steht: Der Mann dürfte ein Osteuropäer sein. Er hatte schlechte Zähne, verpflegte sich vor seinem Tod mit einem Paar Frankfurter und wurde mit einer Neun-Millimeter-Pistole erschossen. ›Vielleicht hatte er jemanden verpfiffen‹, mutmaßen die Ermittler.

Sobald die Leiche vom Staatsanwalt freigegeben ist, wird sie übrigens beigesetzt – unabhängig davon, ob die Identität bekannt ist. ›Dann gibt es ein Armenbegräbnis in jener Gemeinde, in der der Tote gefunden wurde‹, so die Beamten. In dem Fall auf einem Friedhof von Magdalensberg.«

Sichalich hasste es, wenn er über sich selbst las, dass er Beamter war. Andererseits stimmte es. Und auch das, was im Artikel stand, stimmte. Man hatte nicht nur keine Ahnung vom Täter, sondern auch keine Ahnung vom Opfer. Demandtke hatte schon viel kriminalistische Kleinarbeit verrichtet und das Bild des Opfers in allen Autobahnraststätten im Umkreis von dreihundert Kilometern vom Fundort hergezeigt. Eine Kellnerin in der Raststätte Kaiserwald hatte den Mann erkannt. Er habe ein paar Frankfurter mit Senf konsumiert. Wahrscheinlich sei er allein gewesen, sie sei sich aber nicht mehr sicher. Bei so viel Kundschaft könne man sich nicht alles und alle merken. Mehr wusste sie nicht.

Sichalichs Handy läutete. (Noch immer: »Little Drummer Boy«). Es war Umschaden aus der Gerichtsmedizin. »Servus Hansi. Waldi hier. Ich habe eine gute und eine schlechte Nachricht. Die gute zuerst. Im Mageninhalt des Autobahnmordopfers haben wir Spuren von Frankfurterwürstchen mit Senf gefunden.« Sichalich rollte mit den Augen. »Weiß ich schon. Und die schlechte?«

»Wenn du vorhattest, den Toten anhand seiner Fingerabdrücke zu identifizieren, hast du Pech gehabt! Die Leiche trug nämlich Handschuhe! Nein, Witz. Die Fingerspitzen waren abgehobelt. Gut, von einem Profi durfte man eine solche Vorsichtsmaßnahme auch erwarten.«

Immer wenn Sichalich in einem verzwickten Fall nicht mehr weiterwusste, fuhr er zum See. Das Seeufer war seine eigentliche Heimat. Was für ein Glück für einen Kommissar, in einer Stadt am See zu leben! Das tröstete ihn über die vielen Misserfolge seines Berufslebens hinweg. Bei Spaziergängen auf der Promenade in der Ostbucht kamen Sichalich oft die besten Ideen, allerdings leider nicht für die Ermittlungen, sondern für Opernkritiken und Kastanienkochrezepte. Je nach Jahreszeit bestieg Sichalich eines der Schiffe der stolzen Wörtherseeflotte, am liebsten den alten Schraubenraddampfer Thalia, und machte eine Rundfahrt. Zwar kannte er das Panorama der Seelandschaft, die Küstenstreifen, die Villen, die Anlegestellen der Fremdenverkehrsorte am See und die Sonnenuntergänge schon in- und auswendig. Aber in den Krimis, die Sichalich gelesen hatte, war das Schönste ja auch die Beschreibungen von Landschaft und Städten. Die Fälle selbst waren meistens recht banal und an den Haaren herbeigezogen, interessant und spannend gemacht einfach durch die Technik, die Geschichte von Mord und Aufklärung von hinten, von ihrem Ende her zu erzählen und langsam zum Anfang zurückzukommen. Jedenfalls war es Sichalich seinem imaginären Publikum einfach schuldig, in Reifnitz anzulegen, die idyllische Halbinsel von Maria Wörth mit den beiden Kirchen zu umschiffen, in die Bucht von Pörtschach oder Velden einzulaufen. Oder er zückte – sofern das Wetter es zuließ – gleich seine Saisonkarte und passierte eines der Drehkreuze des Strandbads.

Als Sichalich diesmal zu seinem Stammplatz auf seinen Stammsteg kam, lag Gabriel Gutmann bereits da. Sichalich begrüßte ihn mit den Worten: »Wie ist es bloß möglich, dass ein Redakteur der *Feinen* die ganze Zeit am See liegt?« Gutmann stöhnte: »Wozu gibt es Tschinderle? Ich bin im Krankenstand. Die Psyche. Aber sag einmal: Wie ist es möglich, dass ein Hauptkommissar und Chefermittler der ›Gruppe Gewalt‹ die ganze Zeit am See liegt?« Jetzt schmunzelte Sichalich: »Gewalt widert mich an. Wozu habe ich Mitarbeiter? Und wozu habe ich Depressionen? So depressiv, wie ich bin, müssen die Mitarbeiter erst einmal werden!«

Gutmann schrieb, wenn er überhaupt schrieb, Wettergeschichten. Im Wesentlichen beschränkte er sich aber auf seine redaktionelle Kernkompetenz, das Seitenplanen und Artikeldelegieren. Trotz oftmaliger Aufmunterungen des Chefredakteurs weigerte sich Gutmann seit zwanzig Jahren standhaft, auch nur einen einzigen Kommentar oder eine einzige Glosse zu schreiben. Das war die größte Heldentat seines Lebens. Um eine persönliche Meinung zu haben und sie auch noch zu veröffentlichen, dazu war er doch zu sehr Wittgensteinerianer, auch wenn in der Redaktion niemand Gabys Abstinenz verstand, am allerwenigsten Kevin Tschinderle. In der Redaktion verstand natürlich auch niemand Wittgenstein.

Im Dachstuhl seines Landhauses in Kuhdorf hatte sich Gutmann ein Wittgensteinstüberl eingerichtet, das Sichalich als Schlafzimmer diente, wenn er zu Besuch im Miezental war: ein Kasten, ein Eisenbett, ein kleiner Schreibtisch, eine Schreibtischlampe, ein Schirmständer, zwei Regale mit analytischer Philosophie, ein Fenster mit Holzbalken mit herrlichem Blick auf die bewaldeten Berghänge, meist umwölkt oder in Nebel getaucht. Im Sommer viele Insekten, vor allem Wespen und Bienen, Hummeln und Hornissen. Nur der CD-Player war nach Wittgenstein noch dazugekommen. Zu Weihnachten hatte Sichalich Gutmann einmal einen niederösterreichischen Miniaturvolksschüler aus Plastik geschenkt, der im unausgebauten Teil des Dachbodens nebenan seine Bleibe gefunden hatte, eine Art Wechselgebietswatschenmann, den Gutmann wenigstens in der ersten Zeit allabendlich fünf Minuten lang mit satten Faustschlägen traktierte, was ihn sehr erschöpfte, seine Depressionen aber nur unwesentlich linderte.

»Irgendwelche Leute murksen irgendwelche anderen Leute aus irgendwelchen nichtigen Motiven ab. Ihr von der Kripo ermittelt gewöhnlich erfolglos, und wir von der *Feinen* schreiben gewöhnlich in dummen Phrasen darüber. Was wir machen, das hat doch alles keinen Sinn, Hansi!«

»Ich weiß, Gaby, ich weiß.« Sichalich hasste es, wenn man ihn Hansi nannte, wie es Gutmann hasste, wenn man ihn Gaby nannte. Aber sie hießen nun einmal so.

»Manchmal habe ich Lust, alle, die mir das Leben vermiesen, umzubringen! Die Mörder und die Verdächtigen, aber auch euch Journalisten, den Präsidenten, die stumpfsinnigen Mitarbeiter, Jasmin Haberer und Zoe Zaradnitschek. Nur meine Depressionen bewahren mich davor, ein Massenmörder zu werden.«

In dem Moment klingelte Sichalichs Handy. Es war Krafl.

Was man sonst noch wissen sollte:
Gabriel Gutmann, Redakteur und Philosoph, 45, nach einem leichten Schlaganfall und längerem Reha-Aufenthalt bis auf Weiteres im Krankenstand; der Journalismus insgesamt widert ihn an. Er fühlt sich als Schriftsteller und möchte seit zwanzig Jahren gerne einen großen Roman schreiben, hat aber eine panische Angst vor dem ersten Wort; das zweite große Lebensziel ist die Frühpension. Bluthochdruck, psychische Probleme. Von Xanor zu Tresleen gewechselt.

Auf seine Vermittlung hin schreibt Sichalich Opernkritiken in der *Feinen Zeitung*, kurz *Die Feine* genannt.

Er hat ein kleines Häuschen in den Bergen, nämlich in Kuhdorf im Miezental, das er von seinem Großvater geerbt hat, und das er nun nach und nach restauriert und renoviert. Keine Frauenabenteuer. Ist ja auch egal.

Schöne Sammlung von schottischen Whiskys, ligurischen Olivenölen, langweiliger deutscher Philosophie und langweiliger österreichischer Literatur. Sicher mit Abstand die größte Bibliothek in Kuhdorf. Am Klo hängt ein Poster von Ludwig Wittgenstein.

So, ich mache jetzt kurz ein bisschen Werbung. Ein Autor muss schließlich auch von etwas leben! Nicht einmal das allmächtige Fernsehen kann von alleine leben, wie sollen es dann erst die Geisteswelten der Literatur schaffen? Bleiben Sie dran, ich bin in zwanzig Zeilen wieder für Sie da.

Das große Geld zum kleinen Preis. Brieflos.

Wir alle haben unsere täglichen Gewohnheiten. Und meine neueste kann sogar meinen Cholesterinspiegel senken. Der neue Becel-pro-aktiv-Joghurtdrink enthält genau die richtige Menge an hochwirksamen Pflanzenstoffen, um Cholesterin aus dem Körper zu entfernen und so den Cholesterinspiegel nachweislich zu senken. Jetzt neu auch als Joghurtdrink.

Was wären die großen Erfolge ohne die kleinen? Bank Austria Creditanstalt. Die Bank zum Erfolg.

Kommen. Den Stephansdom anstaunen. Das Wiener Becken und die alte Donau genießen. Weichgezeichnet im goldenen Abendlicht versonnen durch die Mariahilfer Straße schlendern. Bleiben. Blond, weiblich und kein hingerichteter Tschetschene sein. Friseuse werden. Wohnungsschlüssel abholen. Liebe Grüße, ihr Zuwanderungsfonds.

Wissen Sie, wo das Wiener Schnitzel eigentlich herkommt? Falsch. Aus Mailand. Aber mein Hausverstand sagt mir, besser wär's, es kommt aus Österreich. Stimmt. Deshalb gibt's bei Billa nur Frischfleisch aus Österreich. Dem Land mit den strengsten Fleischkontrollen. Billa, sagt der Hausverstand.

Machen Sie mehr aus Ihrem Leben. Jetzt bis zu siebenhundert Euro Wünscheförderung. Bank Austria Creditanstalt. Die Bank zum Erfolg.

Glock. Schießen mit Glock. Treffen mit Glock. Töten mit Glock. Glock! Zum Glück gibt's Glock! Neu: Glock 21. Jetzt noch tödlicher!

Klagenfurt am Wörthersee grüßt seine Gäste.

Die Wirkung von Actimel ist offiziell bestätigt. Waschmaschinen leben länger mit Calgon. I'm loving it.

So. Da bin ich schon wieder. Hat nicht lang gedauert, oder? Wo war ich stehen geblieben?

Es war nicht viel los an diesem grauen Montagvormittag. Krafl blätterte missmutig den Hochglanzbildband *Tabakbauern in aller Welt* durch. Sichalich putzte seine Fingernägel, als Jasmin Haberer plötzlich in der Tür stand.

Sichalich: Jasmin, meine Holde, was gibt's?

Haberer: Ich bin nicht deine Holde. Ein Plastiksack mit alter Kleidung ist gefunden worden.

Sichalich: Was sagt uns das?

Krafl: Nichts.

Haberer: Bei Grabungsarbeiten für die neue Eisenbahnunterführung in der Knecht-Ruprechter-Straße gleich neben dem Bahnhof.

SICHALICH: Was sagt uns das?

KRAFL: Dass der Plastiksack vergraben worden ist.

HABERER: Fang wieder zu rauchen an!

SICHALICH: Ich denke gerade daran, dass unser Autobahnmordopfer splitternackt in der Waldlichtung gefunden worden ist. Zwar liegen zwischen dem Fundort der Leiche und dem Fundort des Kleiderplastiksacks gut zehn Kilometer oder das komplette Stadtgebiet. Umgekehrt wäre es aber gerade unprofessionell, den Plastiksack mit den Kleidern des Opfers direkt neben der Leiche zu vergraben. Ich denke gerade: Blaulichtblaulicht, meine Lieben!

HABERER: Na, Hansi, du bist ja wieder einmal in deinem Element. Es gibt nur ein kleines Problem: Bei den Fundstücken im Plastiksack war ein Damenslip. Und auch der Rest war Frauenkleidung.

SICHALICH: Ein Damenslip? Was sagt uns das?

KRAFL: Das Opfer war Transvestit. Ein Perversenlustmord? Ein Eifersuchtsmord in der Fetischistenszene? Ein osteuropäischer Transvestit mit schlechten Zähnen?

HABERER: Gibt es bei uns überhaupt Fetischisten?

SICHALICH: Na hör mal, Jasminchen. Fetischismus ist Zeichen einer hochentwickelten Zivilisation.

HABERER: Ja eben!

Krafl zuckte mit den Achseln und wandte sich wieder den *Tabakbauern* zu. Sichalich seufzte: Wieder einmal ein schier unlösbarer Fall. So einen schweren hatten wir noch nie. Wir werden nachdenken. Bring mir den Damenslip für weitere Ermittlungen ins Büro. Was noch, Jasmin?

HABERER: Ein italienischer Anwalt, der geschäftlich hier in der Stadt war, ist seit gestern abgängig. Avocato Enzo Spardelozzo aus Grado. Die Familie hat Vermisstenanzeige erstattet.

SICHALICH: Bei uns?

Haberer: Bei den Kollegen in Grado. Und die haben uns kontaktiert.

Sichalich: Eine Dienstreise nach Grado! Na bestens! Was wollen wir mehr?

Ach übrigens, Hansi, fügte Jasmin im Abgehen noch an, der Chef will dich sprechen.

Merke:

1. Es ist gar nicht so leicht, in einer Kriminalgeschichte alle handelnden Personen nach ehemaligen Admira-Wacker-Fußballern zu benennen. Aber ein paar kriegt man schon unter.
2. Gerichtsmediziner ist einer der grauslichsten Berufe, die sich denken lassen. Den ganzen Tag ist man damit beschäftigt, Frankfurterreste aus Leichenmägen zu fischen. Wwwwwwwäääh!
3. In unserer Gesellschaft leiden mehr Menschen an Depressionen, als man meinen möchte. Es geben aber nur die zu, die etwas davon haben.
4. Bei Ermittlungen kommt erschwerend hinzu, dass Verbrechen nicht hintereinander, sondern manchmal auch parallel begangen werden.

5.

»Mord. Mord. Mord. Kein Mörder. Chaos. Schlamperei. Achselzucken. Das ist mir zu wenig! Hören Sie, Sichalich: Was Sie hier abliefern, ist der reinste Trash! Ihre Fälle sind überhaupt nicht spannend!«

»Ja, Herr Präsident, ich weiß«, gab Sichalich ziemlich lustlos zurück, denn diese Suada kannte er schon auswendig, »aber so ist das Leben.«

»Leben! Leben! Die Wahlen stehen vor der Tür! Der Bürgermeister macht mir die Hölle heiß. Der Landeshauptmann macht mir die Hölle heiß. Sie wollen Resultate. Ergebnisse ... Schauen Sie doch einfach fern, wie Ihre Kollegen das machen. Schrullige Kommissare: ja! Unkonventionelle Ermittlungsmethoden: ja! Aber saubere Lösungen! Schnelle Lösungen! Das will ich sehen. Können Sie überhaupt kochen, Sichalich?

»Kochen nicht. Aber essen. Essen kann ich.«

»Naja. Immerhin. Besser als nichts.«

»Wissen Sie, was ich möchte, Sichalich?« fragte der Polizeipräsident. »Mord. Aufklärung. Mord. Aufklärung. Mord. Aufklärung. Immer schön der Reihe nach. Aber Sie kommen von einem Mord in den anderen, und alle Ermittlungen verlaufen regelmäßig im Sand.«

»Lösen Sie ein Kreuzworträtsel! Da passt alles zusammen! Da ist die Welt noch in Ordnung!«

Doktor Ziervogel schnaubte. »Wenn ich Sie allein an die letzten Monate erinnern darf: Ein Toter im Unterholz neben der Autobahn, von dem bis heute niemand weiß, wer er ist. Ein italienischer Anwalt, der einfach verschwunden ist. Ein seltsamer Selbstmord da, ein rätselhafter Selbstmord dort. Und jetzt auch noch diese Stoffreste! Wir müssen uns etwas einfallen lassen, nachdem alle unsere bisherigen Ermittlungsmethoden keinen Erfolg gebracht haben! Haben Sie denn nicht einmal eine Theorie, Sichalich?

»Die Stoffreste, die wir neben dem Bahnhof gefunden haben, gehören nicht zum Autobahnmordopfer. Erstens handelt es sich um Frauenbekleidung. Zweitens sind sie dem Opfer um eine Nummer zu klein.«

»Gut gemacht, Sichalich! Gute Arbeit!«

»Und nicht nur das. Wir haben DNA-Spurenvergleiche und Fotos des Mordopfers quer durch ganz Europa verschickt. Leider war keine Treffermeldung dabei. Wir überlegen jetzt einen Isotopentest am Department für Geo- und Umweltwissenschaften an der Universität München. So ein Isotopentest ist natürlich enorm teuer, aber auch die Frau Staatsanwältin, Sie wissen schon, die mit den unfassbar langen Beinen, hat gemeint, es müsse alles technisch und Menschenmögliche gemacht werden, um die Identität des Mordopfers zu klären. Die Bestimmung soll unter anderem Aufschlüsse über das genaue Herkunftsland des Toten bringen.«

»Meine Herrschaften, was wir alles können! Sensationell! Was ist denn ein Isotopentest genau?«

Sichalich lehnte sich zurück und genoss seinen Wissensvorsprung. »Bei der Isotopenbestimmung zeigen Spuren von Eiweiß, Kohlen-, Stick- und Wasserstoff sowie Aminosäuren in den Fingernägeln die Ernährungsgewohnheiten der betroffenen Person an. In den Zähnen suchen Geologen nach Spuren von Strontium und Blei. Diese geben Aufschluss über Umwelteinflüsse und damit den Lebensraum. Auch die Haare dienen den Wissenschaftlern unter anderem als Basis für Bleianalysen.«

»Strontium, Bleianalysen, sehr beeindruckend!«, sagte Dr. Ziervogel anerkennend. »Wir sind aber wissenschaftlich! Geben Sie das genau so an die Presse weiter. Die werden staunen. Schluss mit dem Klischee, dass bei der Kripo lauter halb vertrottelte Typen sitzen. Wir sind ein Kompetenzteam! Wir sind Hochleistungsermittler! Und sagen Sie der Presse auch noch, sobald klar ist, wer der Tote ist, werden wir mit Vollgas auf die Jagd nach den Mördern gehen! Mit Vollgas, Sichalich, mit Vollgas!«

Sichalich nickte. »Und was den verschwundenen italienischen Anwalt betrifft: Wenn Sie mich fragen, steckt da das Fernsehen dahinter. In ein paar Jahren taucht der unter mysteriösen Umständen wieder auf, und dann gibt es in Italien einen Medienhype sondergleichen: Dokumentationen, Diskussionen, Talkshows, vielleicht eine ganze Serie! *Der Anwalt, der aus dem Keller kam.* Was glauben Sie, wie man Verschwundene ausschlachten kann, wenn sie wieder auftauchen!«

»Und was machen wir jetzt?«

»Wie wär's mit einer Gegenüberstellung! Wir hatten hier noch nie eine Gegenüberstellung!«

»Hm! Gegenüberstellung! Klingt gut! Gegenüberstellungen erhöhen die Spannung, und für alle ohne schlechtes Gewissen sind sie ein leicht verdientes Geld! Gerade in wirtschaftlich schlechten Zeiten bedeutet die Mitarbeit an Gegenüberstellungen ein willkommenes Zubrot! Bei Gott, Sichalich, Sie sind ein Profi! Und wen stellen wir wem gegenüber?«

»Pfffft!«, machte Sichalich, als wollte seiner Seele ein alter Wind entfahren. »Die Einzelheiten besprechen Sie bitte mit dem Sicherheitspartner Wunderbaldinger!«

6.

»Wie war's in Grado?«

Sichalich überhörte den leicht vorwurfsvollen Unterton in Jasmin Haberers Stimme und schwärmte: »Einfach herrlich, ehrlich! Im September ist es in der Lagune am allerschönsten. Nicht mehr so viele Touristen, aber das Wasser noch immer lauwarm. So klar war die Luft, dass ich, mit den Beinen im Wasser, die Karnischen Alpen gesehen habe, den Golf von Triest und die Kirchturmspitze von Piran! Da singt die Seele Sommerlieder! Wenn das Meer in der Nachmittagssonne glitzert, das sind die Augenblicke im Leben, wo man weiß, wozu man auf der Welt ist, Jasmin!

Stell dir vor, in der Gegend dreht das deutsche Fernsehen gerade einen Krimi, und einer der Obergangster hat sein Hauptquartier im Schloss Duino aufgeschlagen. Jetzt steht er ganz oben zwischen den Zinnen des Turmes und ruft verzweifelt in Richtung Horizont über das Meer: ›Wer, wenn ich ballerte, hörte mich denn aus der Waffenschieber Ordnungen?‹

Also, so was von an den Haaren herbeigezogen!

Gutmann war auch mit, zum Depressionsabbau, wie er sagte, und in der Tivolibar haben wir sensationelle Calamari gesessen.

Knackig wie ein – ich sag's nicht! Nur was den verschwundenen italienischen Anwalt betrifft, sind wir leider nicht weitergekommen. Ich konnte nur ganz kurz mit Commissaria Antonella Odeon sprechen, die auch nicht mehr wusste als wir. Die Kollegen aus Udine sind gerade mit einem schrecklichen Fall befasst. Am Mittwochnachmittag wurden in einem Wohnwagen am Campingplatz *Il Girasole* in Bevazzar di Latisana wenige Kilometer vom Strand in Lignano entfernt drei Leichen gefunden. Stell dir vor, Jasmin, es waren Landsleute von uns! Der siebenunddreißigjährige Friedensreich Wtrawa senior, sein Sohn, der sechzehnjährige Friedensreich Wtrawa junior, und dessen Freundin Helga. Die italienischen Ermittler gehen von Doppelmord und Selbstmord aus. Im Wohnwagen wurde ein Fläschchen mit dem Betäubungsmittel Äther gefunden. Der Mann hat die beiden Kinder betäubt und anschließend mit einem zwanzig Zentimeter langen Küchenmesser durch mehrere Stiche in den Rücken getötet, schimpfte Antonella Odeon. Anschließend hat Wtrawa senior versucht, sich durch mehrere Schnitte an den Unterarmen die Pulsadern zu öffnen. Irgendwie war er aber zu blöd dafür, und weil das Aufschlitzen der Pulsadern jedenfalls nicht klappte, hat er selbst Äther eingeatmet, sich anschließend einen Plastiksack über den Kopf gezogen und ist erstickt.

Man nehme ein Küchenmesser …: So kann man ein Kochbuch oder einen Krimi beginnen: Der Kommissar nimmt ein Küchenmesser und kocht. Der Mörder nimmt ein Küchenmesser und mordet. Zum Glück koche ich nicht, sondern esse nur, lachte Sichalich. Ich glaube, ich bin mittlerweile der einzige nicht kochende Kommissar im gesamten Alpe-Adria-Raum. Einen Mörder, der sich selbst auch ermordet hat, fängt man natürlich leichter als einen, der sich aus dem Staub machen will. Aber ein Mörder, den man nicht in Handschellen abführen kann, sondern im Sarg abtransportieren muss, das ist kein schönes Ende für einen Fall, das nimmt den Ermittlungen rückwirkend ihren Glanz, mit dem Plastiksackerlselbstmord ihres Mörders werden die Italiener nicht protzen können: Das ist wie eine Division, bei der ein Rest bleibt.«

Sichalich redete und redete. Zur gleichen Zeit lag Gabriel Gutmann am Bootssteg im Strandbad in der Sonne, antidepressiv wie schon lange nicht, und schrieb eine Mordsreportage. Als Untertitel wählte er: »Tag eins nach Entdeckung des Campingplatz-Verbrechens: Urlauber und Mitarbeiter sind geschockt. Und der Hund der Opfer braucht jemanden, der sich um ihn kümmert.« Das saß! Vor allem das mit dem Hund! Und dann schrieb Gutmann mit einem Gefühl wachsender Selbstzufriedenheit:

»So sieht eine Urlaubsidylle aus, die von ihren Bewohnern für einen schnellen Cappuccino verlassen wurde: Ein Wohnwagen, unter dem Vordach stehen Campingmöbel, Fahrräder und Sauerstoffflaschen für Taucher. Ein Schlauchboot, zum Trocknen an einen Baum gelehnt. Auf der Wäscheleine ein rot-gelbes Badetuch mit einem Herzmotiv. Wenn da nur nicht diese rot-weißen Bänder wären, die das Idyll großräumig absperren. Und die Carabinieri in weißer Schutzkleidung, mit Masken gegen den Leichengeruch.«

Leise rieselt der Welschriesling. Großartig! Präzise Beschreibung, Nominalstil, knapp, eindringlich, hart, keine Adjektiva außer Farbadjektiva. Das gelb-rote Badetuch auf der Wäscheleine kann man beim Lesen förmlich sehen. Das Szenario werden die Leute verschlingen beim Sonntagsfrühstück, wenn sie die Zeitung lesen. Ein an Hemingway geschulter Stil. Hemingway hätte diesen Mord nicht anders beschrieben. Aber Hemingway am Tagliamento hatte Pech. Kein Mord weit und breit, keine Carabinieri, keine Spurensicherung, keine Campinggäste. Gut, ja, Hemingway hat sich umgebracht. Aber nicht hier. Und nicht mit einem Plastiksack.

Also noch ein Schluck Welschriesling und dann weiter im Text. »Einen Tag nach der Entdeckung der drei toten Österreicher stehen die Gäste des Campingplatzes *Il Girasole* – was auf Deutsch so viel bedeutet wie: Die Sonnenblume – unter Schock. ›Es ist zwar noch niemand abgereist‹, sagt Direktor Gabriele Gerandino, ›aber die meisten haben die Situation noch gar nicht verarbeitet.‹ Eine Österreicherin sitzt mit rot geweinten Augen vor ihrem Wohnwagen nahe des Tatorts. Ein nicht mehr ganz junges Paar auf einer Harley Davidson winkt den wartenden Journalisten fröhlich zu und gibt Gas. ›Dreißig Jahre ist nichts passiert‹, sagt Gerandino, und jetzt das: ›Wir sind wie vor den Kopf geschlagen!‹ Noch am Samstag habe ihn der junge Friedensreich Wtrawa gut gelaunt begrüßt. ›Er sagte mir, wie zufrieden er sei, und wie gut es ihm gehe.‹ So schnell ändern sich die Zeiten. Oder sollte der junge Campingplatzgast unehrlich zum Campingplatzdirektor gewesen sein? Sollte der junge Campingplatzgast dem Campingplatzdirektor gar nicht die volle Wahrheit gesagt haben?« Welschriesling. »Vielleicht aber ging es Wtrawa junior auch deshalb gut, weil sich seine Eltern nicht gestritten haben wie die Jahre zuvor. Marco Desastro kommt seit zwanzig Jahren zum *Il Girasole*: ›Die Familie Wtrawa verbrachte ihren Sommerurlaub öfter hier‹, erzählt er, ›dabei wurde immer wieder geschrien und gestritten. Richtiger Pöbel! Einmal hat der Mann die Frau sogar geschlagen. In diesem Jahr war sie zum ersten Mal nicht mit von der Partie.‹ Das hat ihr vermutlich das Leben gerettet.

Desastro hat eine unangenehme Vorstellung: ›Sonntag früh habe ich den Vater noch gesehen, wie er vor dem Campingwagen geraucht hat. Von den Jugendlichen war nichts zu bemerken.‹ Durchaus möglich, dass er sie da schon erstochen hatte und bei der letzten Zigarette an seinen bevorstehenden Selbstmord dachte …; ebenfalls unangenehm ist seine Erinnerung an den durchdringenden Leichengeruch, denn Desastros Zelt stand gegenüber Wtrawas Wohnwagen. ›Aber ich dachte, das komme von den Toiletten nebenan.‹ Jetzt weiß er, was die Ursache war – und er fühlt sich fast ein bisschen wie vergiftet.

Dieser Geruch und das Bellen eines bei den Toten eingesperrten Hundes hatten den Direktor auf die Tragödie aufmerksam gemacht. Jetzt bellt der Hund nicht mehr. Er wurde vorläufig in einem Tierheim in San Michele bei Latisana untergebracht, das – Ironie des Schicksals – ebenfalls *Il Girasole* heißt. Der junge graubraune Mischling zittert in seinem Quarantänekäfig. ›Er ist völlig verschüchtert und verängstigt, aber das ist ja kein Wunder‹, sagt Heimleiterin Oriana Zandarin. Als sie den Hund auf den Arm nimmt, bringt er es fertig, gleichzeitig den Schwanz einzuziehen und mit ihm zu wedeln. Kein Zweifel: Auch Tiere haben eine Psyche.«

Welschriesling. Das mit der Ironie des Schicksals war jetzt super! – obwohl Gutmann nicht genau sagen konnte, was da das Ironische an der Ironie war. Wurscht, weiter. Und dann erst der Satz: »Jetzt bellt der Hund nicht mehr.« Ein Satz wie von Heinrich Böll. Oder Dürrenmatt. Der Zug war pünktlich. Jetzt singen sie wieder. Jetzt bellt der Hund nicht mehr. Sternstunde des Journalismus, wenn aus einer Reportage reine Literatur wird. Tja, manche Sachen muss man selber machen. Tschinderle soll die Kärntner Morde machen, ich nehme mir die adriatischen, die mediterranen und die maritimen, dachte Gutmann. Welschriesling. Ein wahrer Schriftsteller ist ja immer auch Psychologe. Ein Psychologe kennt die Psyche, und er erkennt auch eine. Eine Psyche ist, wenn ein Schwanz wedelt, obwohl er eingezogen ist. Solche Beobachtungen soll ihm erst einer nachmachen. Überhaupt ist der ganze Hund ein großer Kunstgriff. Die Hunde bringen die Menschlichkeit in die Mordsreportagen hinein, jawohl! Bravo, Gutmann, dachte Gutmann. Das Meisterwerk stecke ich in ein Kuvert und bewerbe mich um den großen Journalistenpreis der Journalistengewerkschaft.

In dem Moment, in dem Gutmann am Badesteg hockend sein Notizbuch zuschlug, tauchte vor seiner Nase ein Taucher auf, prustete und schrie: »Eine Leiche! Eine Leiche! Ich habe eine Leiche entdeckt!« Und er hielt, was nicht übel aussah, selber noch eine Tauchermaske am Kopf, einen Totenkopf in der Hand.

»Wir sitzen also in der Tivolibar, bestellen nach der kurzen, unergiebigen Unterhaltung mit Commissaria Odeon und nach den sensationellen Calamari auch noch ein sensationelles Tiramisu und einen Mezzolitro Merlot und schauen aufs Meer hinaus. Und wer, glaubst du, Jasminchen, geht da vorüber? Da kommst du nie drauf! Dr. Zoe Zaradnitschek, die Staatsanwältin mit den unfassbar langen Beinen! Die Füße im Sand, die Highheels in der Hand. Sie komme gerade von einem EU-Staatsanwältetreffen in Pordenone, erzählte sie, und da war die Gelegenheit günstig für einen Abstecher. Das ist eine Arbeitsmoral, dachte ich, und Gutmann erkundigte sich, was denn Staatsanwälte bei einem Staatsanwältetreffen konkret machen. Dr. Zoe Zaradnitschek antwortete: »Man muss sich austauschen!« Und es klang, als glaubte sie selber daran. Nun war sie gerade auf dem Weg nach Vrsar, Orsera auf Italienisch oder Goldabend auf Deutsch, einem der entzückenden kroatischen, aber doch venezianischen Küstenorte an der Westküste Istriens, noch etwa eineinhalb Stunden südlich von Grado. Da treffe sie einen kroatischen Staatsanwalt aus Pula, der beim EU-Staatsanwältetreffen nicht dabei war – und ob ich nicht Lust hätte, sie ein, zwei Tage zu begleiten. Natürlich hatte ich Lust.

Ach Jasminchen, die Zeit verging wie im Flug. Noch sehe ich vor meinem inneren Auge die idyllische Poollandschaft des Hotels, Wasserrutsche, Sprudel, kleine Brücken, Palmen (wenn auch in Töpfen), in der Mitte die Poolbar, ein Bahama Mama oder ein Tequila Sunrise (um dreißig Kuna), dahinter die Adria, smaragdgrün natürlich – die meisten Gewässer, die heute in der Literatur vorkommen, sind smaragdgrün –, dahinter viele bewaldete superidyllische Inselchen, Sonnenuntergänge wie auf Capri oder Santa Monica. Aus dem Poollautsprecher *Brown girl in the ring* von Boney M., *Julie*, der jugoslawische Song-Contest-Beitrag aus dem Jahr 1984, und Dean Martin, *Everybody loves somebody sometimes*. So lässt es sich leben. In der Marina von Vrsar gigantische weiße Jachten – aber wer braucht die schon außer vielleicht ein paar einsame Milliardäre, die ihre Jachtenrolltreppe mit der Fernbedienung ausfahren, auf ihrer hellbeigen Jachtenledergarnitur hocken und am Flat-Screen-Bildschirm Vorbereitungsspiele von Hajduk Split oder Lazio Rom anschauen. Ein Goldabend in Goldabend goldener als der andere. Ich kaufte mir einen schneeweißen Anzug für die Tanzabende in der Strandbar. Ich wollte gar nicht mehr zurück in unsere Alpenbadewanne, und eine innere Stimme sang: »Oh Tequila Sunrise!«

Jasmin Haberer schluckte. Die Frage, ob Dr. Zoe Zaradnitschek und Johann Sichalich »sich ausgetauscht« haben, brannte förmlich in ihren Ganglien, aber sie biss sich auf die Lippen und sagte kein Wort. Der Hansi hätte ja alles bagatellisiert oder bestritten oder als »rein dienstlich« bezeichnet. Wenn sie nach der Haftstrafe wegen des Eifersuchtsmordes an der Staatsanwältin wieder freikommen sollte, dachte sie, würde sie als Erstes ein Institut für Damenbeinverlängerungen ins Leben rufen und damit unermesslich reich und berühmt werden. Und spätestens dann könnte der Hansi nicht mehr an ihr vorbeisehen.

Vorerst bemerkte sie in ihrer unnachahmlichen Art in der Tür stehend schnippisch: »Und während deine innere Stimme im Abendrot Sauflieder grölte, haben wir hier den Fall gelöst!«

»Was für einen Fall? Den Pilzesuchermord neben der Autobahn?«

»Nein, den Stoffrestemord!«

»Witz!«

»Kein Witz. Wunderbaldinger hat sich selbst übertroffen. Da, schau auf deinen Schreibtisch, Hansi. Da liegt der Bericht!«

»Na geh! Ausgerechnet jetzt, wo es hätte spannend werden können! Das tut man aber wirklich nicht! Ihr seid so gemein! Da bin ich einmal ein paar Tage weg, und dann passiert das.« Sichalich schnappte sich verärgert das Protokoll.

7.

John Loibl saß im Gastgarten des Hotels Sille in Reifnitz direkt am Seeufer, schaute ins Wasser und aß eine Gefüllte Kalbsbrust. Was für ein sensationelles Gericht!, dachte Loibl. Gefüllte Kalbsbrust gab es in den States keine, von den Erdbeerknödeln mit Zimtbrösel einmal ganz zu schweigen. Schon in Österreich musste man mittlerweile Glück haben, um gefüllte Kalbsbrust und Erdbeerknödel zu bekommen.

Als er vor Jahren das erste Mal ins Land gekommen war, weil ihn ein Freund aus New York zum Harley-Davidson-Treffen mitgenommen hatte, das hier stattfand, verliebte sich John Loibl so sehr in die Seenlandschaft, dass er seither jedes Jahr ein paar Tage im Jahr hier Urlaub machte. Er liebte nicht nur die Seebäder im Sommer, sondern war einmal sogar mitten im Jänner gekommen, als der ganze See zugefroren war und Zehntausende am Eis lustwandelten. Loibl liebte die Hausmannskost. Er liebte die beschaulichen Spaziergänge bei feuchtem Wetter, wenn er seine feine karierte Kappe aufsetzen konnte. Er liebte den Wald, das Almwandern, die Kultur der Region. Er liebte es, den schönen Mädchen hinterherzusehen. Diese Kärntnerinnen hatten Hintern zum Verrücktwerden! Er liebte es, als einer der letzten Gäste am Ende der Nachsaison in seinem warmen Hotelzimmer zu sitzen, aus dem Fenster auf das Wasser des Sees hinauszuschauen, aus dem Nebelschwaden traten, und er liebte es, Kriminalromane zu schreiben, die auf wahren Begebenheiten beruhten. Und deswegen liebte er Österreich und seine Häfenliteraten, Hurenmassenmörder, Briefbombenattentäter und Kellerkerkermeister. Was für ein Land!

Neuerdings hatte es John Loibl aber vor allem der seltsame Süden des Landes angetan. Er liebte es, mit Kriminalbeamten, Justizbeamten oder Lokaljournalisten zu sprechen und war ihnen dankbar, dass sie sich Zeit für ihn nahmen und ihre wertvollen Erlebnisse und Erkenntnisse mit ihm teilten. Gerne sprach er aber auch mit den Frauen oder Freundinnen von Kriminalbeamten oder Kriminellen oder Opfern, weil er so Einblick in ihr Privatleben gewinnen konnte. Aus der Fülle der Informationen entstanden dann seine faszinierend realitätsnahen Kriminalromane, die nach ihrem Erscheinen in viele Sprachen übersetzt und mit vielen angesehenen Kriminalliteraturpreisen ausgezeichnet wurden. Das war ein schönes Leben!

Ein wenig plagte John Loibl schon wieder der Hunger, denn die Erdbeerknödel wurden frisch gemacht und dauerten daher zwanzig Minuten. Er hätte sie gleich gemeinsam mit der gefüllten Kalbsbrust bestellen sollen und nicht erst anschließend. Aber jetzt, gerade als der alte Raddampfer Thalia in Reifnitz anlegte, wurden sie serviert, und John Loibl schlug das Herz höher. Es waren nicht seine ersten Erdbeerknödel, und daher wusste er, dass man nicht unvorsichtig mit der Gabelspitze in die Erdbeerknödel hineinstechen darf, wenn man nicht will, dass der Erdbeersaft in hohem Bogen herausspritzt so wie die Tinte aus den Tintenbeuteln der Calamari an der portugiesischen Atlantikküste bei Estoril oder Cascais, wenn man in sie hineinsticht. Nur spritzt es aus den Erdbeerknödeln natürlich nicht violett, sondern rot. »Ja, so ist es, wenn das Blut spritzt!«, schmunzelte Johann Sichalich, der an Loibls Tisch saß.

Beim Frühstücksbuffet hier im Seehotel Sille hatte John Loibl Arturio Scampi kennengelernt, den Rezeptionisten der Villa Marin in Grado, der ebenfalls hier Urlaub machte, das schlechte Wetter zum Pilzesammeln nutzte, dabei eine Leiche gefunden und die Polizei alarmiert hatte und von Sichalichs Assistenten einvernommen worden war. Scampi erzählte Loibl von Sichalich. Loibl faszinierte die Geschichte. Er setzte alles daran, Sichalich kennenzulernen und rief ihn an, denn er wollte ihn zur Hauptfigur seines neuen Romans machen. Sichalich willigte ein: Endlich einmal ein Essen mit einem richtigen Krimiautor, noch dazu mit einem Amerikaner, nicht immer mit dem auf Dauer immer langweiliger werdenden Kochschriftsteller

Emilio Sapperlotti alias Emil August Wagenheber. Sichalich saß ebenfalls gerne im Gastgarten des Sille, dem letzten gutbürgerlichen Hotel-Restaurant am See, und nahm Loibl das Versprechen ab, in seinem Krimi den Sille nicht namentlich zu erwähnen. Der sei ein Geheimtipp und solle das auch bleiben. Würde der Sille ein berühmter Schauplatz der Kriminalliteratur durch die Anwesenheit des berühmten Inspektor Sichalich, des berühmten Leichenentdeckers Scampi oder des berühmten Krimibestsellerautors Loibl, wäre es vorbei mit Ruhe, Idylle und gutem Essen zu moderaten Preisen. Das wäre fatal. Manchmal, gestand Sichalich Loibl, nehme auch er, wenn im ersten Stock des Sille nicht gerade das Statistencasting für einen seichten Wörtherseespielfilm stattfinde, zu besonderen Anlässen im Sille ein Zimmer für eine Nacht. Welche besonderen Anlässe das waren und zu welchem Zweck Sichalich hier manchmal ein Zimmer nahm, obwohl er doch keine zwanzig Kilometer entfernt wohnte, das sagte Sichalich nicht. Loibl drang auch nicht weiter in ihn und nahm sich vor, später einmal ganz unauffällig und unverfänglich darauf zurückzukommen.

Loibl gab Sichalich also das Versprechen, den Sille in seinem Roman nicht namentlich zu erwähnen und ließ sich im Gegenzug hier im Gastgarten von allen Einzelheiten des Sichalich'schen Arbeitsalltags berichten. Was den Pilzesammlerfall betraf, der war mittlerweile praktisch erledigt. *Fall gelöst!,* hatte auch Tschinderle unlängst in der Zeitung geschrieben. Zwar kannte man den Namen des Täters oder der Täter noch nicht. Zwar kannte man den oder die Täter gar nicht. Zwar kannte man auch den Namen und die Identität des Mordopfers noch immer nicht. Aber seine Zähne waren wirklich so schlecht, dass er nur aus Osteuropa kommen konnte. Also kam als Täter auch nur die Mafia in Frage, entweder die Südmafia oder die Ostmafia, eher die Ostmafia. Da kann man weiter nichts machen. Fall gelöst.

Beim Stoffrestemord konnte Sichalichs Team aber einen wirklich spektakulären Fahndungserfolg einfahren. Neben den Stoffresten fanden Arbeiter bei den Grabungsarbeiten für eine neue Eisenbahnunterführung in einem schwarzen Müllsack stark verweste Leichenteile einer Frau und eines Kindes. Die DNA-Analyse identifizierte die Serbin Zdrenka und ihre kleine Tochter Duska. Zdrenka war vor vielen Jahren zugewandert, um den gewalttätigen Eisenbahner Friedrich Fleischmann zu heiraten. Vor siebzehn Jahren suchte die damals noch junge Frau zunächst bei der Polizei und dann im Frauenhaus Hilfe und war wenig später spurlos verschwunden. Ein Jahr nach ihrem Verschwinden kamen Zdrenkas Eltern in die Stadt und erstatteten Abgängigkeitsanzeige. Die Polizei ermittelte damals auch (Sichalich war zu der Zeit noch ein junger Spund) und befragte sogar den Ehemann in seiner Wohnung, wo aber nicht das geringste blutige Messer zu sehen war. Der gewalttätige Eisenbahner sagte aus, seine Frau habe ihn mitsamt dem Kind verlassen, und wie für männerverlassende Ehefrauen typisch habe sie ihm nicht mitgeteilt, wohin sie geht. Die Aussage war so einleuchtend, dass den damaligen Ermittlern der Atem stockte, wodurch weitere Ermittlungen quasi im Keim erstickt wurden. Keine Leiche, kein Täter, kein Nichts, siebzehn Jahre lang.

»Wissen Sie«, erzählte Sichalich Loibl, »am Beginn unserer Ermittlungsarbeiten hat sich der ganze Fall ziemlich aussichtslos dargestellt.« Loibl nickte verständnisvoll. »Wir saßen im Büro und konnten nichts tun. Krafl schrieb sein deprimierendes Nichtrauchertagebuch, Wunderbaldinger rannte im Kreis und Jasmin las die Gebrauchsanweisung ihres neuen Epiliergeräts.« *… Las die Gebrauchsanweisung ihres neuen Epiliergeräts*, notierte Loibl begeistert. »Es musste etwas passieren. Und es passierte etwas. Drei Tage nach dem Leichenteilfund wurde eine Funkstreife zu einer Wohnung hinter dem Bahnhof beordert. Eine Frau hatte ihren Lebensgefährten Friedrich Fleischmann tot im Wohnzimmersessel vor dem laufenden Fernseher aufgefunden. Peter Maffay sang gerade irgendein Lied. Der Mann – Fleischmann, nicht Maffay – hatte sich mit einem Kopfschuss selbst gerichtet. Seine Lebensgefährtin konnte es nicht fassen: er war ja nie depressiv, sondern immer gewalttätig gewesen. Noch immer gingen wir im Kreis und wussten nicht weiter. Sollte Peter Maffay zu viel für den gewalttätigen Mann gewesen sein? Aber drei Tage später meldete sich ein Eisenbahnkollege des Selbstmordopfers bei uns: Der Friedrich war mit einer Serbin verheiratet gewesen, die irgendwann einmal mit ihrem Kind verschwunden ist. Oh, großer Hinweis! Oh, helle Freude! Jetzt ermittelte Wunderbaldinger mit Hochdruck im Meldeamt, und tatsächlich: Friedrich Fleischmann war mit Zdrenka verheiratet gewesen!

In der kürzesten Zeit hatten wir nun die ganze Wahrheit ans Licht gebracht: Der Bundesbahnpensionist hatte jahrelang im Haus neben dem Bahnübergang gelebt. Vor siebzehn Jahren tötete er dort seine Frau und ihr Kind, zerteilte sie mit der Motorsäge und vergrub sie hier mitten in der Stadt. Er rechnete aber nicht damit, dass der beschrankte Bahnübergang siebzehn Jahre später zu einer Unterführung ausgebaut werden würde. Als er in der Zeitung von den Stoffresten las und hörte, dass wir ihm auf der Spur waren, was allerdings nicht stimmte, brachte er sich um. So konnten wir den Täter leider nicht medienwirksam verhaften, dafür erspart sich der Staat aber die Kosten für Gerichtsverhandlung, Gefängnis und Resozialisierung. Stolz können wir nach diesen siebzehn Jahren trotzdem sein: Opfer verwest, Mörder tot, Fall gelöst. Nicht nur Redaktionsassistent Kevin Tschinderle, der den ersten Bericht über die Stoffreste geschrieben hatte, fühlte sich nun ein wenig als Erfolgsermittler. Nun, da der Fall gelöst war, meldeten sich etliche Trittbrettkommissare bei uns, die ungefragt ein Täterprofiling abgaben. Ein verkrachter Student namens Gustav Maria Nichts etwa erklärte, nur ein autoloser Insider mit Wohnung in Bahnhofsnähe käme als Täter in Frage. Der Kontrollturm sei rund um die Uhr besetzt. Nur ein Ortskundiger konnte wissen, dass es einen zehn Quadratmeter breiten toten Winkel gibt. In diesem toten Winkel wurden die Toten verscharrt, und zur Tarnung habe der raffinierte Mörder Sträucher darüber gepflanzt. Die Pflanze habe der Erde Wasser entzogen, wodurch die Überreste haltbar wurden. Anderenfalls hätte man bei den Grabungsarbeiten nur noch Knochen gefunden, die sicher niemandem aufgefallen wären. Wäre der Mörder hingegen Autobesitzer gewesen, hätte er die Leichenteile in einen Wald gebracht, und man hätte sie nie gefunden. Der Leichentransport mit einem Postbus wäre doch zu riskant gewesen. Als Gustav Maria Nichts sich erkundigte, ob sein zweckdienlicher Hinweis (wie er ihn nannte) finanziell abgegolten würde, haben wir den Wichtigtuer aber aus der Polizeidirektion hinausgeworfen, und er ist sofort zu Kevin Tschinderle in die Redaktion gelaufen, der den Schmarrn mit Porträtfoto von Freizeitermittler Gustav Maria Nichts brühwarm abdruckte.

»Sensationell brutal!«, wollte John Loibl Sichalich gratulieren, aber in diesem Moment kam Wunderbaldinger unvermutet zum Gastgarten hereingestürzt: »Kommen Sie schnell, Chef! Es ist etwas Schreckliches passiert!«

»Etwas Schreckliches?«

»Ja, eine erschütternde Bluttat! In einem Zweifamilienhaus feuerte ein dreißigjähriger Mann mit einem Jagdgewehr auf seine um fünf Jahre jüngere Ehefrau. Zwei Kinder wurden zu Halbwaisen!«

John Loibls Augen strahlten, die von Sichalich nicht.

»Hatten wir das nicht schon, Wunderbaldinger?«

»Natürlich hatten wir das schon, Chef! Was haben Sie erwartet? Wir haben ja immer das Gleiche! Immer das gleiche Erschütternde.«

»Das normale Schreckliche! Ich kann nicht mehr, Wunderbaldinger, ich will nicht mehr! Herr Ober, bringen Sie uns noch zwei Johnnie Walker!«

»Aber das ist ihr Job, Chef!«

»Ich weiß, ich weiß. Aber ich bin jetzt depressiv!«

»Der Mörder war auch depressiv!«

»Wissen Sie was, Wunderbaldinger, den Fall übernehmen Sie! Verständigen sie den Primar des Zentrums für seelische Gesundheit und nehmen Sie den Mörder fest!« Sichalich rief Gutmann an, der sich gerade ziemlich depressiv fühlte, seinen Assistenten Tschinderle anrief, an den Tatort beorderte und ihm einschärfte, statt »Mörder« immer »mutmaßlicher Täter« zu schreiben. Und so geschah es.

»Als die Gruppe Gewalt zeitgleich mit einem Notarztteam des Roten Kreuzes beim Zweifamilienhaus eintraf, bot sich ihnen ein erschütterndes Bild. Eine fünfundzwanzigjährige Frau lag blutüberströmt in ihrer Wohnung. Für sie kam jede Hilfe zu spät. Ihr um fünf Jahre älterer Mann hatte Minuten zuvor auf die Mutter seiner beiden Kinder im Alter von fünf und drei Jahren geschossen. Der mutmaßliche Täter wurde am Tatort verhaftet und musste ebenfalls ärztlich versorgt werden. Der Mann leidet, wie erste Zeugeneinvernahmen ergaben, seit Monaten unter schweren Depressionen und war deswegen auch in psychiatrischer Behandlung. Die Nachricht von der Bluttat traf Freunde und Bekannte des Ehepaars wie ein Keulenschlag. Im Haus wohnen die Eltern des mutmaßlichen Täters. Der Vater besitzt nach Polizeiangaben mehrere Jagdgewehre. Die Arbeit der Kriminaltechniker zur Sicherung aller Spuren dauerte bis in die frühen Morgenstunden.«

»Gut, gut, vor allem das mit dem Keulenschlag!« Der Chefredakteur, dem Tschinderle seine Reportage auf den Schreibtisch gelegt hatte, nickte zustimmend. »Aber wir müssen die Menschen auch ein wenig bilden. Wir müssen magaziniger werden! Hintergründiger! Wissen Sie was, Tschinderle: Googeln Sie mir was zusammen! Bauen Sie mir zum Bericht doch ein Infokästchen über Depressionen!«

Eine Depression ist eine psychische Störung, die durch die Hauptsymptome gedrückte Stimmung und gehemmter Antrieb gekennzeichnet ist, las Inspektor Sichalich. »Gehemmten Antrieb kann man ja nicht unbedingt behaupten«, dachte er. *Gleich-*

zeitig treten innere Unruhe, Interesselosigkeit und Freudlosigkeit, ein gestörtes Selbstwertgefühl und eine Abschwächung der Fremdwertgefühle auf. Verlust von Interesse oder Zuneigung für früher wichtige Tätigkeiten oder Bezugspersonen und der Schwund emotionaler Resonanzfähigkeit sind symptomatisch. »Kenn ich«, dachte Sichalich, »kenn ich alles!« Der Patient wird sich dabei seiner fehlenden Fremdwertgefühle schmerzhaft bewusst. Von Betroffenen wird es als Gefühl der Empfindungslosigkeit beschrieben. Negative Gedanken und Eindrücke werden von Depressiven häufig überbewertet, positive Aspekte gar nicht wahrgenommen.

»Wie ist das zu verstehen?«, wollte Loibl wissen.

»Negativ ist, dass alle Menschen sterblich und außerdem so brutal und gemein sind, einander aus den unterschiedlichsten Gründen wechselseitig abzuschlachten. Positiv ist hingegen, dass man am Friedhof die Gräber so schön schmücken kann.«

»Verstehe.«

»Wissen Sie was, Mr. Loibl! Tun wir etwas für unsere emotionale Resonanzfähigkeit: Fahren wir ans Meer! Fahren wir in die Kvarner Bucht nach Lovran, gehen wir ins Knezgrad, essen wir eine Fischplatte und eine Weinschaumpalatschinke!«

Johann Sichalich und John Loibl gingen den Lungomare entlang und schauten nachdenklich ins Wasser. »Sagen Sie, Inspektor, was ist eigentlich aus dem Fall des verschwundenen Avocato Enzo Spardelozzo geworden?«

»Da sind wir weitergekommen! Wir wissen heute, dass Spardelozzo einen ganzen Koffer voller Geld bei sich hatte, denn er wollte eine Pizzeria kaufen. Und er hat, was für einen Anwalt nicht besonders geschickt ist, mit seinem Geld geprahlt und den geöffneten Koffer in der Pizzeria überall herumgezeigt. Er konnte sich mit dem Besitzer dann aber doch auf keinen Kaufpreis einigen. Und wir wissen, dass Spardelozzo vor seinem Verschwinden mit einem Taxi gefahren ist.«

Merke:

1. Es ist kein wirklich schlechter Augenblick, aus dem Leben zu scheiden, wenn Peter Maffay gerade irgendein Lied singt.
2. An Depressionen leidende Personen sollen nie in einem Haus mit ihren Eltern leben, vor allem dann nicht, wenn der Vater mehrere Jagdgewehre besitzt.
3. Wenn du einen Koffer voller Geld bei dir hast, zeige dessen Inhalt aus falsch verstandener Prahlsucht nie in einer überfüllten Pizzeria.

8.

Laut tickte die Wanduhr im Verhörzimmer. Ticktack. Ticktack. Ticktack. Sichalich musterte den Taxifahrer.

»Geben Sie auf, Tschriersche! Leugnen ist zwecklos. Wir wissen längst, was gespielt wird. Bedenken Sie: Wir Spezialisten von der Kriminalabteilung können Ihnen viele Fangfragen stellen und Fallgruben graben, in die Sie hineintappen und dann erst ein umfassendes Geständnis ablegen müssen.« Der Taxifahrer schwieg eisern.

»Sollen wir ihn foltern?«, fragte Krafl, in dem, seit er nicht mehr rauchte, nicht nur Depressionen, sondern auch Aggressionen zu wuchern schienen, aber Sichalich winkte lebenserfahren ab.

»Ist verboten.«

»Ah so!«

Plötzlich aber hielt Sichalich inne: Er hatte eine Idee. Dass es eine gute Idee war, wäre vielleicht zu viel behauptet. Er schnappte sich aus Jasmins Spind eine Flasche Jack Daniel's, zwei Gläser, ein Aufnahmegerät und ging zurück zum Taxifahrer ins Vernehmungszimmer.

»Kann ich jetzt gehen?«

»You'll never walk alone!«, grinste der Kommissar. Sichalich schenkte zwei Gläser ein, zückte seine Dienstwaffe, zielte auf den Kopf des Taxifahrers und befahl: »Trinken! Ex!«

Beide tranken ex.

»So. Und jetzt erzähle, wie du den Italiener umgebracht hast!«

»Was für einen Italiener?«

»Enzo Spardelozzo. Den Anwalt.«

»Ich sage nichts ohne meinen Anwalt.«

»Weil du ihn umgebracht hast!«

»Der war gar nicht mein Anwalt«, winkte Benjamin Tschriersche ab.

»Siehst du! Das war schon die erste Fangfrage. Beinahe wärst du hineingefallen.« Sichalich schenkte zwei neue Gläser ein.

»Trinken. Ex.«

Beide tranken ex.

»Singe! Singe endlich!«

Tschriersche sang. *O sole mio*. Falsch, laut und mit Begeisterung. Zwei neue Gläser. Ex. Jetzt begann Sichalich selbst wenn schon nicht zu singen, so doch zu lallen. »Na warte! Gleich habe ich dich!« Tschriersche lächelte und schwieg. Zwei neue Gläser. Ex. Etliche Gläser später beobachtete Tschriersche, wie Sichalich merkwürdig mit dem Zeigefinger gestikulierend und die Augen verdrehend beim verzweifelten Versuch zu artikulieren stockte, schnaubte, in einer Ecke des Verhörraums in sich zusammensank, zu Boden fiel, sich übergab und dann unvermittelt in einen komatösen Schlaf fiel, aus dem er erst Stunden später mit einem entsetzlichen Kater wieder erwachen sollte. Tschriersche trank sein Glas aus, klopfte dem bewusstlosen Sichalich auf die Schulter und verließ das Vernehmungszimmer.

»Das ist ja sehr lustig, Mr. Loibl!«, sagte Sichalich und legte das Manuskript beiseite. »Nur entspricht die hier beschriebene Verhörpraxis natürlich nicht den Tatsachen – ausgenommen die

Stelle von der Folterlust des nichtrauchenden Kollegen Krafl. Das ist sehr realistisch geschrieben.

Im Übrigen liegen die Dinge aber so, dass Enzo Spardelozzo mittlerweile gefunden worden ist – natürlich als Leiche – und zwar ist er aus einem Stausee gefischt worden. Von seinem Geldkoffer fehlte allerdings jede Spur. Nun sind, wie Dr. Waldemar Umschaden sagt, Wasserleichen und noch dazu Langzeitwasserleichen schwer zu obduzieren: Es ist so, als schnitte man eine Semmel auf, die einen Monat lang im Wasser gelegen war. Können Sie sich das vorstellen? John Loibl verzog sein Gesicht. So viel hat die Obduktion aber doch ergeben, dass Enzo Spardelozzo höchstwahrscheinlich an einem Herzinfarkt, also eines natürlichen Todes, gestorben ist. Vielleicht hatte sich der Anwalt mit dem hohen Blutdruck zu sehr darüber aufgeregt, dass der Deal, wegen dem er aus Italien gekommen war, nicht geklappt hatte. Allerdings werden Herzinfarktopfer selten aus Stauseen gefischt. Fingerabdrücke lassen sich auf einer Langzeitleiche kaum noch feststellen. Denken Sie an die Semmel! Und wo ist das Geld?

Der Taxifahrer Tschriersche steht unter schwerem Verdacht. Wir gehen davon aus, dass Enzo Spardelozzo am Beifahrersitz des Taxis einen Infarkt erlitt und starb, den Geldkoffer in der Hand. Der Taxifahrer nützte die Gunst der Stunde, nahm den Geldkoffer an sich und warf den toten Italiener in den Stausee. Mord wird sich nicht ausgehen, aber Diebstahl und unterlassene Hilfeleistung würden wir ihm gerne anhängen. Denkbar wäre auch, dass Tschriersche Spardelozzo den Geldkoffer mit Gewalt entwendet hatte, worüber der Anwalt sich so aufregte, dass ein Herzinfarkt die Folge war. In dem Fall käme zumindest fahrlässige Tötung mit ins Spiel. Aber das sind nur Schlussfolgerungen und Vermutungen. Wir können Tschriersche nichts nachweisen, solang das Geld nicht auftaucht. Ich habe mit der Staatsanwältin Frau Dr. Zoe Zaradnitschek gesprochen, und auch sie hat abgewunken. Die Beweislage sei zu dünn, sagte sie. Es ist zum

Verzweifeln, Mr. Loibl! So unfassbar lange Beine einerseits, so unfassbar dünne Beweislagen andererseits!«

Morde, Morde, Morde. Selbstmorde, Unglücksfälle, Unfälle, Tragödien. Immer dasselbe. Das Jahr neigt sich dem Ende zu, und was wird das neue bringen? Morde, Morde, Morde, Selbstmorde, Unglücksfälle, Tragödien. Wird sich das denn nie ändern?, fragte sich Sichalich mit einem tiefen Seufzer. »Kein Wunder, dass ich Depressionen habe. Mein Vorgänger hatte ja auch schon Depressionen. Und meine Mitarbeiter haben Depressionen. Gutmann hat Depressionen. Der Polizeipräsident hat Depressionen. Die Leute vom psychologischen Kriseninterventionsdienst haben Depressionen. Sogar meine Nachbarin hat Depressionen. Nur die Mörder und die Ermordeten haben keine Depressionen. Die Ermordeten jedenfalls nicht …

Sichalichs Silvesterbilanz fiel ernüchternd aus. Aber sie fiel eigentlich jedes Jahr ernüchternd aus. »Sagen Sie, Mr. Loibl, was machen Sie eigentlich zu Silvester? Ich fahre zum Jahreswechsel immer aufs Land ins Gutmann'sche Landhaus. Prächtige Schneelandschaften, wunderbare Winterwälder, ein glitzerndes Sternenzelt in der Nacht, klirrende Kälte draußen, ein warmer Kachelofen in der guten Stube, Schottischer Whisky, Schweizer Schokolade, holländische Zigarillos – und kein Mord! Wollen Sie mich nicht begleiten?«

Und so fuhren Sichalich, Krafl und Wunderbaldinger gemeinsam mit dem jungen amerikanischen Krimibestsellerautor John Loibl in die Berge, um an Gutmanns schräger Silvesterfeier teilzunehmen. Oh du wunderbares Kuhdorf im Miezental zwischen den Bergketten! Im Sommer verheddern sich die Wolken nach einem ergiebigen Regen in den Wipfeln der Bäume und kuscheln mit den Berggipfeln. Der Mond glänzt silbern und das Firmament prangt voller Sterne. Man hört das Rauschen des Baches, das Zirpen der Grillen, das Muhen der Kühe, das Pfeifen des Windes, und jetzt im Winter das Knirschen der Sämischlederstiefel im festgefahrenen Schnee auf der Straße.

Wer knirscht jetzt? Der Schnee oder die Stiefel? Ist ja egal. Es knirscht jedenfalls.

Gar so schräg waren diese Gutmann'schen Silvesterfeste freilich auch wieder nicht: es gab nur zwei absolut unumstößliche Regeln: keine guten Vorsätze und kein Donauwalzer. Am Weg ins Miezental fuhren Sichalich, Krafl und Wunderbaldinger kurz über die italienische Grenze nach Tarvis (Tarvisio), gingen in den Supermercato und besorgten die Zutaten für eine Tarviser Jause: Prosciutto crudo aus San Daniele, Mortadella, Dolce Latte, ein Stück Montasio, ein Stück Fontalpina, ein paar Dosen Scombri, Pfefferoni, die großen Zwiebeln, eingelegte Tomaten, Pilze, Artischocken, Pane, ausreichend Vino rosso und für danach Profiteroles, Karamelpudding und natürlich Crema di Maroni (Kastaniencreme).

Dass im Miezental nach alter Tradition kein Donauwalzer gespielt wurde, enttäuschte John Loibl ein wenig. Aber dafür setzte ihm die »Gruppe Gewalt« eine andere und nicht ganz so bekannte österreichische Silvesterspezialität vor, genau genommen eine Erfindung von Sichalich und Gutmann. Knapp vor Mitternacht hatten die Mitglieder der »Gruppe Gewalt« sowie die beiden Redakteure der *Feinen* das Gutmann'sche Landhaus verlassen und stapften durch die Finsternis, den Frost und durch den hart gefrorenen Schnee zur Garage. Sichalich fuhr seinen Wagen ins Freie, ließ die Zündung an, legte eine CD des finnischen Komponisten M. A. Numinen ein, der den *Tractatus logico-philosophicus* von Ludwig Wittgenstein vertont hatte, und stellte auf maximale Lautstärke.

Auf der vereisten Straße am Ortsende von Kuhdorf, dort wo Füchse und Hasen einander Gute Nacht gesagt hätten, wenn es nicht so finster und so bitter kalt gewesen wäre, tanzte die »Gruppe Gewalt«, als das alte Jahr endete und das neue anbrach, zu den Klängen von »Wovon man nicht sprechen kann, darüber muss man schweigen!« John Loibl staunte nicht schlecht, aber er schrieb alles mit: So etwas hatte er noch nie gesehen!

Das neue Jahr war noch keine fünf Minuten alt, die »Gruppe Gewalt« hatte sich nach ihrem sprachphilosophischen Tänzchen wieder zurück in die behagliche Wärme der guten Stube begeben und Redaktionsassistent Kevin Tschinderle aus schwer nachvollziehbaren Gründen das Transistorradio in der Küche eingeschaltet, da verkündete der Sprecher die erste Nachricht des Jahres: Die Frau Innenminister war tot! Sie hatte am Silvesterabend völlig überraschend einen Aortariss erlitten und war auf dem Weg ins Spital im Krankenwagen gestorben.

Sichalich vergrub sein Gesicht zwischen den Händen. Ohne Innenminister hört sich ja alles auf! So kann man nicht arbeiten! Er hat jetzt endgültig die Nase voll. Er hat genug. Er hört jetzt auf. Krafl setzte einen lang gehegten Vorsatz, über den er mit niemandem gesprochen hatte, in die Tat um, zündete sich eine Zigarette an und inhalierte gierig ihren Rauch. Wunderbaldinger starrte ins Leere, Gutmann nahm seine Antidepressiva und John Loibl schrieb und schrieb und schrieb.

Ich war tot
Das Ende Robin Hoods
von ihm selbst erzählt

Robin Hood ist der zentrale Held mehrerer mittelalterlicher bis neuzeitlicher englischer Balladenzyklen, die sich im Laufe der Jahrhunderte zu der heutigen Legende formten. Die Handlungen der Balladen wurden fortwährend umgedichtet, weiterentwickelt, miteinander verschmolzen und neue Balladen wurden dazuerfunden. So wird Robin Hood in den ältesten schriftlichen Quellen aus der Mitte des 15. Jahrhunderts noch als gefährlicher, blutrünstiger Wegelagerer geschildert, der vorzugsweise habgierige Geistliche ausraubt. Später wird aus Robin Hood in der Dichtung ein enteigneter Adeliger und ein gegen die Normannen kämpfender angelsächsischer Patriot. Schließlich wandelt sich die Figur im 19. und 20. Jahrhundert zum Vorkämpfer für soziale Gerechtigkeit, der den Reichen nimmt und den Armen gibt. Die Existenz Robin Hoods als reale historische Figur ist nicht belegt. Die Bezeichnung »Robinhood« war im 13. Jahrhundert ein in England gebräuchlicher Spitz- oder Beiname, der synonym für »Gesetzesbrecher« benutzt wurde. Dass Robin Hood noch im Sterben einen Pfeil abschoss, um so die Stelle zu markieren, an der er begraben werden wollte, ist eine Erfindung des 18. Jahrhunderts.

Jede Ähnlichkeit mit lebenden oder nicht mehr lebenden Personen und Persönlichkeiten ist nicht mehr und nicht weniger als das, was sie ist: Eine Ähnlichkeit.

Es ging alles ganz schnell. Das Handy klingelte. Wo hatte ich es bloß hingelegt? Ich konnte mir schon denken, wer das war. Jetzt würde ich einmal einen schärferen Ton anschlagen. Dummer Bub! Was glaubt er eigentlich? Oder war es vielleicht dieser nette …; Plötzlich sah ich in der Dunkelheit einen steil ansteigenden Erdwall vor mir, ich drehte mich, ich kann nicht sagen, wohin, mir kam vor, um alle Achsen und in alle Richtungen gleichzeitig, oben war unten, unten war oben, und wo war ich? Was sah ich da? In dem Moment schoss die Riesenfaust aus knallharter Luft aus dem Lenkrad auf mich zu und schlug mich mit unfassbarer Wucht nieder. Einen Augenblick lang meinte ich, so hoch zu fliegen, dass ich, wäre ich nicht zu nachtschlafender Zeit unterwegs gewesen, durch die Fenster die Menschen im ersten Stock hätte anschauen können. Jetzt aber waren die Vorhänge vorgezogen, die Jalousien heruntergelassen, die Lichter gelöscht. Was war das? Ein Baumwipfel? In der Luft war das Lenkrad nicht mehr zum Lenken da, nur noch zum Festhalten. Eine Fünfzig-Stundenkilometer-Tafel flog an mir vorbei. Ich hatte mich angeschnallt, immerhin. Hoffentlich falle ich wieder auf die Beine, dachte ich, aber der Gedanke dauerte höchstens eine Hundertstelsekunde. Dann dachte ich: Ich falle ja immer wieder auf die Beine, das dauerte noch eine Hundertstelsekunde. Dann traf mich mit Blitzgeschwindigkeit etwas Steinhartes mit voller Wucht am Kopf, von dem sich später herausstellte, dass es der hinter einer Thujenhecke versteckte Betonpfeiler eines Gartenzauns war, und etwas riss mir die Brust auf, nämlich ein Hydrant, auf den der Wagen fahrertürseitig aufschlagen war. Zack – wurde die Fahrertür abgerissen, zack wurde auch die hintere Tür abgerissen, zack wurde mein Arm abgerissen. Wie schnell war ich jetzt eigentlich? Schauen wir einmal nach: Da schau her! Hundertzweiundvierzig! Natürlich, in einem zwei Tonnen schweren, zweihundertvierzig PS starken Sonnenwagen glaubt man bei hundertzweiundvierzig, dass man steht, auch wenn man fliegt. Im Fliegen wirken die Bremsen nicht. Der Wagen schlitterte dahin und kam schließlich quer zur Fahrbahn auf den Rädern zum Stehen, als wäre eine Riesenhand aus dem Himmel gefahren, hätte den Wagen gepackt, durch Luft und Wald getragen und ihn hier wie am Präsentierteller mitten auf der Straße abgestellt. Aber er war jetzt ein völlig zerstörtes Wrack. Nach dem ohrenbetäubenden Krach, den ich verursacht hatte, trat jetzt gespenstische Stille ein.

Ich war tot. Dabei hatte der Tag so gut angefangen.

Ich war tot. So etwas Blödes. Noch dazu auf meiner Hausstrecke. Wie oft war ich hier gefahren? Tausend Mal? Zweitausend Mal? Zehntausend Mal? Ich habe jetzt leider keine Zeit, nachzurechnen. Und dann noch mit dem Dienstwagen! Das war mir echt peinlich. Jetzt könnte ich sagen: Dienst ist Schnaps, und Schnaps ist Dienst. Aber mir hatte es die Rede verschlagen. Meine Landsleute lagen jetzt gemütlich im Bett, nahmen einen Schlummertrunk und lasen noch ein paar Seiten, bevor sie ihr Buch auf das Nachtkästchen legten, das Licht löschten, und sich zum Einschlafen in ihre kuschelige Decke rollten, während bei mir die linke Schlagader abgetrennt war und ich sowohl einen Herzriss als auch einen Abriss des Rückenmarks erlitten hatte, außerdem einen Schädelbasisbruch samt Verschiebung der Schädelbasis. Wegen der Serienrippenbrüche auf der linken Seite will ich gar kein Aufhebens mehr machen. Meine eigenen Rippen waren jetzt Dolche. Mein Leben war nicht wie ein Film vor meinem inneren Auge abgelaufen. Dafür war keine Zeit gewesen.

Ich war tot. Das war mir überhaupt nicht recht. Vor allem der Zeitpunkt kam mir äußerst ungelegen, sowohl langfristig als auch aktuell. Immerhin hatte ich erst vor ein paar Wochen quasi im Alleingang einen sensationellen Erfolg bei den Nationalratswahlen errungen. Die Zeitungen schrieben von einem »triumphalen Comeback«, und bevor ich mir den Kopf zerbrach, hatte ich mir den Kopf darüber zerbrochen, wie man eine rechtsrechte

Koalition schmieden und zum zweiten Mal binnen eines Jahrzehnts einen sozialdemokratischen Bundeskanzler verhindern konnte. Hätte ich wieder ein paar persönliche Bedienstete und Handlanger in der Regierung, wäre auch hier in meiner Bergfestung alles gleich wieder viel leichter geworden. Zum Beispiel seinen Anwalt zum Justizminister machen: ein unschätzbarer Vorteil, wenn man zum Rechtsstaat ein saloppes Verhältnis pflegt! Ich hatte schon wieder ein paar ganz originelle Ideen im Hinterkopf! Ich hatte noch etliche Pfeile im Köcher! Ich kannte ja mittlerweile meine Pappenheimer, auch meine Pappenheimer von den anderen Parteien. Mittlerweile waren sie alle wunderbare Spielzeuge für mich. Ich war tot. Dabei war ich gerade im ganzen Land plakatiert. Überall. Im ganzen Land nicht eine Litfaßsäule, nicht eine Baustellenplakatwand, von der ich nicht gerade geschaut hätte! Ich lächelte von riesigen Planen, mit denen die Kinopaläste an den Rändern der Städte des Landes von oben bis unten zutapeziert waren. Es gab ein Motiv, auf dem ich die Ärmel hinaufkrempelte, ein anderes, auf dem ich die offene Hand zur Versöhnung oder zur Zusammenarbeit ausstreckte, ein drittes, in dem ich die Stirn in Falten legte, das Kinn mit dem Daumen stützte und gleichzeitig den Zeigefinger an die Wange legte, eine Geste, die Nachdenklichkeit symbolisieren sollte. Nachdenklichkeit über die ganze Kinopalastfront. Anders als früher war die Strategie nicht mehr die pure Provokation, sondern die Selbstpräsentation als lässiger Typ und *elder statesman* in Personalunion, und die Taktik war aufgegangen. Aber jetzt war ich tot. In wenigen Stunden würde die Zeitung ausgetragen, aber sie würde noch nichts von meinem Tod kolportieren, sondern ein großes Interview zur Lage der Nation bringen, das ich am Nachmittag gegeben hatte, aber jetzt bereits postum erschienen sozusagen mein plötzliches Vermächtnis wäre.

Vor allem aber war vor etwas mehr als einer Stunde der neunzigste Geburtstag meiner Mutter angebrochen! Neunzig wird man nur einmal im Leben! Ich hatte meine Mutter eigens hierher zu mir bestellt, und sie hatte die Hunderte Kilometer weite Reise auch tatsächlich auf sich genommen, damit ich ihr gratulieren konnte. Und dann das! Erst vor ein paar Wochen hatte ein Schriftsteller dieses Landes einen Roman veröffentlicht, in dem sich der Sohn ausgerechnet am Geburtstag seiner Mutter erschießt. Sich erschießen oder sich erschlagen: Kein großer Unterschied! Der Unterschied war nur: Ich war kein anonymer, junger Desperado. Ich war nicht irgendjemand. Ich war hier Landeshauptmann. Amtierender Landeshauptmann. Ich bin hier Landeshauptmann, hätte ich vor ein paar Sekunden noch mit der allergrößten Selbstverständlichkeit sagen können.

Ich war tot. Was nun? Mir war klar, dass ich auferstehen musste. Hauruck! Aber so sehr ich mich auch anstrengte und bemühte, meine Auferstehung klappte nicht. Ich blieb einfach im demolierten Wagen sitzen, stierte mit offenen Augen ins Leere und kam nicht einmal allein aus dem Wrack heraus. Die langsam fahrende Frau, die ich in dem Augenblick überholt hatte, als das Handy zum ersten Mal klingelte, hatte ihren Wagen in Respektabstand abgestellt (es war nur ein kleiner Wagen. Ich glaube, ein Ford Fiesta) und war ein paar Schritte auf mich zugekommen, war dann aber stehen geblieben und hatte telefoniert. Ich glaube nicht, dass sie gesehen hat, wer ich bin. Ich war ja auch nur schwer zu erkennen, erstens weil die Straße in der Dunkelheit nur von einer gelben Straßenlaterne matt beleuchtet war, zweitens weil meine Verletzungen mich verunstaltet hatten. Zuerst kam ein Mann, der meinte, da sei nichts mehr zu machen. Dann kam die Polizei. Aus der Nähe erkannten die beiden Beamten mich. Ich war es tatsächlich. Beide schienen betroffen. Der erste murmelte: *Dos gibt's jo nit.* Der zweite: *Ich scheiß mich on.* Wieder der erste: *I glab, I spinn.* Einer der beiden hatte eine Digitalkamera dabei und machte kurzentschlossen Fotos, zum Beispiel von einem Schuh, den ich verloren hatte und der ebenso aus dem Sonnenwagen gekollert war und auf der Straße lag wie die *Sunny-Soul*-Kapseln. »Nanana, das ist aber verboten!«, dachte ich. »Den Burschen kauf ich mir!« – merkte aber im selben Augenblick, dass das nicht ging. Und da kam auch schon die Rettung herangebraust. Die Sanitäter bargen mich vorsichtig aus dem Wrack. Ich war zwar praktisch schon gestorben, aber was weiß man ohne Apparate schon so genau? Und weil es sich bei mir ja nicht um irgendjemanden handelte, sondern um den amtierenden Landeshauptmann, Bundesparteiobmann und Europaschreck, hat man sich gesagt: Ab ins Landeskrankenhaus! Nutzte es nicht, konnte es nicht schaden. Und so fuhr ich denselben Weg, den ich gerade gekommen war, wieder zurück, schnell, wenn auch nicht ganz so schnell, wie ich gekommen war, aber ein Rettungswagen ist eben kein Sonnenwagen. Im Landeskrankenhaus eingetroffen war ich dann aber endgültig tot.

Ich war achtundfünfzig Jahre alt geworden: Das stand jetzt von einem Augenblick auf den anderen plötzlich als unwiderrufliches Endergebnis fest. Es würde nichts mehr dazukommen. Kein Jahr, keine Wahl, keine Bergtour, kein Lied, kein Sager, kein Interview: Nichts. Ausgerechnet jetzt, wo ich gerade so schön mächtig war! Ausgerechnet jetzt, wo ich alles so schön im Griff und alle Posten im Land mit meinen Leuten besetzt hatte! Die Sendung *A Gaudi muass sein* wurde abgesagt. Recht so. Ich war tot. Dabei war ich so gut beisammen gewesen. Rein körperlich hätte ich es locker noch dreißig Jahre geschafft. Super Gene! Die Mutter neunzig, der Vater war fast hundert geworden. Die arme Mutter: ein harter Schlag für sie. Der dumme Bub! Ärgerlich.

Die nächsten Wahlen im Land wären eine gemähte Wiese gewesen! Ich hätte wohl die absolute Mehrheit bekommen. Zwei Legislaturperioden hätte ich mindestens noch geschafft, wahrscheinlich drei. Der 60. Geburtstag, der 70., der 75., der 80. Geburtstag und alle damit verbundenen Feiern: Alle auf einmal schlagartig abgesagt: Schon schade! Topfit in den Tod. Ein Jammer! Only the Hood dies young! Gleichzeitig mit meinem Rettungswagen traf ein weiterer Rettungswagen mit Blaulicht im Krankenhausareal ein: Bei einer jungen Frau hatten vorzeitig die Wehen eingesetzt. Die Fruchtblase war geplatzt. Eine Frühgeburt! Ein kleines Mädchen namens Angelina: Vermutlich der erste Mensch, der auf die Welt kam, nachdem ich aus der Welt gegangen war. Servus Angelina! So knapp haben wir uns verpasst! Griaß di! Alles Gute!

Der Oberarzt hatte mich in Empfang genommen. Es war ihm auf den ersten Blick klar gewesen, dass ich tot war, aber für alle Fälle verständigte er den Primarius. Man wollte sich später keine Vorwürfe machen müssen. Journalisten von überall würden kommen und nach allen Einzelheiten fragen. Weil ja alle öffentlichen Posten im Land von meinem Goodwill abhingen, hatte letztlich auch der Primarius sein Primariat mir zu verdanken. Schon vor mir waren Landeshauptmänner etwa nach einem Attentat in letzter Minute hier eingetroffen und in stundenlangen Notoperationen gerettet worden. Aber auch der genialste Primarius kann einen Toten nicht mehr zum Leben, einen Mausetoten nicht mehr zum Heldenleben erwecken.

Der Primarius stellte den Totenschein aus und verständigte den Polizeipräsidenten. Der Polizeipräsident verständigte den dummen Buben, der bald darauf hier bei mir in der Prosektur eintraf und heulte. Jetzt schaust du aber! Das hast du von deiner Eifersucht! Wie oft habe ich dir gesagt: Der Herr gibt es, und der Herr nimmt es! Was denkst du denn, wer du bist, dass du mir sagen kannst, was ich tun und lassen soll? Jetzt hat der Herr es genommen, und es war ein anderer. Aber der dumme Bub konnte mich natürlich nicht hören.

Ich war tot. Ich musste mir das in den ersten Stunden immer wieder sagen, denn ich konnte es noch gar nicht glauben. Ich war ja bis jetzt noch nie tot gewesen und habe mich, wenn schon nicht prinzipiell, so doch für aktuell unsterblich gehalten. Tot sein, das war etwas für die ferne Zukunft. Ein Hirnstammabriss war zu Lebzeiten eigentlich nie ein Thema gewesen, das war höchstens etwas für kranke Journalistengehirne. Und dann das! Zwar wusste ich nicht weiter, aber wie ich so mit gebrochenem

Genick und zertrümmertem Schädel in der Prosektur lag, dachte ich mir zum ersten Mal: Eigentlich war mein Tod gar nicht so schlecht! Im Gegenteil war ich einen tollen Tod gestorben. Und einen Tod, der wirklich gut zu mir passte. Zu einem tollen Leben gehört ein toller Tod. Erst ein toller Tod macht aus einem tollen Leben eine tolle Story! Und so ein sensationeller und spektakulärer Tod ist ja keine Selbstverständlichkeit. Den muss man erst einmal hinlegen. Wie Lady Di oder James Dean oder Falco. Verglichen mit denen hatte ich sogar ein langes Leben gehabt, eine lange Dauerjugend. Und dann derselbe große Tod! Zwar waren die Eltern von Lady Di keine Nazis. Die Eltern von James Dean waren auch keine Nazis, und ob die Eltern von Falco Nazis waren, weiß ich nicht. Aber Hauptsache spannend! Das Bild von meinem Wrack würde in Windeseile um die Welt gehen, von hier, von diesem nichtssagenden Fleck mitten in der tiefsten Provinz aus! Das Wrack des Jahres! Ein Sonnenuntergang aus Blech.

Wenige Tage nach mir würde ein anderer Landeshauptmann als machtloser Pensionist und Kolumnist und Adabei mit einundachtzig Jahren im Krankenhaus einen Altersschwächetod sterben, und wenn man die mir medial postum weltweit zugeordneten Quadratzentimeter mit den seinen vergleichen würde, müsste man zugeben, dass er gegen mich ein fürchterliches Debakel erleiden würde. Wenn ich mir vorstellte, dass hier im Krankenhausgelände rund um mich Leute lagen, die monate-, oft jahrelang in großem Elend dem Tod entgegendämmerten: Die einen wurden vom Krebs zerfressen. Die anderen wälzten sich nach Schlaganfällen in komatösen Zuständen dem Absterben entgegen, hilflos der fortschreitenden Demolierung ihres Gehirns ausgeliefert, dement und inkontinent. Ich stellte mir die vielen heimtückischen, unheilbaren Krankheiten vor, die Menschen nach und nach vernichteten, die zum Teil noch deutlich jünger waren als ich! Die unangenehmen Untersuchungen und Wiederuntersuchungen, das elendige Warten auf Befunde und Diagnosen und

Prognosen, die Ungewissheit, die Operationen und Wiederoperationen, das Bauchspeicheldrüsenkarzinom, noch ein halbes Jahr vielleicht, noch drei Monate, noch zwei, vielleicht auch nur noch zwei Wochen, das Hoffen und das Bangen, das wilde Aufbegehren und die tiefste Verzweiflung, das Zeitlupenmartyrium und ein anonymes kleines Aus am Ende: Das habe ich mir alles erspart! Ein für allemal! Ich hatte praktisch gar keinen Todeskampf zu absolvieren gehabt, in ein paar Augenblicken war alles vorbei gewesen. Wie praktisch das war: Ich hatte mich zeitlebens mental nie auf einen Todeskampf vorbereitet, und ich musste schließlich auch keinen bestreiten. Ein paar Sekunden vor meinem Tod hatte ich noch keinen Schimmer, dass ich sterben würde. Die paar Sekunden, in denen mein Körper vollständig demoliert wurde, waren allerdings höllisch. Auferstehung in ein paar Tagen wäre natürlich der Knüller. Aber Heiligsprechung tat es zur Not auch. Gleich nach Sonnenaufgang würde ich auf alle Fälle an vielen Orten gleichzeitig, ach ich würde allgegenwärtig sein. Wieder einmal hatte ich alle überrascht. Wieder einmal hatte ich die ganze Welt eindrucksvoll auf dem falschen Fuß erwischt.

Man konnte sich lange nicht darauf einigen, wer Maid Marian von meinem Tod verständigen sollte. Der dumme Bub hörte nicht zu flennen auf und war ungeeignet. Weil man auch allen anderen Dreikäsehochs in meinen Diensten diese heikle Mission nicht zutraute, übernahm schließlich die Protokollchefin des Landes gemeinsam mit dem Polizeichef die Aufgabe. Fast drei Stunden waren seit dem Eintritt meines Todes bereits vergangen. Maid Marian war im ersten Augenblick natürlich sehr erschrocken, dann aber sehr tapfer und gefasst. Das hatte sie an meiner Seite gelernt. Meine Seite ist eher im übertragenen Sinn zu verstehen. Wann haben wir zuletzt telefoniert? Wann haben wir uns zuletzt gesehen? Fällt mir jetzt gar nicht ein. Muss schon eine Weile her sein. Na, egal jetzt! Maid Marian hatte sich seit Jahren damit abgefunden, dass ich so gut wie keine Zeit für sie haben würde, dass ein Leben an meiner Seite nicht an meiner Seite stattfand und dass sie jenseits meines Lebens ihr eigenes Leben leben musste. Ich hatte eine Vision und eine Mission. Was war das noch schnell? Ah, ja! Ein neues Land – mit mir an der Spitze. Ich hieß *Ichbinderichbin*, Hauptmann der *Wirsindwirs,* und mein Spitzname war *Dasgesetzbinich*. Immerhin fehlte es Maid Marian an nichts. Sie konnte jede Menge Bilder sammeln und jede Menge Bücher kaufen und Reiner Kunze und Rainer Maria Rilke lesen. Sie konnte den Menschen die Wälder und die Wälder den Menschen näherbringen, außerdem konnte sie Holz verkaufen und aus Kondensstreifen die Zukunft lesen. Nachdem unsere Kinder groß geworden und ausgezogen waren, konnte sie sich im Radio und im Fernsehen als Märchenerzählerin versuchen, dazu genügte ein Anruf beim Landesdirektor der Rundfunkanstalt. Das Meine war das Meine, und das Ihre war das Ihre: So hatten wir es vereinbart. Eine Ehe funktioniert dann am besten, wenn man sich nicht allzu oft über den Weg läuft. Robin Hood hat auch nicht viel Zeit für Frau Hood gehabt. Und sie sollte nichts von dem glauben, was über mich in der Zeitung steht. Auch die Kinder sollten nichts von dem glauben, was über mich in der Zeitung steht. Maid Marian konnte sich zur Lionladys-Präsidentin wählen lassen, Waldpädagogik studieren und Waldpädagogin werden. Solches Zeug eben. Das alles würde auch weiterhin möglich sein.

Die Nachricht von meinem Tod verbreitete sich wie ein Lauffeuer im ganzen Land. Schon in den frühen Morgenstunden pilgerten Menschen zu meiner Unfallstelle, die von der Polizei großräumig abgesperrt worden war. Es gab hier kein Durchkommen. Das Wrack des Sonnenwagens stand bei Sonnenaufgang noch immer so quer auf der Straße, wie ich es hinterlassen hatte. Man sah auf den ersten Blick, dass hier etwas ganz Unfassbares passiert sein musste. Auf einen Schlag waren alle Flüge nach *Wirsindwirien* überbucht, und im ganzen Land war erstmals in seiner Geschichte in der Nachsaison kein Hotelzimmer mehr zu bekommen. Journalisten und Kamerateams aus ganz Europa waren unterwegs hierher, um vom Ort des Geschehens zu berichten. Plötzlich wurden alle Orte interessant, an denen ich mich in den letzten Stunden meines Lebens aufgehalten hatte. Aber man kannte längst noch nicht alle. Plötzlich wurden alle Menschen interessant, mit denen ich in den letzten Stunden meines Lebens gesprochen hatte. Aber man kannte längst noch nicht alle. Experten von VW waren aus Deutschland unterwegs, um das Wrack genauestens zu untersuchen. Es musste ausgeschlossen werden, dass der Sonnenwagen einen Konstruktionsdefekt gehabt haben konnte, der zum Unfall führte. Die Menschen fragten sich, wie man an dieser Stelle noch dazu so schwer verunfallen konnte. Sie war übersichtlich und ohne Hindernis oder Schikane. Die Straße verlief ziemlich gerade, und es galt eine Beschränkung zunächst für siebzig, an der Unfallstelle selbst sogar für fünfzig Stundenkilometer. Daher mutmaßten die einen, dass ich gar keinem Unfall, sondern einem Sabotageakt oder einem Anschlag zum Opfer gefallen sein könnte, hinter dem vermutlich der israelische Geheimdienst steckte. Oder linkslinke Gutmenschen hatten mir eine Autobombe mit Zeitzünder unter die Bodenplatte montiert! Oder man hatte mich vergiftet. Oder man hatte mir K.-o.-Tropfen verabreicht. Im Internet wimmelte es bald von solchen Fragen und Verdachtsmomenten. Weil die Menschen keine Antwort fanden, zündeten sie Kerzen an und stellten sie an der Unfallstelle ab. Bald wuchsen die Kerzen zu einem Kerzenmeer und sahen aus wie eine Zunge glühender Lava.

Das alles hätte auch nur ein böser Traum sein können, aus dem man nach ein paar Sekunden erwacht und den Kopf schüttelt! Du liebe Zeit, die Geschichte war ja so extrem unwahrscheinlich! Geradezu hanebüchen. Bloß ein paar Details in ein paar Augenblicken ein ganz klein wenig anders, und nichts wäre so gekommen, wie es gekommen ist! Das wäre die normalste Sache der Welt gewesen! Auch meine Kritiker werden zur Kenntnis nehmen müssen: Da ist wirklich viel Pech dabei gewesen! Als Maid Marian in die Prosektur kam, um mich zu sehen, war ich schon längst nicht mehr da. Vielleicht war das auch besser so. Sie hätte sich die Hand vor den Mund gehalten und wäre von einem Weinkrampf gepackt worden.

Meine Gesichtszüge waren jetzt nicht mehr schneidig, sondern zerbrochen, und meine zertrümmerte Schädelbasis war auch wirklich kein schöner Anblick. Tat mir echt leid. Ich plötzlich als Frankensteins Monster, ausgerechnet ich. Das wollte ich nicht. Als sie mich aber nicht antraf, war Maid Marian fassungslos vor Ärger. Wem gehörte ich eigentlich? Ihr – oder dem Holzhacker, dem dummen Buben oder gar dem Staatsanwalt? Was unterstanden sich der Holzhacker und der dumme Bub, so lange herumzutrödeln und ihr die Todesnachricht vorzuenthalten, bis es zu spät war? Der Primarius erklärte Maid Marian, dass man meinen Leichnam mit dem Hubschrauber nach Graz zur Obduktion überstellen müsse. Dort würden Spezialtests gemacht, die hier nicht möglich seien. Anschließend würde mich die Leichenrestauratorin aber wieder hübsch machen, meinen Kopf dem Original entsprechend nachbauen und sogar meine Gesichtszüge friedlich aussehen lassen. Maid Marian, eben noch heftig weinend, protestierte energisch gegen meinen postumen Hubschrauberflug nach Graz und meine Obduktion. Auf meine Marian konnte ich mich verlassen! Wahrhaftig eine Lionlady! Ich sei tot, damit habe es sich, und daran würde sich auch durch irgendwelche Untersuchungen nichts mehr ändern. Als meine Frau verbiete sie die Obduktion und die Spezialtests. Gut gemacht, Marian! Das war ganz in meinem Sinn! Ich war ja noch total betrunken! Der Primarius bedauerte, dass eine Absage der von der Staatsanwaltschaft angeordneten Obduktion nicht in seiner Macht stehe und nicht in Betracht käme, da es sich bei mir um eine zentrale Person des öffentlichen Lebens handle, um einen politischen Führer von europaweiter Prominenz. Daher müsse man völlige Klarheit schaffen, ob nicht vielleicht ein Attentat, ein Mordanschlag geschehen und ich beispielsweise vergiftet worden sei. Das müsse zunächst mittels wissenschaftlicher

Methoden ausgeschlossen werden, um später mit Entschiedenheit und glaubwürdig allfälligen Gerüchten entgegentreten und Mythen und Legendenbildungen verhindern zu können. Na, das war ein Malheur! Die halbe Flasche Wodka würde sich im Blut natürlich feststellen lassen. Wenn ich daran dachte, dass ich die Bezirksvorsteherin des ersten Wiener Bezirks bezichtigt hatte, zu tief ins Glas zu schauen! Oder dass ich einem der größten Dichter des Landes, als er schon sehr alt und sterbenskrank war, in aller Öffentlichkeit vorgeworfen hatte, sein Geld zum Branntweiner zu tragen! Ich war da nicht zimperlich gewesen! Und jetzt sollte ich selbst, der Saubermann schlechthin, postum als höchster politischer Repräsentant meines Landes als Alkoraser erwischt werden! Noch vor ein paar Stunden hätte irgendjemand hier im Land auf die Schnapsidee kommen sollen, mir Blut abzunehmen. Mir! Der wäre auch schon um seine Existenz gebracht gewesen. Aber es wäre ja niemand auf diese Idee gekommen. In meinem ganzen Jahrzehnt als Landeshauptmann hatte ich nicht eine einzige Alkoholkontrolle zu absolvieren gehabt. Auch die, die mit mir unterwegs waren, hatten nie Alkoholtests zu machen, auch nach Unfällen nicht. *Dasgesetzbinich*. Mit mir waren nur Ehrliche, Fleißige, Anständige unterwegs. Das war ja klar. Ich hatte alles im Griff. Jetzt war es schwer. Eine Verkettung saudummer Umstände! Wie biegen wir das wieder hin? Wie oft war ich im letzten Jahrzehnt mit dem Hubschrauber unterwegs gewesen und hatte mein schönes Land von oben gesehen! Jetzt absolvierte ich meinen letzten Flug. Lieber wäre ich nach Tripolis oder Toronto geflogen, nach Damaskus, Bagdad oder hinter den Ural. Aber nein: Nicht einmal nach Wien. Nach Graz! Wer hätte das gedacht? Das muss aber unter uns bleiben.

Unterdessen hatte der dumme Bub das Krankenhaus wieder verlassen und eine Pressekonferenz im Spiegelsaal der Landesregierung einberufen, gleich um acht Uhr morgens. Internationale Presse war zu dem Zeitpunkt natürlich noch keine da, aber das Bundesfernsehen. Der dumme Bub heulte sehr schön vor laufender Kamera und nannte mich seinen Lebensmenschen. Zu dem Zeitpunkt wusste noch niemand so recht, was am letzten Abend geschehen war. Aber es würde nicht lange dauern, bis die ersten Gerüchte zu kursieren begannen. Nach dem dummen Buben kam der Holzhacker zu Wort, und nachdem der dumme Bub sich geoutet hatte, blieb ihm gar nichts anderes übrig, als mich auch seinen Lebensmenschen zu nennen, allerdings in einem anderen Tonfall. Ich war einer ganzen Menge Menschen Lebensmensch. Ich hingegen wechselte die Lebensmenschen wie die Unterhosen. Der Holzhacker reichte dann noch zwei pompöse Bilder nach, das eine von der Sonne, die vom Himmel gefallen sei, das zweite von den Uhren, die stehen geblieben seien. Das erste war in Ordnung. Das zweite, viel schwächere hätte sich der Holzhacker sparen können, das ließ den ganzen dramaturgischen Bogen zusammenbrechen. Wenn die Sonne vom Himmel gefallen ist, schert es doch keinen mehr, dass die Uhren stehen bleiben. Aber der Holzhacker war eben ein Holzhacker. Der Schweinehirt war gar nicht da und konnte also gar nichts sagen. Ebenso der Sizilianer. Keine Frage: Ihr Pressearbeitshandwerk hatten meine Little Johns und Bruder Tucks gelernt: Man musste die Öffentlichkeit schnell mit Informationen versorgen, wenn man ihr andere vorenthalten wollte. Und dass man der Öffentlichkeit nicht die ganze Wahrheit sagen durfte, lag ja auf der Hand. In diesen Stunden musste vieles hinter Kulissen geschehen. Vieles musste aufgeräumt, vieles musste hergerichtet werden. Der Polizeichef erklärte, dass es für meinen Unfall keine Augenzeugen gebe, dass ich aus bisher ungeklärter Ursache zu weit nach rechts und dort von der Fahrbahn abgekommen sei. Der Krankenhausdirektor beschränkte sich im Wesentlichen auf die Mitteilung, dass ich bereits tot im Landeskrankenhaus eingetroffen sei.

Zu diesem Zeitpunkt saßen die meisten Menschen schon vor den Fernsehgeräten, frühstückten zu den Bildern meines Wracks, sahen den Buben heulen und lasen im Teletext in Riesenlettern, wie die Teletextredaktion sie niemals zuvor verwendet hatte, die Nachricht von meinem Tod. Bundeskanzler, Bundespräsidenten, Päpste waren gestorben, ohne solche Lettern zu bekommen. Allein diese exklusiven Riesenlettern im Teletext zeigten, dass da nicht irgendwer gestorben war, auch nicht irgendein Landeshauptmann, sondern dass ich für eine ganz besondere Persönlichkeit gehalten wurde und mir noch eine große postume Zukunft bevorstehen würde, zum Beispiel als Märchenfigur. Eben noch Mensch, jetzt Märchenfigur. Mein Reich, eben noch rückständige Provinz, jetzt Märchenland, Historyland. Mein letzter Weg: Robins Weg. Ein neuer Jakobsweg. Nach der Teletextlektüre griffen die Menschen zur Morgenzeitung, die von meinem Tod zwar noch keine Ahnung haben konnte, aber dafür das große Exklusivinterview enthielt, das ich gestern quietschlebendig gegeben hatte.

Ich war tot. Dabei hatte der Tag so gut begonnen. Es war der Landesfeiertag gewesen. Ich war gar nicht von hier. Ich war erst als Erwachsener hierher eingewandert, um mein Millionenerbe anzutreten. Aber gerade deswegen war es mir ein besonderes Anliegen, echter als die Echten zu sein und mich an die Spitze der Echten zu stellen. Die Echten hatten ja in den trüben Jahren vor meiner Regentschaft das Vertrauen in ihre Echtheit verloren. Nach einem gemütlichen Frühstück bei mir zu Hause zog ich mir den braunen Landestrachtenanzug mit dem moosgrünen Kragen und den Hirschknöpfen und das schwarze Landestrachtengilet mit den zahllosen kleinen rosa Röslein an und fuhr zum Friedhof im Norden der Stadt zu einer militärischen Gedenkveranstaltung für die Volksabstimmung, die vor achtundachtzig Jahren stattgefunden hatte. Es waren hauptsächlich ältere Leute, ebenfalls in Landestrachtenanzügen, gekommen. Das Gebiet, über das damals abgestimmt worden war, war heute Europa: Hüben Europa, drüben Europa, rundherum Europa, überall Europa. Die Grenze, die mit Blut geschrieben worden war, gab es seit fast einem Jahr nicht mehr. Einfach weg. Die Grenze war verwaist, das musste ich zugeben, auch wenn der Wegfall der Grenze für mich kein Grund zu feiern gewesen war. Mittlerweile lebte von damals niemand mehr. Aber das Gedenken an die mit Blut geschriebene Grenze musste am Leben erhalten werden, nicht zuletzt, weil sie noch immer etliche Wählerstimmen brachte. Es war eine liebe, alte Tradition, an diesem Tag über die südlichen Nachbarn herzuziehen und zu ätzen. Hier kamen Anschüttungen immer gut an, und die Nachbarn kannten den bedingten Reflex schon und hatten Verständnis. Vom Friedhof ging es zurück in die Stadtmitte zur neu geschaffenen Stätte der Landeseinheit im Innenhof des Landhauses zu einer weiteren Gedenkveranstaltung, nur waren hier statt des Militärs Schulen anwesend. Wir sangen das Heimatlied. Das war schön! Anschließend stand die Ehrung der Sieger beim Bundesjungmaurerwettbewerb an. Die Bundesjungmaurer hatten eine große Freude, dass ich anders als die Politiker anderer Parteien so lange bei ihnen blieb und ihnen so gut zuhörte. Auch wenn ich selbst niemals ein Bundesjungmaurer gewesen bin, gelang es mir, den Bundesjungmaurern zu vermitteln, dass mir gerade die Bundesjungmaurer ein besonderes Anliegen waren. Ich war einer von ihnen! Ich war ihr Held! Beinahe hätte ich mitgemauert! Das Mittagessen ließ ich am letzten Tag meines Lebens sausen, denn nach den Maurerlehrlingen warteten der Chefredakteur und der Herausgeber der hiesigen *Guten Gazette* im Grand Café auf mich, um mich zu interviewen. Die beiden waren ursprünglich gegen mich gewesen. Im Lauf der Jahre hatte ich sie aber mit sanftem Druck und Geschick herumgebogen. Sie verstanden mich jetzt besser, und daher tranken wir, nachdem die Kamillenteetassen abserviert worden und der Fotograf, der uns mit den Kamillenteetassen fotografiert hatte, gegangen war, eine Flasche Wein. Der Chefredakteur war so wie ich nicht von hier, sondern erst als Erwachsener ins Land gekommen und trug so wie ich den moosgrünbraunen Landestrachtenanzug mit den Hirschknöpfen. Nur der Herausgeber war von hier, aber weggezogen und heute bloß auf Besuch, und als Einziger von uns dreien trug er keinen moosgrünbraunen Landestrachtenanzug, denn er hatte es nicht notwendig, echter als die Echten zu sein. Wie immer hatte ich auf alle Fragen eine Antwort. Ich schenkte, wie ich später lesen konnte, den Chefredakteuren *reinen Wein* ein.

Nun war ich müde, aber voller Energie. Daher ging ich in eine schicke Boutique und kaufte mir eine angesagte hellbeige Designerlederjacke. Mein Büro rief mich mehrmals wegen irgendwelcher politischen Kleinigkeiten an, zuletzt wegen der Anfrage einer linksliberalen Tageszeitung aus der Hauptstadt, die gerade ihr zwanzigjähriges Bestandsjubiläum feierte und mich um eine Jubiläumswortspende bat. Ich ließ ausrichten, dass ich linksliberale Zeitungen nicht mag, diese aber, weil sie gut gemacht sei, obwohl sie mich schlecht behandle, schätze. Ich war ja diplomatisch geworden. In zwei Jahren würde ich sechzig werden und wollte daher Streit und Feindschaften vorerst ein wenig rückbauen. Immerhin hatte ich noch Großes vor. Dann ging ich eine Kreuzung weiter zur Eröffnung eines Designerlokals mit Designerküche und Designermenüs, wo ich einen sehr netten Koch kennenlernte, mit dem ich mich angeregt unterhielt. Ich konnte dem Koch klarmachen, dass mir gerade Köche ein besonderes Anliegen seien. Da ein Schluckerl, dort ein Schluckerl, das ging nicht anders. Aber nicht viel. Der dumme Bub war auch da. Ich hatte keine Zeit für ihn. Er sah mich mit dem Koch plaudern, da packte ihn die Eifersucht, und er sorgte sich um sein zukünftiges Wohlergehen. Er hatte schon recht: Ohne mich war er ja nichts! Ein Mond, allerhöchstens. Ein Mond, der neben mir nur noch Udo Jürgens hatte. Wäre das nicht schon der letzte Tag meines Lebens gewesen: Wer weiß, vielleicht hätte ich den netten Koch demnächst zum Pressesprecher gemacht, zum Kulturkonsulenten, zum Landesrat, zum geschäftsführenden Bündnisobmann in der Bundeshauptstadt: Jungen Menschen immer wieder eine Chance zu geben, war mein Credo. Der Herr gibt es und der Herr nimmt es. Wenn ich eine Idee hatte, dauerte es nie lange bis zu ihrer Verwirklichung. Und der dumme Bub hätte womöglich durch die Finger geschaut. Mein Abstellgleis war ja schon voller dummer Buben.

Ich fuhr beschwingt und kocherfrischt nach Hause in mein Stadthaus, hängte den moosgrünbraunen Landestrachtenanzug mit den Hirschknöpfen an den Haken und legte mich ein wenig aufs Ohr. Mutters Geburtstag nahte! Neunzig! Hoch sollte sie leben! Dreimal, nein neunzigmal hoch. Maid Marian hatte alles organisiert, die Tafel bestellt, die Geschenke eingepackt, die Familie zusammengetrommelt und ins Erbtal zum Landsitz in der Lichtung in den Wäldern rund um die sieben Berge bestellt. Holz wächst immer wieder nach, dadurch gehen die Millionen nie aus. Reichtum ist immer Glück, da kann man ihn gleich erben. Robin Hood muss steinreich sein, damit er funktioniert. Robin Hood muss ein gigantisches Vermögen in der Hinterhand haben, dann traut er sich was und lässt seine flotten Sprüche los. Mutter hatte ihre lange Reise hinter sich gebracht, war schon im Erbtal eine Dreiviertelstunde von hier eingetroffen und wartete auf mich. Auf dem Ohr liegend fiel mir dann aber wieder ein, dass am anderen Ufer des Sees, kein Autobahnviertelstündchen entfernt, anlässlich des Ersterscheinens eines Blitzlichtmagazins eine Blitzlichtparty stieg. Da konnte Mutter noch ein wenig warten! Irgendwo wurde ja immer gefeiert: Das war mein Glück! *Blitzlichtparty* war ein Wort, das mich magisch anzog, und es war auch wie geschaffen dafür, meiner neuen hellbeigen Designerlederjacke einen tieferen Sinn zu verleihen. Also nichts wie hin! Dass ich den Dienstsonnenwagen nahm, war eine Selbstverständlichkeit. Landeshauptmann war ich ja immer und überall, in Tripolis und Trebesing, in Damtschach und Damaskus. Und wer hätte sich beschweren sollen? Der Chauffeur? Wer würde mir in diesem Land Vorschriften machen? Mir? Gesetz war das, was ich tat. Das hatte sich so eingebürgert und war mittlerweile ein wohlerworbenes Recht. Das gab vielleicht ein Hallo bei der Blitzlichtparty! Ein Blitzlichtmagazin war das, was das Land noch ganz dringend gebraucht hatte.

Meine Lieblingsbeschäftigungen waren ja immer Grüßen und Grinsen gewesen. Je nach Gegenüber konnte das Grinsen in Sekundenbruchteilen in Beißen übergehen. Der dumme Bub war auch in der Menge, und weil ich ihm im Blitzlicht keine Beachtung geschenkt hatte, begleitete er mich aus dem *La Fête Orange* hinaus und stieg zu mir in den Dienstsonnenwagen, aus dem ich ihn nach ein paar Hundert Metern wieder aussteigen ließ. So kolportierten es jedenfalls die Zeitungen am Tag nach meinem Tod treuherzig. In Wahrheit war mir der dumme Bub nachgelaufen, und ich war ihn losgeworden. Das muss aber unter uns bleiben. Ich machte mich – ähem – auf den Heimweg ins Erbtal zu meiner alten Mutter. Das war mein letzter Tag.

Das Land musste hypnotisiert, verhext und verzaubert werden, und die Menschen verzauberten sich selbst. Tausende Menschen kamen aus dem ganzen Land und wussten nicht wohin. Ich war ja nicht mehr da. Neben der gigantischen Kerzenlavazunge an der Unfallstelle entstand noch eine zweite ebenso gigantische Kerzenlavazunge auf dem Platz vor dem Gebäude der Landesregierung. Vor allem in der Dunkelheit sah sie romantisch und auch ein wenig gespenstisch aus. Das gefiel mir sehr gut. Am dritten Tag nach meinem Tod schrieb die *Gute Gazette* auf dem Titelblatt, im Tod würde ich zum Mythos. Und als Illustration Kerzen, Kerzen, Kerzen, warm und rot. Feuer alles, was ich fasste. Flamme war ich sicherlich. Im hinteren Teil der *Guten Gazette* begannen Partezettel zu erscheinen: Ausgabe für Ausgabe, Tag für Tag immer mehr Partezettel. Seite für Seite Partezettel neben Partezettel über Partezettel unter Partezettel, rechts Partezettel, links Partezettel, ein ganzer Partezettelwald, alle mit meinem Namen und meinen Jahreszahlen mit viel zu wenigen Jahren zwischen ihnen. Noch nie in der Geschichte der Zeitung sind auch nur annähernd so viele Partezettel für ein und denselben Menschen geschaltet worden. Es gab private Einschaltungen, aber natürlich inserierten in der Hauptsache öffentliche Institutionen großflächig ihre Trauer, die Landesregierung (ganzseitig), die Stadtregierung, die Nachbarregierungen, die eigene Partei (ganzseitig), die Bundespartei (ganzseitig), die Stadtpartei, der Parteibildungsverein der Expartei, die anderen Parteien, da durfte man schon aus politischem Kalkül nicht am falschen Platz sparen. Die Landeselektrizitätsgesellschaft (ganzseitig), die Landesbank (ganzseitig), der Technologiepark (halbseitig), der Landtagsclub (halbseitig), die Flughafengesellschaft (halbseitig), die Messegeschäftsführung (viertelseitig), das Bildungswerk (viertelseitig), der freiheitliche Akademikerverband (viertelseitig), die Landwirtschaftskammer (halbseitig), die Wirtschaftskammer und ihre einzelnen Sektionen, die Ärztekammer, die gemeinnützige Wohn- und Siedlungsgesellschaft, der Abwehrkämpferbund, der Heimatdienst, die Fremdfußballfabrik (ganzseitig), die Lions Clubs, die Goldhaubenfrauen, die Tarviser Marktverwaltung, die Landesjägerschaft, viertelseitig, mit Steinbock auf dem Landeswappen stehend und einem letzten Waidmannsdank, der Seniorenclub, die Mitglieder des Clubs der Naturburschen, den ich mitgegründet hatte, alle Landeschöre und Singgemeinschaften und Trachtenvereine, denen ich jede Menge öffentliche Gelder für den Ankauf neuer Trachten zugeschanzt hatte. Die Partezettel waren eine eindrucksvolle Machtdemonstration. Wer immer in diesen Tagen sonst noch starb, dessen Parte konnte einem leid tun. Dessen Einzelpartezettel ging unter in meinem Partezettelmeer.

Deren Lieblingsfeind ich in all den Jahren gewesen war, die mussten jetzt zum Schweigen gebracht werden. Die wurden von einer Welle der Einfühlsamkeit, von einem Tsunami der Trauer überrollt. Als erste Sofortmaßnahme fand, während mich auf der Grazer Gerichtsmedizin drei Leute obduzierten und mein Dienstsonnenwagen in der Zentralwerkstätte des Landespolizeikommandos von einem Expertenteam untersucht wurde, im Dom ein Gedenkgottesdienst statt. Der Dom war für diesen Gedenkgottesdienst natürlich viel zu klein. Also wurde er auf einer großen Videowall auf den Platz vor dem Dom übertragen. Die beiden Bischöfe des *absurden Vereins*, die wir an der Angel hatten, spurten. Meine alten Nazisager waren den Bischöfen des absurden Vereins ebenso egal geworden wie den Chefredakteuren, den Spitzen der Gesellschaft und dem ganzen Land. Dabei hatte ich nichts zurückgenommen, das hätte mir schon mein Stolz verboten. Die Macht, an der ich war, hatte meine Nazisager einfach weggeputzt. Waldbesitzer müssen zusammenhalten. Immerhin hatte ich den Religionsunterricht an Berufsschulen bewilligt. Das bedeutete neue Arbeitsplätze für die Kirche, die das Land bezahlte. So einer war ich! Dafür durfte ich das Bodenpersonal im Gegenzug schon einmal kräftig ohrfeigen! Absurder Verein! Zur Bundesuntermauerung wurde auch im Wiener Stephansdom das Requiem von Mozart gespielt. Confutatis! Dies irae! Lässig! Lässig! Stil musste man haben!

Noch nie in der Geschichte des Landes hatte das Land einen Landeshauptmann verloren, mit dem so viele Landsleute per Du waren und der mit so vielen Menschen im Land auf die Berge gestiegen war und gesungen und angestoßen und gefeiert und sie gefragt hatte, wie es ihnen geht. Von jedem Menschen kam jetzt eine Kerze. Die Moderatorin der Bundesländerfernsehsendung wählte an diesem Abend einen Tonfall, als wäre wenige Stunden zuvor ihr eigener Vater gestorben oder als hätte das Zentralinstitut für Meteorologie und Geodynamik für die kommenden Stunden den Weltuntergang vorausgesagt – und hätte sie das nicht getan, hätte sie für lange, lange Zeit keine Bundesländersendung mehr moderieren dürfen.

Unterdessen war ich wieder nüchtern. Nachdem die Grazer mit mir fertig geworden waren, schickten sie meinen Leichnam zurück. Ich war schwer zu restaurieren gewesen. Deswegen konnte keine Rede davon sein, mich im offenen Sarg zu verabschieden wie zum Beispiel den Papst. Der war viel älter, aber nicht so verunstaltet gestorben wie ich. Ich wurde im Wappensaal des Landhauses aufgebahrt. Der Sargdeckel war ein Beet dunkelroter Rosen, dahinter eine Schleife: In Liebe: Marian. Links und rechts von mir standen Kerzen auf langen Silberständern und zwei Soldaten mit Knarren, zwei Feuerwehrmänner mit weißen Helmen, zwei Polizisten, zwei Schützen. Fesche Burschen! Gerne hätte ich sie angegrinst und sie gefragt, wie es ihnen geht und ob sie was trinken wollen und einen flotten Spruch losgelassen oder einen Witz gerissen. Aber das war nicht mehr möglich. Meine Verwesung begann bereits ein wenig in den Gliedmaßen zu kribbeln, außer im linken Arm, zu dem ich keine Verbindung mehr hatte. Zuerst kamen Marian und die Kinder gleich in der Früh, um sich zu verabschieden. Dann waren die Prominenz und die Konkurrenz und der Fußballtrainer an der Reihe, dann die restlichen Landsleute. Pfiat Eich God! Im Innenhof des Landhauses, wo ich bei der Stätte der Landeseinheit mit den Marmorsäulen gerade noch mit der Schuljugend das Heimatlied gesungen hatte, bildete sich nun eine Menschenmenge, die immer länger wurde. Das lief ja wie am Schnürchen! Das waren ja alle, die mit mir per Du waren! Alle, mit denen ich gesungen hatte! Alle, mit denen ich angestoßen hatte! Alle, die ich gefragt hatte, wie es ihnen geht! Die Blitzlichtgäste! Die Bergsteiger! Die Wanderer! Die Bässe! Die Tenöre! Die Goldhaubenfrauen! Die Händler vom Tarviser Markt! Die Spittaler Discobesucher! Die Bundesjungmaurer! Stundenlang stellten sie sich an, um meinen Sarg zu sehen, von dem praktisch ohnehin gar nichts zu sehen war. So war es richtig! Mittlerweile waren auch etliche ausländische Journalisten da, die aus dem Staunen nicht mehr herauskamen. Die Korrespondentin des Londoner *Guardian* fragte sich angesichts der Menschenschlange: Ist das das Landhaus oder der Kensington Palast? Bin das ich oder ist das Lady Di? Das taugte mir schon. Lady Di hatte ihren Todeswagen allerdings nicht selbst gelenkt. Überall im Land und auch außerhalb begannen die Menschen einander zu erzählen, wo sie gerade waren und was sie gerade gemacht hatten, als ihnen die Nachricht von meinem plötzlichen Tod überbracht worden war, wer der Bote und wie der Wortlaut war und was dann geschah.

Natürlich waren auch viele Menschen nicht gekommen und stellten sich nicht an, um von mir Abschied zu nehmen: Denn sie hatten mich nicht ins Herz geschlossen. Ich hatte nichts für sie getan. Im Gegenteil hatten sie sich meinetwegen geärgert, geniert oder sich vor mir gefürchtet. Ich war ja, wie die *Washington Post* schrieb, »angriffig«, wie die *Neue Zürcher Zeitung* schrieb »aggressiv, unberechenbar, hochgefährlich und rasch beleidigt«, »unstet«, wie die *Frankfurter Allgemeine* meinte, und in New York attestierte mir das Nachrichtenmagazin *Time* »teuflisches Talent zum Provozieren«. Daher waren diese Menschen erleichtert, dass sie mich so plötzlich und viel früher als erwartet losgeworden waren. Die kleinen Fließbandarbeiter aus den ehemaligen linken Denkfabriken, die ich ausgeräuchert hatte und die jetzt nur noch linke Denkruinen waren, die waren natürlich nicht gekommen; auch die Künstler nicht, denen ich das Exil empfohlen hatte, wenn ich ihnen nicht passte. Manchmal hatte ich einen auch bloß verwechselt. Der hatte eben Pech gehabt. Oder die, die ich Fäkalkünstler nannte und gegen deren unveröffentlichte Kunstwerke ich Unterschriftenaktionen in der Altstadt initiierte, wo tatsächlich Tausende Bürger gegen ein Kunstwerk unterschrieben, das sie nicht kannten und gar nicht kennen konnten. Da wusste ich: In diesem Land war alles möglich. In diesem Land konnte man wunderbar Menschen gegen Menschen aufhetzen, Mehrheiten gegen Minderheiten. So konnte man Wahltriumphe erringen. Viele Jahre später sprach das Kulturgremium dem Fäkalkünstler den großen Landeskulturpreis zu. Ich stimmte zu: Ich konnte außer brutal auch liberal sein, jetzt, wo ich an der Macht war. Ich genierte mich nicht, als Preisüberreicher zur Preisverleihung zu kommen. Er dankte mir meine monatelange kleine Diffamierung und Instrumentalisierung in der Vergangenheit mit einer riesigen, kleinwagengroßen Händeschüttelmaschine, die er extra für die Preisverleihung gebaut hatte, um mir nicht persönlich die Hand schütteln zu müssen. Das war moderne Kunst. Aber all diejenigen Contras stellten sich auch nirgendwo anders an:

Daher sah man sie nicht und konnte sie nicht für die Zeitung fotografieren, nicht für das Fernsehen filmen und interviewen und nicht gegen mich verwenden. An der Unfallstelle über der Kerzenlavazunge hatte jemand ein Leintuch mit der Aufschrift *Robin – König unserer Herzen* montiert. Das Bild dieses Leintuchs war in allen Zeitungen und auf allen Nachrichtensendern zu sehen. Anderswo im Land hatte jemand auf eines meiner meterhohen Wahlplakate am Straßenrand neben mein eigenes Ganzkörperporträt gesprüht: *Speed kills!* Wieder jemand anders hat das meterhohe Wahlplakat sofort umgeworfen. Daher war der Wahlplakatssprühspruch in keiner Zeitung und auf keinem Nachrichtensender zu sehen.

Die Literaturnobelpreisträgerin stellte einen Text auf ihre Homepage, in dem sie mich zwar nicht beim Namen nannte, mich aber als falschen Erlöser und sich selbst als richtige Ungläubige zeigte. Sollte sie nur! Die Homepage der Literaturnobelpreisträgerin war kein Massenmedium. Es gab nicht allzu viele Zugriffe. Ich hatte die Frau früher einmal angeschüttet und in der ganzen Bundeshauptstadt als Gegenteil von Kunst und Kultur plakatieren lassen. Ich durfte das. Ich durfte alles. Ich musste mich von Anfang an an keine Regeln halten, vor allem nicht an Geschmacksregeln. Aber dann wurde der Frau blöderweise völlig überraschend der Literaturnobelpreis zuerkannt, und dadurch war es nicht mehr angezeigt, sie zu instrumentalisieren. Also gab ich unter meinen Jüngern die Losung aus, die Literaturnobelpreisträgerin in Zukunft totzuschweigen. Und so geschah es.

Unterdessen verteilten die Meinen in allen Geschäften rund um den neuen Hauptplatz Partezettel, auf denen ich abgebildet war. Die sollten auf die Innenseiten der Auslagen geklebt werden. Auf meinem Partezettelbild trug ich weder den moosgrünbraunen Landestrachtenanzug mit dem dazupassenden schneidigen Patriotenblick noch die hippe beige Designerlederjacke mit der Jean und dem von Ohr zu Ohr strahlenden Ewigejugendgrinsen, sondern ich trug einen schwarzen Anzug mit weißem Hemd und schwarzer Krawatte, hatte einen geradezu triefend gütigen Blick aufgesetzt – ich hatte ja alles im Repertoire – und sogar ansatzweise die Hände gefaltet. Auf meiner Parte trauerte ich um mich selbst. Recht so!

Die Untersuchung der Unfallursache sowie des Sonnenwagens in der Zentralwerkstätte hatte kein technisches Gebrechen ergeben. Die Rekonstruktion des Unfallverlaufes ließ die Ermittler davon ausgehen, dass viel zu hohe Geschwindigkeit meinen Unfall ausgelöst hatte. Das musste jetzt offiziell verlautbart werden, war aber keine wirkliche Überraschung und würde auch meine geschockten Landsleute nicht sonderlich irritieren. Das würden sie mir verzeihen. Sie alle bauten ihre Aggressionen mit Vorliebe im Straßenverkehr ab, hielten sich ungern an Geschwindigkeitsbegrenzungen und rasten gern, ob sie es nun eilig hatten oder nicht. Ich war einer von ihnen. Ich war früher einmal einen Porsche gefahren, keinen Dienstporsche, sondern einen Privatporsche, und ich war sehr stolz darauf gewesen. Ich nahm den Bundeskanzler im Porsche auf dem Beifahrersitz mit, und es wurden sehr schöne, sehr symbolische Fotos davon gemacht. Einen Porsche hat man nicht, um langsam zu sein. Der Tacho sei bei hundertzweiundvierzig Stundenkilometern stehen geblieben, schrieb die *Gute Gazette*, und sie schrieb sehr diskret, dass meine tatsächliche Geschwindigkeit nicht bekannt sei. Sie verwendete auch nicht das Wort *Delikt* und schon gar nicht das Wort *Gesetzesbruch*. Sie, die sonst stets jedes Service bot, zusatzinformierte auch nicht über den Strafrahmen, der für einen solchen Gesetzesbruch vorgesehen war, sondern entschied sich lieber für die Formulierung *Menschliches Versagen*. Glück im Unglück, dass ich so was von an der Macht war, als geschah, was geschah. Glück im Unglück, dass ich alle einheimischen Medien gleichgeschaltet und in der Hand gehabt hatte. Das ergibt gleich eine ganz andere Wirklichkeitsverbreitung! Macht macht alles anders.

Jetzt wurde es aber doch brenzlig! Der Grazer Obduktionsbericht war fertig geworden, und meinen Dreikäsehochs war es nicht gelungen, das Ergebnis geheim zu halten. Was war denn da wieder passiert? Das hätte es bei mir nicht gegeben! Wenn man nicht alles selber machte! War denn zu meinen Lebzeiten jemals irgendetwas geheim Gehaltenes aufgeflogen und an die Öffentlichkeit gekommen? Wie viele Sachverhaltsdarstellungen wurden dem Staatsanwalt zu meinen Lebzeiten übermittelt, und alle sind sie versickert und verschwunden und nie wieder aufgetaucht. Aber jetzt war es heraußen! Ich war mit 1,8 Promille im Blut gefahren, als ich in den Tod raste. Jetzt war es nicht mehr zu leugnen. Eine äußerst gefährliche Situation! Jetzt konnte die Stimmung in der Bevölkerung kippen. 1,8 Promille – das hatte mir niemand zugetraut! Ausgerechnet ich Supersaubermann, der sich immer als das Sprachrohr der Ehrlichen, Fleißigen und Anständigen ausgegeben hatte! Ausgerechnet ich, der ja selbst bei Freunden in der eigenen Partei kein Pardon kannte, wenn sie doch nicht so fleißig, ehrlich und anständig wie ich waren, sondern betrunken mit dem Auto heimgefahren waren und deren politische Laufbahn ich daraufhin gnadenlos abrupt beendet hatte! Alkohol am Steuer war kein Kavaliersdelikt! Alkohol am Steuer war ein Verbrechen! Bei anderen! Ungläubiges Staunen war die erste Reaktion auf die Bekanntgabe des Obduktionsergebnisses. Ungläubiges Staunen hatte ich ja zu Lebzeiten oft und oft verursacht. Noch würde es einige Zeit dauern, bis die Menschen nachgerechnet hatten, wie viel man trinken muss, um auf 1,8 Promille im Blut zu kommen – aber bis sie ein Rechenergebnis hatten, musste dringend etwas geschehen. Die Zahlenmagie durfte man nicht unterschätzen. Meine Gegner hätten die nackten Zahlen *1,8 Promille* und *142 km/h* auf Tafeln schreiben und mit diesen Tafeln vor einem Millionenpublikum im Fernsehen hausieren gehen können! Ich hätte mich ebenso wenig zur Wehr setzen können wie die, die ich auf meine Tafeln geschrieben hatte! Jetzt hätte ich bis in alle Ewigkeit als der Blamierte dastehen können! Die Gefahr bestand! Man musste es so darstellen, dass die mir zugeordneten 1,8 Promille irgendwie in mich hineingekommen waren, ohne dass ich es bemerkte und ohne dass ich etwas dafür konnte. Das war gar nicht so einfach. »1,8 Promille: Auch das noch!«, dachte der Holzhacker. »Mir bleibt auch nichts erspart!«, dachte er. Aber er durfte es natürlich nicht sagen. Da musste er jetzt durch. »Auch das noch!«, haben sich die Meinen zu meinen Lebzeiten oft denken müssen, meine Regierungsmarionetten in der Bundeshauptstadt zum Beispiel. Aber sie hatten ihre hochbezahlten Posten ja mir zu verdanken. Ich selbst blieb immer im Hintergrund und ließ die Puppen tanzen. Ich konnte es mir leisten. »Auch das noch!«, dachten sich meine Vizekanzlerin und mein Finanzminister und mein Justizminister, als ich plötzlich beim Massenmörder im Morgenland auftauchte und ihm frohgemut die Hand schüttelte und schöne Grüße meines Volkes und ein Landschaftsgemälde überbracht hatte. Meine Vizekanzlerin war an diesem Tag ausgerechnet auf Staatsbesuch in Washington, traf sich mit dem Präsidenten der USA, der gerade plante, den Schurkenstaat im Morgenland zu besetzen und den Morgenlandschurken auszuräuchern, und sie wusste gar nichts von meinem kleinen Ausflug. Hihihi, drangekriegt! Meine Vizekanzlerin ist in Washington knallrot angelaufen wie eine Fleischtomate! Auch das noch! Aber sie alle mussten es schlucken und sich winden. Ohne ihre Radaueminenz waren sie ja nichts.

Jetzt hätten pietätlose Trunkenbolde in die Kerzenlavazungen an der Unfallstelle und vor der Landesregierung leere Wodkaflaschen zwischen die Kerzen stellen können. Jetzt hätte der Religionslehrer, der seinen zehnjährigen Schülerinnen und Schülern aufgetragen hatte, meinen Tod nebst Kruzifix ins Religionsheft einzutragen, seine zehnjährigen Schülerinnen und Schüler auffordern können, auch die 1,8 Promille und die hundertzweiundvierzig Stundenkilometer im Ortsgebiet ins Religionsheft zu schreiben. Aber weder die Trunkenbolde noch die Religionslehrer tanzten aus der Reihe! Sie alle waren hypnotisiert.

Die Zeitungen berichteten, dass ich mit 1,8 Promille im Blut in den Tod gefahren war: Es blieb ihnen nichts anderes übrig.

Der dumme Bub selbst hatte es eingestanden und die Meldung öffentlich bestätigt. Aber sie hielten sich mit Kommentaren zurück. Schon gar nicht war die Rede von der Vorbildwirkung des höchsten politischen Repräsentanten des Landes. Sie rechneten ihren Lesern nicht vor, wie viel man trinken muss, um auf 1,8 Promille zu kommen. Sie informierten auch nicht, welches Strafausmaß der Gesetzgeber für ein solches Delikt vorsah. Der Gesetzgeber war ja zum Beispiel ohnehin ich. Sie holten keine Stellungnahmen und Originaltöne ein, sie befragten keine Passanten zu den 1,8 Promille, sie informierten lieber darüber, dass sowohl die Behörde als auch die Familie keine Stellungnahme mehr abgeben würden. Der dumme Bub ersuchte die Journalisten bei der Promillepressekonferenz, jetzt keine Fragen mehr zu stellen und die Berichterstattung einzustellen, und die Journalisten waren so betroffen und perplex, dass sie wirklich keine Fragen mehr stellten und die Berichterstattung einstellten oder eben lieber die vielen Kerzen im Land und die Organisation der bevorstehenden Trauerfeierlichkeiten zum Thema machten. Schon ein, zwei Tage später schienen die mir zugeordneten 1,8 Promille einfach ein Schicksalsschlag zu sein, der über mich hereingebrochen war. Das lief ja wie geschmiert! Ich war durch meinen Horrorcrash offenbar völlig sakrosankt geworden. Die Menschen ließen sich in ihrer Trauer durch meinen Rausch nicht stören. Diese Disco-Toten am Freitagabend, die auf dem Heimweg von einer Balzunterhaltungsveranstaltung spätnachts sturzbetrunken mit Vollgas die Herrschaft über ihren Wagen verloren, von der Straße abkamen, frontal gegen ein entgegenkommendes Auto oder gegen einen Baumstamm krachten, sich überschlugen, sich erschlugen, starben und unermessliches Leid in ihrer Familie und in ihrem Freundeskreis verursachten, die gab es an jedem Freitag, die waren ganz normal, nur waren sie im Schnitt dreißig, vierzig Jahre jünger als ich – und nicht Landeshauptmann. Ich war einer von ihnen. Ich war genau den Heldentod gestorben, den sie auch so gerne starben.

Der Landesamtsdirektor erklärte, aufgrund der neuen Sachlage und der nun ans Tageslicht gekommenen Umstände meines Todes könne und werde das Land nicht für den beschädigten Dienstwagen zahlen. Da trat der Holzhacker sofort auf den Plan, widersprach dem Landesamtsdirektor und sagte: »Papperlapapp!«, so wie ich immer »Papperlapapp!« gesagt hatte. Rechtsstaatlichkeit? Papperlapapp! Verfassungsgerichtshof? Papperlapapp! Menschenrechtskonvention? Papperlapapp! So war es recht. Natürlich, sagte der Holzhacker, werde das Land für den Wagen zahlen und keine Regressansprüche stellen. Selbstverständlich solle der Steuerzahler für mein Dienstsonnenwrack aufkommen, das sei er mir ganz einfach schuldig. Alles andere wäre geschmacklos und pietätlos! Und damit war dem Holzhacker schlagartig die Lösung eingefallen: Geschmacklosigkeit! Pietätlosigkeit! Das war das Allheilmittel. Das Allheilgegenmittel. Man musste im Land eine regelrechte Pietätsgeilheit auslösen und daneben ein Pietätlosigkeitspulverfass postieren. Die Völker waren alle die gleichen Klaviere. Man musste nur Klavierspielen können! Der Holzhacker klimperte sein Stück sehr brav herunter, er hatte mir ja oft genug zugehört und auf die Finger geschaut. Nur war er natürlich nicht so lässig wie ich. Er war kein Maestro, sondern höchstens ein Pianospieler. Er wirkte wirtshaushinterzimmerig. Wann immer ein Kritiker den Mund aufmachte, bekam er auch schon eines mit der Pietätskeule drübergebraten. Niemand sollte sich über meinen Unfall lustig machen! Niemand über die hundertzweiundvierzig Stundenkilometer im Ortsgebiet, niemand über die 1,8 Promille im Blut. Wer immer das wagte, wurde sofort zum Volksfeind und für vogelfrei erklärt, der durfte für seine Geschmacklosigkeit und Pietätlosigkeit mit achselzuckender Duldung allerhöchster Stellen ohne Weiteres mit dem Tod bedroht werden. Die Geschichte wurde immer besser!

Auf dem Kassapult von Tankstellen und Trafiken tauchten jetzt DVDs mit dem Titel *Das war das Leben des rechten Robin* auf, die im Nu vergriffen waren. Die Falco-DVDs in der Woche darauf blieben liegen. Die Hochglanzwochenillustrierte *Die Sonne* brachte schon jetzt, ein paar Tage nach meinem Tod, den Rechten-Robin-Gedächtniskalender für nächstes Jahr auf den Markt, der mich im Juli und im August unter tiefblauem Himmel in Krachlederhose und mit nacktem Oberkörper an der Quelle von Hochgebirgsbächen zeigte. Das wollte ich einmal sehen, ob es nach ihrem Tod Gedächtniskalender vom Bundeskanzler und vom Bundespräsidenten geben wird, auf denen der Bundeskanzler und der Bundespräsident mit nacktem Oberkörper zu sehen sein werden. Meine Gedächtnisnacktposter fanden reißenden Absatz.

Aus den Schrecksekunden wurden Schreckminuten, aus den Schreckminuten Schreckstunden. Dann dämmerte es den Journalisten aus nah und fern doch allmählich, dass sie vor dem Rätsel standen, wie ich mir meine 1,8-Todespromille besorgt habe. Der dumme Bub hatte ja ausgesagt, dass ich völlig nüchtern gewesen sei, als wir uns nach der Blitzlichtparty verabschiedet hätten. Ich konnte also doch nicht direkt von der Blitzlichtparty am anderen Seeufer heim zu meiner alten Mutter gefahren sein. Der dumme Bub, der sich mit seinen noch nicht dreißig Jahren gerade an die Parteispitze gesetzt hatte und sich wunderte, wie spitz die Spitze war und wie schmerzend sie stach, musste nochmals befragt werden, und er hatte gleich die richtige Antwort parat: Pietät! Geschmack! In meiner letzten Stunde sei ich privat unterwegs gewesen, meine letzte Stunde sei meine Privatangelegenheit. Die Blitzlichtparty war nicht privat, die Szenelokaleröffnung war nicht privat, der Nacktkalender war nicht privat, aber das jetzt, das war privat.

Maid Marian erstattete Anzeige gegen den Staatsanwalt wegen Verletzung des Amtsgeheimnisses. Aus dem Büro des Staatsanwalts war nämlich ein Foto an die Öffentlichkeit gelangt, das aus der Hüfte heraus in meiner letzten Stunde von mir gemacht wurde und das mich ins Gespräch mit einem Mann vertieft an der Theke einer schummrigen Bar zeigte, die in den Medien anfangs als *Szenelokal* bezeichnet wurde. Das Seltsame an diesem Szenelokal war nur, dass es niemand in der Szene kannte. Daher mussten die Medien ihre Bezeichnung jetzt präzisieren und nannten die Bar einen Homosexuellentreff. Wie pietätlos und geschmacklos die Medien waren! Worüber ich, um meine Wähler nicht zu verschrecken, zwanzig Jahre nicht gesprochen hatte, darüber sollten sie jetzt auch nicht sprechen! Das war nun wirklich meine Privatangelegenheit. Wenn man bedenkt, was sie meiner armen starken Marian antaten! Vorsichtshalber (das Wort verwendete die *Gute Gazette* später) gab ich, bevor ich Thekenwolf in ein privatprivates Vieraugengespräch versank, verantwortungsvoll wie ich war, meinen Autoschlüssel beim Wirt der *Stadtschwester* ab. Es hätte ja theoretisch sein können, dass ich beim Vieraugengespräch etwas trinken würde, nämlich ein Getränk. *Getränk* war das Wort, das die *Gute Gazette* verwendete. Immerhin waren alle um Pietät und Geschmack bemüht. Das Wort *Wodka* wäre vielleicht zu abschreckend gewesen. Trinken wir noch *one for the road*, sagte der nette Kerl. Wer wird da Nein sagen? Trinken wir another one for the road! And another one for the road. And another one! Es ist ja immer alles gut ausgegangen, was ich angefangen habe. Man muss das Schicksal nur kräftig genug herausfordern, dann gibt es schon klein bei. *Der traut sich was, der Robin!* – so hatte ich es jahrelang plakatieren lassen. Was dann geschah, tja also, das möchte ich in meinem Herzen bewahren.

Und dann verlangte ich den Autoschlüssel wieder zurück. Der Herr gibt sie und der Herr nimmt sie. Man bot mir an, mich nach Sherwood Forest zu führen. Aber das wollte ich nicht. Ich war mein eigener Herr! Ich bestand auf den Schlüssel. *Ichbinderichbin.* Der dumme Bub hatte gesagt: Der Landeshauptmann hat gern Feste gefeiert. Und ich war der Lalalandeshauptmann, schalalala! »Wer würde dem rechten Robin in so einer Situation ernsthaft Paroli bieten?«, fragte die *Gute Gazette.* Gute Frage! Andere Frage: Wer würde dem rechten Robin in einer anderen Situation Paroli bieten? Wer würde dem rechten Robin überhaupt jemals Paroli bieten? Eben. *Dasgesetzbinich*. Nastrovje! Ein bisschen schwindlig war mir schon! Irgendjemand musste mir hinter meinem Rücken Alkohol in den Wodka geschüttet haben! Ein anderes Gerücht machte klammheimlich die Runde, und es war ebenso geschmacklos wie pietätlos: Man könne sich Alkohol auch anal per Einlauf zufügen, wodurch er sich im Magen auch nicht nachweisen ließe. Also bitte! Sehen und lesen konnte ich ja noch alles, nur sagen konnte ich nichts mehr. Das war die Hölle! Jetzt war es aber höchste Zeit, mich auf meinen letzten Weg zu machen.

Anfangs überlegte man, meine Verabschiedungsfeier in meinem neuen großen Stadion stattfinden zu lassen, das für die Fußballballeuropameisterschaft erbaut worden war, die erst vor ein paar Monaten auch hier stattgefunden hatte. Mittlerweile hatte die Öffentlichkeit ja schon wieder vergessen, dass ich genau dieses Stadion um jeden Preis und mit allen Mitteln und Tricks verhindern wollte und um ein Haar das ganze gigantische Großprojekt zum Einsturz gebracht hätte, weil ich nämlich ein anderes Stadion einer anderen Baufirma favorisiert hatte, wodurch andere Geldsummen von anderswoher anderswohin geflossen wären. Aber als das Stadion dann trotz aller Intrigen und Quertreibereien nicht mehr zu verhindern war, war ich doch der Erste gewesen, der sich noch im Rohbau des neuen Stadions mit aufgekrempelten Ärmeln als großer Macher und Visionär fotografieren ließ. So machte man eben Politik. Und als dann das Stadion fertig, aber kein Verein vorhanden war, der darin hätte spielen und auch die Tribünen hätte füllen können, weil der ortsansässige und traditionsreiche FC Nottingham Forest unter meiner Präsidentschaft Jahr für Jahr mehr verwahrlost und verkümmert und abgestiegen war, kaufte ich einfach die Glasgow Rangers aus Schottland mitsamt der Bundesligalizenz, siedelte die Rangers mit Kind und Kegel um, strich Glasgow aus, schrieb Nottingham drüber und schob das Ding hier wieder in die Bundesliga hinein.

Die Fans aus Glasgow murrten, denn sie hatten jetzt keine Rangers mehr, aber ich zahlte gut. Woher ich das Geld hatte, sagte ich nicht. Ich hatte immer so viel Geld, wie ich brauchte oder wollte. Wen interessierte jetzt das Echte, solang es nur echt aussah? Echt war nicht das echte Echte, sondern das, was ich echt nannte. Das echte Echte ließ ich ja verkommen. So machte man das. Mich selber interessierte Fußball überhaupt nicht. Aber er brachte Gesichtsbäder und Händeschütteln und Fernsehauftritte und Solidarität und Stimmen.

Dreißigtausend Leute passten in das Stadion, und es wäre bei meiner Verabschiedung sicher voll geworden. Aber es lag in der Peripherie, und so entschied man sich doch für das Zentrum der Stadt. Das fällige Meisterschaftsspiel meiner Fremdfußballfabrik gegen Rapid, das am Tag meiner Verabschiedung hätte stattfinden sollen, wurde aber trotzdem abgesagt. Man wollte Zusammenstöße zwischen provozierenden Rapidfans und wütenden Trauergästen vermeiden.

Jetzt war mein großer Tag gekommen, der Tag meiner offiziellen, öffentlichen Verabschiedung. Der Tag war schön, der Himmel blau, die Sonne hell, aber die Luft war aus Blei. Ich sollte ein Staatsbegräbnis auf Landesebene bekommen, das streng protokollarisch ablief. Aber ein Begräbnis war es genau genommen nicht, da ich ja nicht begraben wurde. Wird einer begraben, wird sein Sarg tief hinunter in ein Erdloch gelassen und dann von allen zugeschüttet, sodass auch alle sehen, dass er wirklich weg ist und nicht mehr aus seiner Grube heraus kann. Das wollte ich nicht. Ich wollte verbrannt und als Asche über meinem Erbtal verstreut werden. Ich wollte wieder aus den Wäldern wachsen. Wie weh tat mir das unverschämte, pietätlose Gerücht, der Einzige, der bei meiner Verabschiedung nicht dabei wäre, sei ich selbst, da ich gerade irgendwo in Italien sei, wo mein Leichnam neuerlich untersucht würde. Das Fernsehen übertrug meine Verabschiedung live, das Bundesfernsehen eineinhalb Stunden, das Regionalfernsehen drei.

Während mein Sarg aus dem Wappensaal auf der Nordtreppe des Landhauses hinunter und an der Stätte der Landeseinheit vorbeigetragen wurde, begrüßte der Moderator, der einen fremdländischen Vornamen hatte, die Fernsehzuschauer und versprach, in einer Doppelmoderation gemeinsam mit einem der bekanntesten Politologen des Landes ein richtiges Bild zwischen Pietät und Realität zeichnen zu wollen. Wenn einer schon einmal so heißt, muss man sich schon fragen, ob er überhaupt eine gültige Aufenthaltsgenehmigung hat, hahaha! Die Stadt, berichtete er, sei im Ausnahmezustand und meine Verabschiedung auch eine Herausforderung für die Exekutive, die mit tausend Mann angerückt sei. Mit Bundesbahnsonderzügen und Gratisshuttlebussen seien fünfundzwanzigtausend Gäste ins Stadtzentrum gekommen. Dann wurde eine Grafik eingeblendet, die meinen letzten Weg mit einer Leuchtlinie markierte, vom Landhaus zum Hauptplatz, vom Hauptplatz zum Dom, vom Dom zum Gebäude der Landesregierung, vom Gebäude der Landesregierung über den Ring auf die Autobahn in die Nachbarstadt zum Krematorium und schließlich in der Urne vom Krematorium heim ins Erbtal.

Der Kameramann befand sich auf einer Plattform auf Rollen zwischen meinem Sarg und Maid Marian und den Kindern und musste nach hinten gezogen werden, damit man immer die Gesichter der Meinen zeigen konnte, wie sie meinem Sarg folgten. Die große Frage war: Würden sie sich wacker halten? Und die Antwort: Ja! Sie hielten sich wacker! Würden sie tapfer, stark und gefasst sein? Ja, sie waren tapfer, stark und gefasst! Würden sie in Tränen ausbrechen und zu schluchzen beginnen? Nein, sie brachen nicht in Tränen aus und begannen nicht zu schluchzen. Sie waren ja keine dummen Buben. Parallel zu diesen Bildern stellte der Moderator dem Politologen die Frage: »Es gilt ja durchaus als verantwortungslos, stark alkoholisiert und mit weit überhöhter Geschwindigkeit zu fahren. Trägt das zur Mythenbildung bei?« Und der Politologe antwortete, die Mythen- und

Ikonenbildung werde durch die dramatischen Umstände meines Todes noch verstärkt. So wurden in diesem Land Dinge aufgearbeitet. Das taugte mir.

Jetzt wurde ich um die Kurve auf den Hauptplatz getragen: Da warteten schon viele Leute auf ihren Sitzen. Auf diesem mächtigen Hauptplatz war ich schon einmal gewesen: Siebzehn Jahre war das jetzt her! Viele von denen, die sich jetzt in meine Kondolenzbücher eintrugen, waren damals noch gar nicht auf der Welt! Damals war der Bürgermeister noch nicht Bürgermeister, der Chefredakteur noch nicht Chefredakteur, der Bischof noch nicht Bischof! Damals waren sogar noch mehr Menschen gekommen. Sie sind nicht so geometrisch eindrucksvoll in Reih und Glied gesessen wie heute, sondern sie sind dicht gedrängt gestanden – bis ganz hinten! Wütend waren sie! Aufgebracht! Und ich bin nicht gelegen, sondern gestanden – auf einer großen Bühne vor dem Rathaus mit Lasershow und aufpeitschender Musik: War es der *Zarathustra* von Strauss? War es *The Eye of the Tiger* aus dem Rocky-Balboa-Film? Ich weiß nicht mehr. Das Gedächtnis! Jedenfalls war die Stimmung explosiv: Ich war damals zum ersten Mal Landeshauptmann, ein knappes Jahr lang, und es war der Abend vor meiner Abwahl durch den Landtag, weil ich die ordentliche Beschäftigungspolitik von Adolf Hitler gelobt hatte. Das durfte man als Landeshauptmann eines gut entnazifizierten und jetzt sogar antifaschistischen Landes nicht sagen, meinten meine politischen Widersacher, wählten mich ab und setzten eine ihrer Figuren auf den Landesthron. Falsches Pack! Denn sie fanden gar nichts dabei, mich, gleich nachdem sie mich als Landeshauptmann abgewählt hatten, noch am selben Tag in derselben Sitzung als Landeshauptmannstellvertreter wieder anzugeloben. Der Landeshauptmannstellvertreter konnte die ordentliche Beschäftigungspolitik im Dritten Reich also schon gelobt haben, das war egal. Wenigstens Mama und Papa zu Hause im Schwefelbad hatten eine Freude.

Jedenfalls hielt ich hier vor der johlenden Masse eine Brandrede. Ich fletschte meine Zähne, ballte meine Faust und beschimpfte meine politischen Gegner als Nattern und Filzläuse, die ich mit Blausäure überschütten würde. Je menschenverachtender ich von der Bühne keifte, desto enthusiastischer jubelten die Menschen. Die Regierung würde ich vor mir hertreiben. Ausmisten würde ich! Ich würde wiederkommen, versprach ich ihnen. Und wie ich wiederkam! Ich hatte mich nicht geändert. Ich hatte nichts zurückgenommen. Ich hatte mich nicht in aller Form entschuldigt. Ich hatte einfach noch mehr Wählerstimmen als damals. Und das änderte alles. Meine Maxime war: In der Opposition: extrem aggressiv! An der Macht: extrem souverän! In der Opposition: Zwicken! Kratzen! Beißen! An der Macht: Grinsen! Grinsen! Grinsen! Auf der Bühne immer und unter allen Umständen den Dirigenten des Volksempfindens geben. Jetzt lag ich da und die Nattern und die Filzläuse überboten sich an Vorschlägen, welche Parks der Stadt man nach mir benennen konnte. Was die Macht alles machte! Wer an der Macht stirbt, stirbt am besten! Nur ist er leider trotzdem tot.

Ich wurde auf dem Podest abgestellt. Diesmal gab es keinen Sylvester Stallone und keinen Zarathustra, sondern ein großer Chor sang *Is schon still uman See*: Das passte! In diesem Land wurde nämlich nicht diskutiert. In diesem Land wurde gesungen. In diesem Land wurde das Echte herbeigesungen und das Falsche weggesungen wie aus einer Kehle, wie aus meiner Kehle. Der Superintendent trat ans Rednerpult und sagte: »Der Tod kommt wie ein Dieb in der Nacht.« Sehr treffend! Der Einserbischof des absurden Vereins bedankte sich bei Gott für mein »Leben und Wirken.« Bitte sehr. Gott möge mich in seinem Erbarmen bergen und mir sein Heil und Licht schenken. Gott solle vollenden, was an mir unvollkommen war. Nanana. Aber bitte! »Viele, die heute hier versammelt sind, quält die Frage nach dem Warum«, sagte der Einserbischof. Seine Antwort war dann aber zum Glück bloß das übliche metaphysische Wischiwaschi, Vertrauen in Gott, Stärkung des lebendigen Geistes, Lösung von den Fesseln der Angst, solche Sachen. Der Geistlichkeit folgte mein zahnärztlicher Bergkamerad und betonte mit seiner hellen, wohlklingenden Stimme, wir seien die Wege ins Licht gegangen. Er erwähnte duftende Wiesen, glänzende Firnflanken, senkrechte Felswände, sprühendes Leben und meinte, der Tod müsse ein Irrtum sein. Wie alle Redner umarmte er nach seinen Worten ausgiebig die tapfere Marian.

Der Mittelpunkt meines Lebens sei immer, immer, immer die Familie gewesen, sagte mein Anwalt und Justizminister. Wenn er schon nicht behaupten konnte, ich sei immer für die Familie da gewesen – anhand der archivierten Zeitungs- und Fernsehberichte konnte man meine letzten eineinhalb Jahrzehnte ja sehr detailliert rekonstruieren und fast auf die Stunde genau sagen, wo ich wann mit wem gewesen war und wie viel Restzeit ich daher für etwas anderes, zum Beispiel für die Familie, gehabt haben konnte: nicht viel leider –, so sagte er, ich sei in den *wesentlichen Momenten* immer für die Familie da gewesen – und nach meinem Tod dann plötzlich nicht mehr. Sagen wir es so: Die Familie war mir heilig. Die Zeiten mit der Familie, das waren heilige Zeiten. Dann kam der Bürgermeister. Du liebe Güte! Kein Redner vor dem Herrn! Der redete ja nicht! Der sagte auf! Dass man als Politiker rhetorisch so untalentiert sein kann! Kein großes Licht. Aber nützlich. Eine Art krächzendes Leiern. Und dann schoss doch ausgerechnet der Begräbnisleierkastenbürgermeister vor den laufenden Kameras den Vogel ab. Er sagte: »Seht, welch ein Mensch!« Das war natürlich nicht von ihm. Trotzdem hörte ich es mit Wohlgefallen.

Aber was war das? Nein! Um Himmels willen! Udo Jürgens! Das hatte ich dem dummen Buben zu verdanken! Udo Jürgens von Volksschülern gesungen! Bei meiner allerletzten Abschlusskundgebung! Das war zu viel. Jetzt wollte ich mich im Sarg umdrehen. Aber es ging nicht. Nach Udo Jürgens kam der Schweinehirt an die Reihe. Aber wegen meiner vergeblichen Bemühungen, mich im Sarg umzudrehen, bekam ich gar nicht so recht mit, was er sagte. Irgendeine Familiengeschichte aus dem Wiener Prater, glaubte ich. Egal. Ich behielt nur den einen Satz im Ohr, dass ich mich für das Land geopfert hätte. Zum Glück fragte niemand, worin denn dieses Opfer bestanden habe.

Der ausrangierte Nochbundeskanzler meinte, ich hätte Menschen in unterschiedlicher Art und Weise bewegt, aber nicht alle meine Antworten seien allgemein anerkannt gewesen. Na so was! Und dann sagte er: »Wir alle – mit menschlichen Schwächen ausgestattet – machen manchmal den Fehler, dass wir von anderen etwas verlangen, das wir selbst nicht imstande sind, im selben Ausmaß zu geben.« Und was hatte ich damit zu tun? Zu solchen Sätzen ließ der ausrangierte Nochkanzler sich noch verwenden, und er konnte auch noch weiter Spargel essen und Wein trinken, aber politisch war er schon genauso tot wie ich. Nein, noch viel toter eigentlich. Hätt' sich gleich dazulegen können. Einen Entmachteten hatte man abkommandiert! Typisch!

Der Bundespräsident sagte gar nichts. Was sollte denn das für ein Staatsbegräbnis sein, wo der Bundespräsident nichts sagt, obwohl er gar nicht der Tote ist? Als Erster hätte er geredet. Als Letzter wollte er nicht. Beleidigte Leberwurst! Hat mich ja noch nie leiden können. Typisch. Lendenlahm, mein Dufeind. Wird schon sehen, was er davon hat! Gutmensch!

Und dann die Bundeshymne. Die Bundeshymne! Hör mir auf! Die Todesbundeshymne. Die Missgeburtsmusik! Wie kann man bei der Verabschiedung eines so lässigen Typen wie mir bloß die Bundeshymne spielen? Die Uniformierten salutierten, der ausrangierte Vorgänger des ausrangierten Nochkanzlers musste sich kratzen. Dann ertönte das Heimatlied, und die Fernsehkameras, denen auch schon langweilig geworden war, schauten parallel dazu dem zahnlosen Lindwurm ins Maul. Ich war tot. Ich musste wieder hinauf auf den Bundesheerwagen. Die Sirenen heulten. Die Sonne schien. Marian hob Rosenblätter auf, die vom Sargdeckel gefallen waren. Die Fotografen fotografierten. Der Politologenschlumpf sagte, durch meinen Tod habe sich ein Vakuum aufgetan und meine Partei habe nur eine fragile Struktur. Was man sich postum alles sagen lassen musste! Heiligenbluter Bergführer in Tracht, die schon um sieben Uhr früh in Heiligenblut aufgebrochen waren, um hier dabei zu sein, hoben meinen Sarg vom Bundesheerwagen herunter und trugen ihn in den Dom hinein und stellten mich vor dem Volksaltar ab. Lange nicht mehr da gewesen! Die Domkirche war sehr schlicht geschmückt. Das war der ausdrückliche Wunsch von Maid Marian. Die Orgel war gereinigt, neu intoniert und erst vor wenigen Tagen wieder zusammengebaut und fertiggestellt worden. Na sei's drum. Der Zweitbischof keuchte von Anfang an, haspelte seine Rede herunter und sagte zu Marian immer »Liebe Frau Marian« wie man Maronibraterinnen oder Marktfrauen anspricht, von denen man nur den Vornamen kennt, die man aber nicht nur beim Vornamen ansprechen kann. Der designierte Bundeskanzler in der ersten Reihe schmunzelte kurz einmal – das setzte gleich einen bitterbösen Leserbrief in der *Guten Gazette*.

Noch einmal das Requiem, Kyrie Eleison, das hing mir jetzt auch schon zum Hals heraus! Das war ja kein Leben mehr! Das Requiem hatte nichts mit mir zu tun. Das Requiem hatte überhaupt nichts mit mir und meinem Leben und meinem Ableben zu tun. Die Messe war eher ein Gottesdienst als dass sie etwas mit mir zu tun gehabt hätte. Todessmalltalk auf christlicher Basis, öd. Bitte, wen das tröstete! Mich tröstete das hier keineswegs. Nichts für Robin! Mir wurde langweilig. Dem Bundespräsidenten wurde auch langweilig, das merkte ich ganz genau. Der Bundespräsident erfüllte bloß seine Pflicht. Die Bundespräsidenten erfüllten immer bloß ihre Pflicht. Die Pflichten wechselten, aber sie wurden immer erfüllt. Hatte ich umsonst gelebt? Zeitverschwendung hier. Ich wollte hier raus. Raus aus der Kirche. Raus aus dem Sarg. Aus dem Dom trug man mich wieder hinaus. Im Sarg blieb ich aber. Noch einmal auf den Wagen hinauf, um die Kurve, um den Häuserblock zum Gebäude der Landesregierung, ein letzter Halt vor der

Kerzenlavazunge unter meinem Büro. Später gab es in der *Guten Gazette* ein Foto meines Büros, in dem auch nach Wochen nichts verändert worden war, und man wunderte sich über die Schlichtheit: Mein Bild stand auf dem ovalen Glastisch, die Fahnen von Land, Bund und Europa, im Vitrinenschrank Standbilder und Spielzeug. Der Journalist schrieb, mein Büro wirke wie das Zimmer eines Jugendlichen: Eine große rote Miniaturlokomotive, eine Sammlung von Füllfederhaltern, bunte Fußbälle, Glasobjekte. Keine Handbibliothek, kein Papier, keine Bücher: nicht ein einziges! Meine Jünger erklärten, ich sei so ein bescheidener Mensch gewesen. Meine Kritiker meinten, viel könne in diesem Büro nicht gearbeitet worden sein. Aber Robin im Büro: Das wäre auch keine gute Geschichte geworden. Lieber wollte ich in die Wälder oder auf die Berge oder vielleicht zu einem Bogenschießturnier. Ich hatte ja noch so viele Pfeile im Köcher! Und es würde immer neue Figuren geben, auf die ich hätte zielen können. Oder wenigstens mit Pfeil und Bogen im grünen Lodenwetterfleck mit grünem Filzhütchen am Kopf auf den Parteiwagen hinauf, beim Faschingsumzug mitmachen. Zuckerln ins Volk schütten und Winkewinke machen! Aber nein, es hatte sich ausgewinkt. Strumpfhosen trug Robin heute natürlich keine mehr. Strumpfhosen habe ich nicht einmal als Robin Hood verkleidet beim Faschingsumzug getragen, als Robin Robin sozusagen. Strumpfhosen, wie das ausschaut! Strumpfhosen: Da müsste ja gleich die starke Maid Marian wieder zu einem Interview ausrücken und ganz Deutschland bekannt geben, dass ich nicht … na, egal.

Der letzte Halt war vorbei. Ich wurde vom Bundesheerwagen heruntergehoben, in den Leichenwagen hineingeschoben, und ab ging's aus der Stadt hinaus in die Nachbarstadt zum Krematorium. Aber der Leichenwagen fuhr falsch, bog schon nach wenigen Kilometern auf die Autobahnnordumfahrung ab und brachte mich in entgegengesetzter Richtung zurück zum Privatbestattungsinstitut, wo ich ohne großes Trara in eine Nische des

Kühlraums hineingeschoben wurde. Hier war ich ganz allein. Kein Bundeskanzler und kein dummer Bub, kein Journalist, kein Nichts, kein Niemand. Keiner, der mich hier rausholte, weil ich ein Star war. Und wieder hieß es warten, warten, warten. Wenn ich etwas nicht leiden konnte, dann war das warten! Dabei habe ich genau genommen mein ganzes Leben lang gewartet, und das, worauf ich gewartet habe, ist nicht gekommen. Eine Geschichte, die nur aus einem absteigenden Handlungsast bestand, der nicht und nicht zu wachsen aufhören wollte, obwohl er doch schon am Boden war! So ein plötzlicher Tod und dann so ein allmählich verebbendes Nachleben! Das mir! Es war zum Verzweifeln.

Das Fernsehen sendete auch nach meiner Verabschiedung noch Late-Night-Talkshows und Diskussionsrunden über mich, meinen Tod, mein Vermächtnis. Alle möglichen Leute schwatzten über mich. Die einen nannten mich den größten Modernisierer der Republik, die anderen einen Oppositionskrampus und einen etwas zu groß geratenen Provinzpolitiker. Ich musste an die Scena ultima im »Don Giovanni« denken: Der Mister hunderttausend Volt, der skrupellose Frauenheld und Schurke ist in die Hölle gefahren. Die kleinen Mitbetrüger und Betrogenen, die moralinsauren Gutmenschen und Biedermeierlinge säumten den Rand des Höllenfahrtslochs, sonderten einer nach dem anderen unerhebliche Quintessenzen und Schlussfolgerungen ab und erstarrten in ihrer eigenen Langeweile. Wie schrieb die *Zeit* in Hamburg so schön über mich: »Ein Bösewicht, den wir vermissen.« Natürlich war Don Giovanni heterosexuell.

Ein deutscher Schnüffler kam, um zu enthüllen, was zu enthüllen war, und wenn möglich, noch etwas mehr. Aber niemand wollte mit dem deutschen Schnüffler reden, weder der dumme Bub noch Maid Marian, weder der Staatsanwalt noch die langsam fahrende Frau, und der Besitzer der *Stadtschwester* schon gar nicht. Da könnte ja jeder kommen! Je weniger der deutsche Schnüffler herausbekam, desto frustrierter wurde er, und je frustrierter er wurde, desto tollkühner begann er zu spekulieren und zu fantasieren. Er war felsenfest überzeugt, dass alle, die nicht mit ihm redeten, nur deshalb nicht mit ihm redeten, weil sie etwas zu verbergen und selber Dreck am Stecken hatten.

Die letzten drei Ziffern auf der Nummerntafel des Feuerwehrwagens hinter meinem Wrack waren 666. Na also! Den hatte der Satan hierher kommandiert, und wenn nicht der persönlich, dann zumindest die Okkultisten, denn wie jedes Kind weiß, gilt 666 als Symbol des Antichristen! Schauerlich, schauerlich! Allerdings ist die Nummerntafel mit der Zahl 72.666 eine alte – eine locker zwanzig Jahre alte – noch schwarze Nummerntafel. Der Feuerwehrwagen des Teufels musste also schon zahllose Ölflecke von der Fahrbahn entfernt und Katzen vom Baum gerettet und Zimmerbrände gelöscht und Gutes getan haben, ehe er vom deutschen Schnüffler als Werkzeug des Teufels enttarnt wurde.

Wenn man allerdings bedachte, daß 1914 in Sarajewo auch der Thronfolger Franz Ferdinand in einem Sonnenwagen fuhr, als er erschossen wurde, kann mein Sonnenwagenunfalll nicht einfach ein Unfall gewesen sein. Und wo bitte ist es denn nicht so, dass auf bloßen Verdacht hin am Wegesrand von raffinierten Attentätern postierte Baumaschinen lauern – vielleicht kommt die Landeshauptmannlimousine des Weges, vielleicht kommt sie nicht – um dann – sie kommt! Sie kommt! – die Fahrerzelle der Landeshauptmannlimousine – Zack! Bumm! Rumms! Zabberdoing!!! Arrrrggghhhhh!!! – zu zerquetschen und das Wrack demonstrativ mitten auf die Straße zu stellen.

Der dumme Bub hatte die Macht auf Bundesebene für sich beansprucht, sich als mein Nachfolger als Bundesparteiobmann designieren lassen, denn er sagte, ich hätte ihm gesagt, wenn ich nicht mehr da sei, müsse er das weitertragen, was ich geschaffen habe. Die Dauer seiner Obmannschaft würde freilich so kurz bleiben wie sein Haarschnitt. Die Medien suchten Kronzeugen für das außerordentliche politische Talent des dummen Buben und fanden seine Mutter, die irgendwo in der tiefsten Steiermark in der Rauchküche eines einschichtigen Bauernhofs hockte. Der dumme Bub gab weiterhin jede Menge Interviews, in denen er vor sich hinheulte und hinwimmerte und bereitwillig Auskunft gab, in welchen Boutiquen er binnen einer handgestoppten Minute wie viele Jeans anprobieren und wieder ausziehen könne und wie viel ihm das wert sei. Den Lebensmenschen, der ich für ihn gewesen war, baute er zum ganzheitlichen Lebensmenschen aus, zwischen dem und ihm etwas ganz Besonderes gewesen sei, was auch Maid Marian immer verstanden hätte. Irgendjemand musste den dummen Buben dringend stoppen. Es war die starke Maid Marian selbst. Marianissima! Sie ließ dem dummen Buben ausrichten, er sei ein verwirrter Geist und möge endlich die Klappe halten, sonst würde es etwas setzen. Gut, Marian! Der dumme Bub lief rot an und nannte Maid Marian eine alte Frau, für die er nur kalte Verachtung empfände.

Jetzt wurde mir immer langweiliger. Es war gar nichts mehr los. Die Verabschiedung war vorbei, die Einäscherung verschoben und um ihren Eventcharakter gebracht. Ich wusste weder den Tag noch die Stunde. Es tauchten Gerüchte auf, Maid Marian wolle mich nun ein zweites Mal obduzieren lassen, um endlich Klarheit zu bekommen, was mit mir in der Nacht meines plötzlichen Todes tatsächlich geschehen sei. Diese Gerüchte wurden sowohl dementiert als auch nicht dementiert. Auf alle Fälle wurden Proben meines tiefgefrorenen Blutes noch ein zweites Mal untersucht, diesmal von Spezialisten in Innsbruck, aber das Ergebnis waren wieder 1,8 Promille. Die Zahlen 1,8 und 142 ganz egal in welchem Zusammenhang zu verwenden und auch bloß auszusprechen, galt im Land mittlerweile als indiskutabel geschmacklos. Ich selbst lag im Kühlraum des Privatbestattungsunternehmens herum, hatte nichts zu tun und wurde nicht mehr beachtet. Weitere Zerfallserscheinungen meines Leichnams machten sich bemerkbar, die mich so frustrierten, dass ich mir die Schilderung der Einzelheiten erspare.

Mit der Zeit nahmen andere Themen in den Talkshows überhand, zum Beispiel die Fortschritte bei den Regierungsverhandlungen zwischen den beiden Altparteien in der Hauptstadt, die jetzt ohne meine Zwischenrufe, Störmanöver und Lockangebote ganz reibungslos funktionierten. Wer wirbelte denn jetzt? Niemand wirbelte! Jetzt musste doch dringend gewirbelt werden! Das konnte doch nicht wahr sein, dass niemand wirbelte und alles seinen Gang ging. In die Gegenrichtung. Ich war so voller Energie, aber ich war zur absoluten Untätigkeit verdammt. Die Zeitungsberichte wurden kleiner und unerheblicher. In der zweiten Woche erschienen bereits Ausgaben, die meinen Namen nur noch auf der Leserbriefseite oder gar nicht mehr enthielten.

Zu Allerheiligen wurde Maid Marian von verschiedenen großen Zeitungen um große Allerheiligentrauerinterviews gebeten, und ich lag noch immer wie ein vergessenes Gepäckstück hier in der Bestattungskühlkammer herum. Schöne Allerheiligen! In der Superboulevardzeitung *Sonne* war am Allerheiligentag etwa zu lesen, mein drei Wochen zurückliegender Tod habe bei der Landesmutter eine Wunde hinterlassen, die vielleicht nie heilen würde, und ihre Trauer sei in intensiven Gesprächen immer greifbar. Als Witwe habe Marian nun ein doppelt schweres Schicksal zu meistern, sie müsse ihre Trauer bewältigen und gleichzeitig wolle sie stark sein, um mein Vermächtnis zu wahren. Herkömmliche Witwen müssten ja nicht ihre Trauer, sondern bloß den Tod ihres Gatten bewältigen, und zumindest um die Wahrung seines Vermächtnisses müssten sie sich nicht wirklich scheren. Viele versuchten ja zu vergessen oder ihren Kummer zu verdrängen, stand in der *Sonne*. Maid Marian wolle nicht so sein. Die tiefgläubige Waldpädagogin betriebe intensive Trauerarbeit. Es sei ein Ritual, das fast täglich stattfinde und zwei oder manchmal auch mehrere Stunden dauern könne. Gemeinsam mit ihren Kindern führe sie Gespräche über ihren Schmerz und versuche, sich auch philosophisch dem Gedanken zu nähern, dass sie in Zukunft allein sein werde. Das war eigentlich privat und ging niemanden etwas an, und sie hätte es nicht preisgeben müssen, aber die starke Maid Marian ließ die Öffentlichkeit via *Sonne* an ihrem traurigen Privatleben teilhaben.

Wir beide, Marian und ich, seien zweiunddreißig Jahre lang ein harmonisches Team gewesen, und wie das funktionierte, beschrieb Marian der Superboulevardzeitung mit den Worten des Schriftstellers Reiner Kunze, die die Superboulevardzeitung dann gleich fett druckte: »Rudern zwei im Boot, der eine kundig der Sterne, der andere kundig der Winde, führt der eine durch die Nacht, führt der andere durch die Stürme und am Ende, ganz am Ende wird das Meer der Erinnerung blau sein.« Menschen in tiefer Not und während schwerer Schockzustände reden manchmal so. Teil ihrer Trauerarbeit, vertraute Marian der Superboulevardzeitung an, sei es auch, Kondolenzschreiben handschriftlich zu beantworten. Oft verwendete sie dazu Zitate von Ingeborg Bachmann, die gesagt habe, mit der Zumutung wachse die Kraft. Sie beziehe sich aber auch auf Rainer Maria Rilke, der gemeint habe, wenn uns etwas fortgenommen werde, womit wir tief und wunderbar zusammenhängen, so sei viel von uns selber genommen. Gott aber wolle, dass wir uns wiederfinden, reicher um alles Verlorene und vermehrt um den unendlichen Schmerz. Gut gesagt, Marian, schön zitiert. Ich hatte wie gesagt so viel zu tun und war so selten zu Hause, dass ich mich nicht allzu intensiv mit Reiner Kunze, Rainer Maria Rilke und Ingeborg Bachmann beschäftigen konnte. Aber auf alle Fälle war der Ingeborg-Bachmann-Preis steril und totgelaufen, und ich lege Wert auf die Feststellung, dass ich diesem sterilen und totgelaufenen Literaturwettbewerb gleich nach meinem Amtsantritt bei der erstbesten Gelegenheit das Preisgeld des Landes gestrichen habe. Das ist auch mein Vermächtnis, hähähä! Umgekehrt war der Pächter der *Stadtschwester* ausgerechnet der Neffe von Ingeborg Bachmann, und so habe ich in Form von Thekeneinladungen doch auch ein bisschen Geld sozusagen für

Literatur ausgegeben. Im Grund war so gesehen sogar die allerallerletzte Ausgabe meines Lebens eine für Literatur!

Marian sei immer schon gläubig gewesen, aber seit meinem Tod habe sich ihr Glaube noch vertieft, und seither besuche sie jeden Sonntag den Gottesdienst. Eine seltsame Konsequenz eigentlich. Außerdem war das natürlich privat, und sie hätte es nicht preisgeben müssen, aber die starke Maid Marian ließ die Öffentlichkeit via Superboulevardzeitung daran teilhaben. Als sie kürzlich in einem Kaffeehaus war, hätten die starke Marian zwei Mädchen angesprochen, die ihr unbedingt kondolieren wollten. Das habe sie sehr berührt, weil die beiden noch nicht einmal zwanzig Jahre alt waren. Maid Marian habe beschlossen, ein paar Tage von daheim wegzufahren, um abschalten zu können. Sie wollte in ein Hotel gehen, auf andere Gedanken kommen und positive Bilder aufbauen. Aber schon beim Kofferpacken seien ihr die Tränen gekommen, weil ihr bewusst wurde, dass sie das nun immer alleine machen werde müssen. Die Kellner und das gesamte Personal des Hotels hätten sich besonders liebevoll um sie gekümmert, und sie sei sehr ergriffen gewesen. Das war eigentlich privat und sie hätte es nicht preisgeben müssen, aber die starke Marian ließ die Öffentlichkeit via Superboulevardzeitung daran teilhaben. In den letzten Wochen hatte Marian viele Spekulationen rund um meine letzten Stunden ertragen müssen. Sie selbst wisse allein, wann und wie das letzte Treffen mit mir verlaufen sei. Das war privat, und das ging die Öffentlichkeit nichts an!

Endlich, endlich war es nun doch so weit. Eines morgens wurde ich ohne jedes Trara abgeholt, in die Nachbarstadt verfrachtet und kremiert. Das war heiß! Aber jetzt war ich homogen, kompakt und wie aus einem Guss. Ich war leicht und passte in meine Urne. Ich kam heim. Spät, aber doch. Robin war wieder in den Wäldern. Die starke Marian redete jetzt mehr denn je, und zwar hauptsächlich mit der Superboulevardzeitung *Sonne*. Ihr Leben war eine ununterbrochene Abfolge von

Beten, Kerzenanzünden und Interviewgeben. Wiederbeten. Wiederkerzenanzünden. Wiederinterviewgeben. Immer wieder beten. Immer wieder Kerzen anzünden. Immer wieder Interviews geben. Einmal fuhr Maid Marian nach Rom zum Oberhaupt des absurden Vereins, überreichte dem Heiligen Vater ein Heiligenbildchen von mir und bezahlte für die Verlautbarung in der Nachrichtenagentur.

Meine letzte Ruhestätte, erzählte sie, habe sie ganz bewusst ausgewählt. Das Land konnte also diesbezüglich aufatmen. Für Marian gehörte ein Friedhof einfach in die Nähe einer Kapelle. Da war ich ganz ihrer Meinung. Nirgendwo anders konnte sie sich mein Grab in meinem sechzehn Hektar großen Erbtal besser vorstellen. Manchmal dachte ich trotzdem: Das ist ja völlig egal. Meine Trauerfeier wurde so würdig und besinnlich, wie Marian sie sich erhofft hatte. Na immerhin! Es war ein feierliches Begräbnis mit drei Priestern. Die gesamte Familie war da. Nach der Beerdigung hatten die Familie und die drei Priester noch lange im Haus weitergebetet, erzählte Marian der Superboulevardzeitung. Das war eigentlich privat und sie hätte es nicht preisgeben müssen, aber die starke Marian ließ die Öffentlichkeit via Superboulevardzeitung teilhaben. Noch war mein Kreuz provisorisch. Die starke Marian erzählte der Öffentlichkeit, sie setze sich in ihrer Trauerarbeit sehr intensiv mit der Suche nach dem richtigen Grabstein auseinander. Die würde noch eine gewisse Zeit brauchen. Eines wisse sie aber mit Bestimmtheit. Es würde ein bescheidenes Grab. Denn auch ich sei ein bescheidener Mensch gewesen. Ein bescheidener Porschefahrer. Ein bescheidener Waldbesitzer. Ein bescheidener Millionär, Dressman und Blitzlichttyp. Auch bescheidene Menschen werden gern von drei Priestern beerdigt. Sicher ist sicher. Ich war ja auch sehr vorsichtig, erzählte die starke Marian der Superboulevardzeitung. Vielleicht wird noch ein bescheidenes Mausoleum daraus. Naja, war ja egal. Der Umbau meiner Person war voll im Gang. Bescheiden war ich rückwirkend geworden. Vorsichtig war ich gewesen. Diszipliniert. Gütig war ich. Maid Marian zwang den Saddam raus und den Dalai Lama rein. Jeder, der eine Kerze am Grab anzünden wolle, könne ins Erbtal kommen, ließ die starke Marian der Öffentlichkeit ausrichten. Die Umgebung rund um die Kapelle sei ein kraftbringender Ort. Hier ließen die Natur und der Wald sie alles spüren, was sie zu bieten hätten. Trotz des Kraftfeldes würde es aber noch viele Wochen, Monate oder vielleicht sogar Jahre dauern, bis Marian ihre Trauer bewältigt habe. Zu groß sei der Verlust, der ihr am Schicksalstag zugestoßen sei. Seit der Unfall passiert war, fühlte Marian sich, als würde sie auf der anderen Seite leben. Sie wusste nicht, womit das zusammenhing: mit dem unfassbaren Verlust. Oder weil so viel weggebrochen war. Was für Wahlmöglichkeiten! Die Trauer war ein steiniger Weg für Marian, der sicher länger als ein Jahr dauern würde. Als sie mit dem Trauerinterview fertig war und es in Druck ging, setzte sich Maid Marian ins Kino und sah sich eine entzückende französische Komödie an. Tja. Was sollte sie machen? Das Leben ging weiter.

Die einfachen Menschen, die mich so geliebt hatten, kamen nach wie vor ohne Unterlass zur Unfallstelle und stellten Kerzen ab, aber auch Allerheiligenbouquets, Adventkränze, Christbäume mit Kugeln, Lametta, Girlanden. Die einfachen Menschen hatten mein Bild aus der Zeitung geschnitten, auf ein DIN-A4-Blatt geklebt, in eine Klarsichthülle gesteckt und hier auf die Wand neben der Unfallstelle geheftet. Einer hatte unter mein Bild geschrieben: »Wir sind immer in deinem Herzen!« Das ist so, als schriebe einer: »Mir steht der Hals bis zum Wasser!« (Bei Lady Di hatte man noch geschrieben: »Du bist immer in unserem Herzen!« Vielleicht hatte man bei mir etwas verwechselt und nicht gar so lange darüber nachgedacht, wer in wessen Herzen sein kann, speziell nach dem, was passiert war. Aber als Gewählter darf man nicht wählerisch sein, als Robin muss man für seine Bande nehmen, wen man kriegen kann.) Ein anderer hatte unter mein Bild geschrieben »Good look!« (Bei Lady Di hatte man noch geschrieben: »Good luck!« Aber in England tut man sich mit dem Englischen traditionell leichter. Und bei einem Toten wie mir ist es vielleicht wirklich sinnvoller, ihm »Good look« als »Good luck« zu wünschen.) Im Angesicht des Todes ist alles lächerlich. Wieder ein anderer hatte mich mit einer anderen Märchenfigur verwechselt und um einen Baumstamm eine kleine Plastikpuppe des gestiefelten Katers gebunden.

Den dummen Buben hatte meine Bande mittlerweile abmontiert, was ihn aber nicht daran hinderte, der Superboulevardzeitung immer weiter Interviews zu geben. Sein Leben hatte neu begonnen, sagte er. Durch meinen Tod sei es entschleunigt worden. Er habe den Stein der Weisen gefunden, wie man auch in Zukunft Wahlen gewinnt, sei aber nicht mehr rund um die Uhr im Einsatz und nicht mehr Tag und Nacht für mich erreichbar. Politik mit mir bedeutete immer enorm hohes Tempo. Jetzt bestimme er sein Tempo selbst. Gewissen Dingen könne er sich jetzt intensiver widmen. Zum Beispiel sei er schon wieder in eine neue In-Disco gegangen. Junge Leute seien bei seinem Auftritt in Jubelstimmung gekommen, hätten Sprechchöre angestimmt und den Namen des dummen Buben skandiert. Das sei ein schönes Erlebnis gewesen, erzählte der dumme Bub der Superboulevardzeitung, da habe er gewusst, dass nicht alles vergebens gewesen sei. So ging also auch die Ultima scena der Oper zu Ende.

Bei einem Volkslauf ließ der Holzhacker meine Turnschuhe neben die Laufstrecke stellen, kniete neben meinen Turnschuhen nieder, zündete neben meinen Turnschuhen eine Kerze an und ließ sich vor meinen Turnschuhen kniend und neben meinen Turnschuhen eine Kerze anzündend vom Reporter der *Sonne* fotografieren. Von nun an sollte er nicht mehr Holzhacker heißen, sondern *Der mit dem Turnschuh trauert.*

Männer kamen. Es waren vier. Sie sprachen nicht. Sie versuchten, leise zu sein und nicht aufzufallen. Sie waren mittelgroß und mittelalt und trugen unauffällige Kleidung. Einen weißen Kleinlastwagen hatten sie auch bei sich. Sie warteten die Dämmerung ab. Es waren Grabräuber. Sie waren gekommen, meine Urne zu entführen. Endlich! Würden sie Lösegeld fordern? Wie viel? Von wem? Wie viel war ich wert? Wie viel war ich dem Land wert? Wie viel war meine Asche wert? Wie viel war dem Land mein Vermächtnis wert? Die Überreste des Übervaters? Endlich würde ich wieder groß in den Schlagzeilen und auf den Titelseiten sein! Nach Wochen der abnehmenden Phase! Wieder würde eine Welle der Empörung durchs Land gehen: Was ihr mir antut, tut ihr dem ganzen Land an! Was für eine unfassbare Pietätlosigkeit! Fieberhafte Ermittlungen würden eingeleitet werden. Das ganze Land würde meine Urne suchen! Es würde nur noch dieses eine Thema geben. Es würde nur noch diese eine Frage gestellt werden: Wo ist sie? Wo ist ER?

Nein. Die Männer gingen weiter. Nein! Die Männer gingen an meiner Urne vorbei und ließen sie links liegen. Die Männer interessierten sich für ein anderes Grab. Die Männer schlichen sich in ein anderes Mausoleum ein. Die Männer öffneten eine andere Gruft, hoben einen anderen Sarg, verluden den anderen Sarg in ihren Lastkraftwagen und machten sich mit diesem anderen Sarg auf und davon, mit dem Sarg eines Multimillionärs, der schon vor zwei Jahren gestorben war und gar nichts mehr davon hatte. Die Männer brachten einen anderen in die Schlagzeilen und auf die Titelblätter. Ja, durfte das denn wahr sein?

Ich war tot. Ich war Asche. Ich war allein. Der erste Schnee in diesem Winter war früh gefallen, schon im November. Es wurde feucht. Es wurde kalt. Es dämmerte. Es wurde finster. Das Land fiel in einen tiefen Schlaf. Das Land versank. Jetzt erst wurde offensichtlich, wie sehr das Land mich brauchte. Ich würde wiederkommen, das war mir klar. Zu einer anderen Zeit, in einem anderen Körper, unter einem anderen Namen: Aber ich würde wiederkommen. Ich würde wieder aus den Blätterwäldern wachsen.

Kleinstadtleben

Es war vorbei. Alle Geschichten könnten so beginnen: Es war vorbei. Ich ging in die Stadt. So nannten wir den Weg aus der Vorstadt ins Zentrum, immer nur die eine nach der Nachbarstadt benannte Straße entlang. Der Trafikant hatte mit Kugelschreiber auf einen karierten Zettel »Geschlossen. Danke« geschrieben und diesen Zettel an die Innenseite der Eingangstür der Trafik geklebt. Ich brauchte bei meinen Gängen in die Stadt eine Woche, bis ich kapiert hatte, dass der Trafikant nicht Mittagspause oder Urlaub machte und vorübergehend, sondern endgültig geschlossen hatte: Raucher waren jetzt Verbrecher. Alle Bürger waren bereits Zeitungsabonnenten. Glückspiele gab es im Internet, außerdem die Epidemie der Wettcafés: Wovon sollte der Trafikant also leben? Bei Pessoa, fiel mir ein, beging ein Trafikant Selbstmord, und Pessoa – oder Bernardo Soares – schlussfolgert aus diesem Malheur, dass der Trafikant also doch eine Seele gehabt haben musste – sonst hätte er sich nicht umgebracht. Eine handschriftliche Zusatzinformation auf dem Zigarettenautomaten: »Automat funktioniert noch.« So ist das ganze Leben.

Der Briefkasten an der Häuserfront war längst abmontiert worden, das Hauptpostamt zur Filiale verkommen, die Schließfachanlage geschlossen, die einheimischen Clochards und ihre ostslowakischen Kollegen mussten sich samt ihren obdachlosen Säuglingen jetzt an die frische Jännerluft an die Wand des Postgebäudes setzen und ihre beiden deutschen Wörter an die Passanten bringen: »Entschuldigen. Helfen. Entschuldigen. Helfen.« Die kleine Boutique: geschlossen. Müll stapelte sich bereits am Gehsteig vor dem Eingang zur Boutique. Die Bäckerei: abgerissen. Die Änderungsschneiderei: wegen Krankheit vorübergehend geschlossen. Immerhin. Das griechische Lokal: geschlossen. Der Chinese, der mit der wunderbar entwaffnenden Parole *All can you eat!* geworben hatte: geschlossen. Die Schusterwerkstätte: geschlossen. Das Fahrradgeschäft: geschlossen. Das Geschäft für Papier und Schreibwaren: geschlossen. Die Buchhandlung in der Bahnhofstraße: geschlossen. Die Buchhandlung am Hauptplatz: geschlossen. Die eine Buchhandlung, die noch geöffnet war, die am Platz der Busse: völlig menschenleer; nicht eine Kundschaft zwischen all den verwaisten Büchern; eine Geisterbuchhandlung.

Alle Geschäfte standen leer oder waren zu Bars oder Dönerbuden geworden, die leer standen. Die Stadt war in wenigen Jahren als Ganzes eine Filiale wie viele andere auch geworden, eine beliebige Filiale, in der man nur noch das bekam, was man überall bekam. Was man woanders nicht bekam, bekam man hier auch nicht mehr. Alles Typische, alles Charakteristische war als unwirtschaftlich enttarnt und erbarmungslos ausgemerzt worden. Die Stadt war verwechselbar und austauschbar geworden und zu einer Geisterstadt verkommen (Geist in dieser Geschichte immer das Gegenteil von Mensch), zu einer Pferdelabestation im Wilden Westen irgendwo auf dem Kontinent, dessen großes Ziel es war, zu einem Secondhand-Amerika zu verkommen. In der ganzen Stadt gab es keinen Geschäftsführer mehr, nur noch Filialleiter. Es hatte keinen Sinn mehr, mit einem dieser Menschen zu reden, zu verhandeln oder gar Beschwerde zu führen. Sie hatten weder Befugnisse noch Entscheidungsgewalt, sie waren Marionetten, von außen bestimmt und ferngesteuert. Niemand war mehr sein eigener Herr, seine eigene Frau. Und dieser Menschenmangel selbst im Zentrum: angenehm und gespenstisch. Es hatte eigentlich gar keinen Zweck mehr, aus der Vorstadt ins Zentrum zu gehen.

Ich hatte das Gefühl, in einer sterbenden Stadt zu leben; nicht bloß in einem sterbenden Viertel, sondern in einer sterbenden Stadt, als Vertreter einer aussterbenden Kunst in einer sterbenden Stadt, in einer Stadt, wo man nicht residieren, sondern nur resignieren konnte, in einer Stadt, die man besser heute als morgen verlassen sollte, wenn man wollte, dass etwas aus einem wird. Ich hatte das Gefühl, in einer Stadt zu leben, in der binnen weniger Jahre nur noch gleichgeschaltete Menschen mit gleichgeschaltetem Verhalten, aber ohne geistige Interessen und vor allem ohne den geringsten Willen zur geistigen Anstrengung lebten: Ich fühlte mich verloren und umzingelt von ferngesteuerten Endverbraucherinnen und Endverbrauchern, wie man sie mittlerweile überall auf diesem Secondhand-Kontinent findet: Tatsächlich verbrauchten sie das Ende der Kultur und Zivilisation, der Eigenständigkeit und Menschlichkeit im engeren Sinn, aber sie merkten freilich nicht, dass sie das Ende verbrauchten. Das hatte ihnen ja niemand gesagt. Ich hatte das Gefühl, in einer Stadt zu leben, die nichts mehr ist und nichts mehr heißt und die es förmlich darauf anlegt, einen aus ihr hinauszuekeln. Ich konnte der Stadt aber nicht den Rücken kehren: Es war ja meine Stadt.

Letztes Jahr wollte die Stadt ein großes Fest mit Menschen vom ganzen Kontinent feiern. Aber die Menschen der Stadt freuten sich auf dieses Fest wie auf einen Giftgasanschlag. Die Menschen hatten Angst vor anderen Menschen und sperrten sich in ihre Häuser ein oder ergriffen die Flucht und verbarrikadierten sich auf dem Land. Das Fest fand trotzdem statt, aber es war ein Fest ohne Menschen. Jetzt war es vorbei. Was kann man machen, wenn nichts mehr kommt?

Ich ging aus der Stadt wieder hinaus. So nannten wir den Weg aus dem Zentrum hinaus in die Vorstadt, immer nur die eine nach der Nachbarstadt benannte Straße entlang. Ich ging in der Dämmerung des Winternachmittags zum Zuckerbäcker, der sich mit seiner Schokolademanufaktur in einen kleinen Nebenraum einer leer stehenden Lagerhalle hier an der Peripherie eingemietet hatte. Ich betrat den Verkaufsraum und löste durch das Öffnen der Eingangstür nolens volens ein Klingeln aus, das die Ankunft einer Kundschaft, also meine Ankunft verkünden sollte. In Empfang nahm mich der weiße Pudel des Zuckerbäckers, der mit aggressivem Gebell auf mich zugestürzt kam. Sonst schien niemand da zu sein. Der Pudel war mir widerwärtig. Ich ignorierte ihn und versuchte, ihn meine Ignoranz auch spüren zu lassen. Dann geschah zwei Minuten lang gar nichts. Es war finster mit Ausnahme einer kleinen Lichtquelle, die sich in einem angeschlossenen, aber nicht einzusehenden Nebenraum befinden musste und einen matten Schein in den Verkaufsraum herüberschickte, gerade so stark, um völlige Finsternis zu vermeiden. Ich wollte schon wieder gehen, als ich doch ein Geräusch aus dem Nebenraum vernahm, ein leises Grunzen, und da kam langsam, langsam wie in Zeitlupe, der Zuckerbäcker, aufgedunsen und zusammengefallen zugleich. Hatte er geschlafen? Hatte er getrunken?

Ich verlangte zehn Stück Schokolademaroniherzen. Diese erbarmungswürdige Figur war einmal der größte Hotelier der Stadt gewesen. Das war noch nicht lange her! Nicht nur das alteingesessene *Plasil* hatte er von seinen Eltern übernommen. Auch das stattliche *Kaiser Primavera* hatte er betrieben – und im Stammhaus das wunderbare *Café Plasil* und die wunderbare Konditorei. Gastronomische Kulturdenkmäler waren das in einer mit Kulturdenkmälern aller Art ja nicht gerade überfrachteten Stadt! Denkmäler! Es ist freilich schwierig für eine Stadt, in der Stadt Denkmäler zu setzen für Söhne und Töchter der Stadt, die die Stadt früher oder später mehr oder weniger fluchtartig verlassen haben, ohne dass den jeweiligen zeitgenössischen Daheimgebliebenen und späteren Hinterbliebenen diese Fluchten jemals mehr als ein Achselzucken entlockt hatten! Dieser Teufelskreis drehte sich immer weiter. Fünfzehn Jahre war es jetzt her, dass eine damals berühmte Fernsehkulturjournalistin aus der Hauptstadt beim *Plasil* abgestiegen war, um ein Fernsehporträt von mir für eine Kultursendung im Staatsfernsehen zu drehen, die damals am Sonntag im Hauptabendprogramm gesendet wurde, zur *Primetime*, wie es heute heißt: Kultur, Literatur, ich um 20.15 Uhr! Am Sonntag! Am Hollywoodweekend! Im Landesstudio waren alle Redakteure pikiert, indigniert, geradezu böse, dass meinetwegen eine berühmte Redakteurin aus Wien angereist war, als hätten sie mich nicht ebenso gut porträtieren und das Material dann nach Wien schicken können.

Die Grande Dame hatte die Idee, mich in ihrem Hotelzimmer im *Plasil* zu interviewen. Es war – naja – schon längere Zeit nicht modernisiert und auf den letzten Stand gebracht worden, strahlte aber immerhin eine Art altösterreichischen Charme aus und wirkte – jedenfalls im Fernsehen – doch recht nobel. Ich saß während des Interviews in einem Ohrensessel, wie ich mein Leben lang noch in keinem gesessen war. Es gab viele Reaktionen auf diese Fernsehsendung, und viele Seher fragten sich, wie ein so junger Schriftsteller, der in einer so unbedeutenden Provinzstadt lebt, schon so komfortabel wohnen könne. War die Stadt damals vor fünfzehn Jahren noch vitaler, noch aufstrebender, noch ehrgeiziger als heute? Oder kam mir das nur so vor? War bloß ich vitaler, aufstrebender, ehrgeiziger? War ich noch so lebendig, dass ich ganz einfach kein Organ hatte, um die Leblosigkeit rund um mich überhaupt wahrzunehmen? Hatte diese schleichende Leblosigkeit mittlerweile auch von mir Besitz ergriffen? Auch solche Kultursendungen gibt es heute längst nicht mehr.

Dieses Hotel jedenfalls, das zweite Hotel, das Café, die Konditorei – alle diese von Generation zu Generation weitervererbten Traditionsbetriebe waren dem Zuckerbäcker zwischen den Fingern zerronnen. Die Konditorei wurde sinnigerweise zu einer Apotheke umgebaut. Der Zuckerbäcker hatte abgewirtschaftet und alles verloren bis auf die kleine, finstere Vorstadtschokolademanufaktur hier im Lagerhallenviertel. Getrunken hatte der Zuckerbäcker nicht. Er nahm und zählte und schlichtete die bestellten zehn Schokomaroniherzen ganz korrekt auf ein Papptablett, diese Maroniherzen, die nach wie vor national und international konkurrenzlos und die weitaus köstlichsten sind, die ich kenne, die also zu den ganz wenigen Details gehören, die diese Stadt von anderen Städten noch unterscheidet, die es aber mit Sicherheit auch nicht mehr lange geben wird, weil sie ja nicht einmal die Einheimischen kennen.

»Mein Schulfreund ist jetzt also auch gestorben«, murmelte der Zuckerbäcker, während er die Maroniherzen auf dem Papptablett in Papier einwickelte, nachdem er lange gar nichts gesagt hatte. Ich wusste es zwar nicht, mir war aber sofort klar gewesen, dass der Zuckerbäcker nur Jonathan Jombusch gemeint haben konnte. Die beiden sind also hier miteinander in die Schule gegangen. Sogenannte Schulfreunde werde ich nach meinem Tod wohl auch viele haben, und sie werden auch wirklich welche gewesen sein, auch wenn ich heute nichts mit ihnen zu tun habe und nichts von ihnen weiß und auch nichts von ihnen wissen will. Er, der Zuckerbäcker, hätte seinen Sohn, den jungen Komponisten, so gerne mit Jombusch zusammengebracht, der Komponist und der Musikschriftsteller, das wäre doch was! Solange der Vater etwas zu sagen gehabt hatte in dieser Stadt, wurde der Sohn in der Zeitung immer als hochtalentierter, aufstrebender Komponist bezeichnet. Jetzt war vom Sohn in dieser Zeitung so wenig zu hören wie vom Vater in seiner Vorstadtschokolademanufaktur. Sein Sohn lebe jetzt in Berlin, erzählte der Zuckerbäcker ungefragt. Berlin: Wie herrlich das natürlich klingt! Es ist immer gut für den Ruf eines Künstlers, wenn er woanders lebt, wo man nicht so genau nachprüfen kann, was er tut und was ihm gelingt und was ihm misslingt. Aber einen Ruf muss er natürlich schon haben, sonst nützen Wien und Berlin, Paris, London, Amsterdam auch nichts. Essen und Wetter sind dort sicher schlechter. Sein Sohn sei ein solches Talent, das bestätigten alle. Aber er mache einfach nichts daraus: Das sei zum Verzweifeln. Das Talent, sich anzubieten, fehle seinem komponierenden Sohn leider völlig. »Wenn Jombusch etwas mit mir machen will, wird er sich schon bei mir melden!«, sagte der Sohn dem Vater, sagte der Zuckerbäcker mir. Jetzt sei es zu spät, ein für allemal.

Ich fragte den Zuckerbäcker, ob er zum Begräbnis seines Schulfreundes nach Wien fahren werde. Der Zuckerbäcker schüttelte den Kopf und schaute sich in seiner verlassenen Schokolademanufaktur um. Er käme hier nicht weg. Er nannte tausend Gründe, und keiner leuchtete mir ein. Jombusch war, wenn ich mich nicht täusche, aus der Stadt weggegangen, als sie noch nicht ganz so sterbig war wie heute. Aber so lang ist das auch noch nicht her. Jombusch war schon über fünfzig und hatte noch immer bei seiner Mutter gewohnt, jedenfalls wenn er für eine längere Zeitstrecke wieder einmal in der Stadt lebte. Die Kritiker rühmten Jombusch schon über die Maßen und sagten, ihm gelinge es, mit zwei, drei Worten ein Universum zu erschaffen, da lebte Jombusch noch immer bei seiner Mutter. Als Jombusch in die Stadt ging, existierten wenigstens einige der Geschäfte und einige der Gasthäuser und vor allem einige der Stätten geistigen Lebens noch, die heute geschlossen sind. War das geistige Leben in dieser Stadt wirklich ganz zum Erliegen gekommen, oder war nur ich nicht mehr außer Haus und an die Stätten gegangen, wo dieses geistige Leben stattfindet oder traditionell stattgefunden hat? Nein, es war anscheinend wirklich zum Erliegen gekommen. Es gab etliche Indizien dafür. In diesem geistigen Leben hatten selbstredend viele Scharlatane und Hallodris mitgespielt. Aber jetzt gab es ja nicht einmal mehr die Scharlatane und Hallodris. Alle waren weggeputzt.

Die Intendantin der Studiobühne hatte nach politischen Querelen die Intendanz ihrer maroden Kleinbühne abgeben müssen. Jetzt vertauschte die Intendantin die Studiobühne mit Jombusch und kümmerte sich um ihn und richtete ihn auf und inszenierte ihn neu. Vor allem machte die Intendantin dem Genie klar, dass es seine einzige Chance war, die Stadt zu verlassen und nach

Wien zu gehen. Dass er aus zwei, drei Worten ein Universum entstehen lassen könne, interessiere hier niemanden, und für diese erstaunliche Fähigkeit, Zweidreiwortuniversen zu erschaffen, biete ihm hier auch nach seinem fünfzigsten Jahr nach wie vor niemand eine Existenzgrundlage. Hier bekommst du bis zum Nimmerleinstag kein Publikum. Willst du in einer sterbenden Stadt leben?, fragte die Intendantin den Dichter, und willst du eines Tages in einer toten Stadt tot sein? Fort, nur fort! Eine Zeitungsfotografin, mit der der Dichter eine Liaison oder eine Beziehung oder ein Verhältnis gehabt hatte, hatte ihm die Möglichkeit vermittelt, einen Artikel für die Zeitung zu schreiben. Ich glaube, es ging um ein Weihnachtskonzert. Aber Jombuschs Weihnachtskonzertartikel bestand aus einem einzigen Satz, der allerdings so lang und gewunden und verschachtelt war, dass er über eine ganze Zeitungsseite ging und ihn kein einziger Leser zu Ende las, sodass weder die Konzertveranstalter noch die Künstler noch das Publikum noch die Redaktion noch die Leser noch der Autor selbst mit seinem Artikel glücklich wurden und es also der erste und letzte Artikel blieb, den der Dichter jemals für die Zeitung schrieb. Und es war dementsprechend auch das einzige bisschen Zeilenhonorar, das er erhielt. Was also blieb dem Wunderkünstler übrig, als Theaterstücke zu schreiben, und da war es klüger, in einer Stadt mit zehn Theatern zu leben als in einer Stadt mit eineinhalb Theatern.

Mir scheint, um ein wirkliches Superschwergewicht zu werden, war Jombusch zu schwerelos. Aber in Wien feierte er etliche schöne Erfolge am Volkstheater wie am Burgtheater. Er bekam etliche große Preise in Wien ebenso wie in anderen Städten, etwa den *Nestroy*, der aber in Künstlerkreisen als eine Art Todesurteil gilt, nicht künstlerisch, sondern medizinisch. Nestroy, die letzte Ölung der Kunst. Jeden Preis nähme ich lieber in Empfang als den *Nestroy*. Und dann, nach Bauchspeicheldrüsenkarzinom, *Nestroy* und Tod, lässt sich eine Greisin namens Freya Frühlingsrock zitieren: »Dahin der Dichter, ich wink ihm nach!« Ein Scheißende endet mit einem solchen Zitat. Jedenfalls hat Jonathan Jombusch auf die Intendantin gehört und ist weggegangen (ich weiß nicht mehr, ob nach dem Tod seiner alten Mutter oder bereits kurz zuvor), ob rechtzeitig oder nicht, das ist die Frage. Anfangs ist er noch zurückgekommen, später seltener, noch später gar nicht mehr. Jonathan Jombusch ist weggegangen, und jetzt kehrt er nie mehr zurück. Jetzt bleibt er seiner Geburtsstadt für immer fern. Auch wenn er die meiste Zeit seines Lebens wahrscheinlich doch hier verbracht hat, will er hier nicht begraben sein. Wie viele das wie sehr bedauern, ist die Frage. Aufschrei war keiner zu vernehmen. Vielleicht ist es ja egal. Ich weiß, dass seine Halbschwester hier noch lebt, die sich auf die Anfertigung von Büsten verlegt hat, die aber recht filigran sind, und, sobald sie in Parkanlagen aufgestellt oder eigentlich auf Steinsockel aufgespießt werden, von betrunkenen Vandalen sofort eingeschlagen und zerstört werden. Ich weiß, dass ihm vor vielen Jahren ein kleiner Sohn gestorben ist. Ich weiß nicht, woran und warum, und auch wo dessen Grab liegt, weiß ich nicht.

Ich habe es aber jedenfalls anständig gefunden, dass der Bürgermeister am Tag nach der Verlautbarung von Jombuschs Tod namens der Stadt eine wenn auch kleine Parte in der Zeitung geschalten hat, in der mir bloß die Phrase von der »mächtigen Stimme, die verstummt« sei, nicht besonders gefallen hat. *Mächtig* war ein unpassendes Adjektiv, auch wenn Jonathan Jombusch es selbst einmal in einem solchen Zusammenhang verwendet hat. Zwar habe ich es abgelehnt, in ein Personenkomitee für die Wiederwahl des Bürgermeisters zu gehen (ich hätte es nicht mit meinem Gewissen vereinbaren können, im Personenkomitee für den Bürgermeister einer sterbenden Stadt zu sitzen). Aber der Sekretärin des Bürgermeisters, die mich deswegen gefragt hat, habe ich ausgerichtet, dass ich die Parte des Bürgermeisters für den Dichter anständig gefunden habe. Das sei ja gar nicht auf Initiative des Bürgermeisters geschehen, antwortete mir die Sekretärin. Das sei ihre Idee gewesen. Na dann. Ich zahlte. Zu den bezahlten zehn legte der alte Zuckerbäcker im Halbdunkel ein elftes Schokolademaroniherz und sagte: »Das schenke ich Ihnen!« Die Verlierer und die Verlorenen, das sind die letzten Menschen.